新譯

川端康成作品

笠祖慈／譯

古都（こと）

千羽鶴（せんばづる）

山頂文化

目錄

譯序

這套「新譯川端康成作品」收有《伊豆舞娘》《雪國》《千羽鶴》《舞姬》《古都》《睡美人》《湖》《美麗與哀愁》等八部小說，以中、長篇為主，也包括《伊豆舞娘》這樣的短篇。

川端康成研究界普遍認為川端的小說創作大致可以分為三個階段，第一個階段從上世紀二十年代到二次世界大戰爆發，第二個階段包括整個戰爭時期，第三個階段為戰後時期。這套系列應涵蓋這三個階段的作品，這是我們選譯的一個重要考量，因而有了第一時期的《伊豆舞娘》，第二時期的《雪國》和第三時期的《千羽鶴》《舞姬》《古都》《睡美人》《湖》《美麗與哀愁》。

《伊豆舞娘》是被公認的川端成名作，儘管是不是他的處女作有過一些不同說法，因為在《伊豆舞娘》首次發表（一九二六年）以前，川端就發表了《招魂祭一景》（一九二一年）和《十六歲的日記》（一九二五年）等作品，川端本人關於自己處女作的問題有過這樣的說法：「按發表順序，處女作也許是《招魂祭一景》，它是我在上大學翌年春天發表在《新思潮》同人雜誌第2號上。」「《伊豆舞娘》這篇作品在發表之前幾年就寫好了，大概是在唸大學預科還是剛入大學那年寫好的吧……當時並未打算發表，後來只是把關於巡演藝人的部分重寫了，所以說《伊豆舞娘》也可算是我的處女作吧。」譯者認為，僅以小說元素的完整性來說，那兩部作品都無法跟《伊豆舞娘》相比，更遑論其他文學要素的比較了，因此《伊豆舞娘》問世不久，就被文部省選入中學教科書，並被日本文學界公認為川端文學的里程碑式作品。這部短篇小說至今已被六次搬上銀幕，六次被改編成電視劇，田中絹代、美空雲雀、吉永小百合、山口百惠等著名女星先後出演作品中阿薰一角。伊豆半島也因這部短篇小說而成為旅遊勝地，並建有各種與這篇小說有關的塑像和紀念碑。川端康成一九六八年以《雪國》《古都》《千羽鶴》三部作品獲諾貝爾文學獎，但評委會主席奧斯特林在授獎辭中首先提到的卻是《伊豆舞娘》：「川端初次發表了一舉成名、謳歌青春的短篇小說《伊豆舞娘》……這個主題猶如一首悲涼的民謠，反覆吟詠，在川端先生後來的作品中也一再改頭換面地出現。這些作品揭示了作家本人的價值，川端先生因而逐漸超越日本的國境而在遙遠的海外博得名望。」近年，這篇小說還被收進了中國中學語文教科書，僅此也足以佐證奧斯特林的評價，所以撇開算不算「處女作」的爭議不論，《伊豆舞娘》作為川端先生的成名作和代表作應是當之無愧的，這是我們選譯此作的主要理由。

川端小說創作的第二時期正處戰時，有影響的作品不算多，《雪國》就尤顯突出。這部作品從一九三四年底動筆創作到一九三七年五月止，以相對獨立的短篇形式斷斷續續地在多家雜誌上發表，並於一九三七年六月由創元社彙集出版單行本，第一次冠以《雪國》的書名，川端卻覺得故事開頭與結尾呼應不好，又多次到故事的背景地越後湯澤取材，並閱讀了《北越雪譜》之類有關北國雪鄉的書籍，獲得了更多素材，相隔三年半後又續寫兩章，分別於一九四〇年和一九四一年在不同的雜誌上發表，戰後又將這兩章做了重大修改後在雜誌上發表，並於一九四八年由創元社另出了《雪國》定稿本，也就是說這部八萬多字的作品的最後完成足足花了十四年的工夫，無論在川端本人的創作史還是在日本文學的創作史上，這都屬空前之例。如果說《伊豆舞娘》是川端先生的成名作，為其在日本文壇的地位打下堅實的基礎，那麼《雪國》就達到了他自己的藝術高峰，令他日後蜚聲世界。《雪國》是外文版本最多的一部川端作品，乃至有人認為《雪國》「明確地體現了日本美的傳統，其代表日本文學走向世界是最合適的」，「川端是《雪國》的作家，為了《雪國》，川端可以失去其他作品」。《雪國》也多次被搬上銀幕，著名女星岸惠子和岩下志麻先後出演過駒子一角，著名男星高橋一生則出演過島村。綜上所述，《雪國》無疑是這套作品系列中不可或缺的重頭戲。

作為川端小說創作的最後階段，戰後時期是其佳作迭出的創作高峰，對這個時期作品的遴選則成為一個既易又難的課題。《千羽鶴》和《古都》作為諾貝爾文學獎獲獎作品，在這套系列中自然不可闕如。這兩部作品提供給讀者兩種截然不同的感覺和印象，《古都》中無論是千重子和苗子之間的姐妹親情還是秀男與兩姐妹之間的愛情以及千重子與真一、龍助之間的關係都是純潔無垢的，全書的格調也清新美好，令人感受到一種對新生活的嚮往和追求。而《千羽鶴》則呈現一種頹唐的基本格調，菊治與太田母女之間的畸戀充滿了不倫的氣息，乃至他與書中唯一潔淨無瑕的人物雪子之間的婚姻生活也擺脫不了這種陰影的影響。諾貝爾文學獎評委會把這兩部基調迥異的作品一同作為獲獎作品，應該是由於它們都充分地體現了「作者的卓越才能……纖細而敏銳的觀察力和編織故事的巧妙而神奇的能力」（奧斯特林主席授獎辭）。

《舞姬》是川端在戰後發表的第一部長篇小說，也是他所有作品中民主思想和反戰思想表現得比較充分的代表作，書中夫妻子女之間在婚姻、愛情與生活問題方面的抵牾和衝突，表現了戰後追求民主自由、個性解放的日本女性對人生道路的積極探索，並借助書中人物高男的嘴指出個人和家庭悲劇都是「時代的不安造成的」，從而暗示故事中的悲劇其實就是封建主義與民主主義之間的衝突造成戰後日本社會面臨分裂這一現狀的縮影。書中還通過戰後日本社會種種貧困、凋敝等淒涼景象的白描圖像加深了作品的反戰色彩。從這個意義來說，《舞姬》在川端的戰後作品中應該佔有比較重要的地位。

男女情愛是川端小說重要題材，如果說他早期作品主要寫的是少年純潔的愛情萌動，晚期作品中則除了《古都》和《舞姬》之外，中長篇小說大多基調頹唐，儘管藝術上爐火純青，但所寫多為悖倫乃至變態的性愛，雖然筆調曲致，多以心理描寫為主而罕涉性行為細節，但情緒大多頹廢而虛無，《千羽鶴》自不待說，本套系列所選《睡美人》《湖》《美麗與哀愁》也是此類作品的代表，誠如著名日本文學研究家葉渭渠先生在《冷豔文士川端康成傳》中所言：「所以他的這幾部小說有一個共同點，那就是描寫傳統道德、觀念、理性乃至於生命自然的規律對於情慾的壓抑……以發現人的天性、人的本能的東西，所以作家寫異常情慾，『縱使放蕩，心靈也不應是齷齪的』（井原西鶴語）。他在為精神戀愛說教時，也還是把筆墨灌注在人的性心理活動上，寫性生理要求是很注意把握分寸的。」川端晚期作品中屬於此類的還有《山音》和《一隻手臂》，前者與《千羽鶴》相似，後者與《睡美人》相似，且中譯本相對較多，而《湖》和《美麗與哀愁》則各有獨特之處，且中譯本較少，於是我們收進這套系列，希望與《千羽鶴》和《睡美人》一起，讓讀者對川端晚期作品有一個較全面的了解。

川端先生的短篇小說《伊豆の踊り子》，除二十世紀大陸改革開放後最早出現的侍桁先生譯本譯作《伊豆的歌女》，其他譯本多譯為《伊豆舞女》。日本權威辭書《廣辭苑》對「踊り子」一詞的主要釋義是「跳舞的少女」或「以跳舞為職業的少女或舞者」，上海譯文出版社出版的《日漢大辭典》的釋義是「跳舞的少女」或「舞女、舞蹈演員；以西方舞蹈為職業的女子」。從這篇小說的內容來看，顯然「跳舞的少女」這條釋義與作品人物的身份和形象最為貼切，但語感較贅，似不大適用於題目及對應的正文部分，而《現代漢語詞典》對「舞女」一詞的釋義——「以伴人跳舞為職業的女子，一般受舞場雇用」——與此篇人物的形象、身份都有明顯的錯位。此次譯者考慮再三，決定將題目譯作《伊豆舞娘》，希望能與書中阿薰的形象更貼切一些。

面對之前已有的眾多川端作品譯本，我們此次重譯所持態度一是謙謹認真，二是努力提供一些新的東西。除了上述在選目方面的種種考量之外，在譯文方面一是在語言風格方面努力貼近川端原作的平實、凝練和內斂；一是充分利用「後發優勢」，努力糾正前譯因種種條件限制而存在的問題甚至謬誤，例如《古都》中關於祇園祭等京都民俗活動方面的種種細節，若非身歷其境，僅憑辭典之類的工具書是很難準確迻譯的，一些流行較廣的譯本在這方面就存在一些明顯「想當然」的誤譯，我們在翻譯時充分利用當今互聯網帶來的資訊便利，查閱了大量日本方面的文字乃至視頻和圖片資料，弄清每個辭書中查不到的詞彙、場景的準確涵義，庶幾避免前譯之誤。《古都》《千羽鶴》中有大量關於日本特色文化、器物、物產、食物的描寫，我們儘量在正文中保留其原來的漢字名稱，再以腳註的形式解釋其具體內容，若日文原本是以假名形式表示，我們則在正文中譯以相應的中文名稱，再儘量在腳註中寫出其日文假名名稱，這兩種方式都便於讀者今後在日本旅行見到這些事物的日文名稱時，不管它們是以漢字或假名形式出現，都能直接想到它們的具體內容。我們的《古都》譯本中共有腳註一百三十餘條，庶幾不負作品中大量京都風物描寫所涵川端先生的一番苦心。

竺祖慈　葉宗敏　於二〇二三年七月

古都

春花

千重子發現老楓樹樹幹開出了紫花地丁。

「啊，今年又開花了！」千重子與春天的溫馨重逢。

對於城裏的狹窄庭院來說，這棵楓樹着實算是大樹，樹幹比千重子的腰圍還粗，當然，這遍佈青苔的樹幹因它衰朽粗糙的肌膚，而無以與千重子青春的身軀相比。

楓樹樹幹在約莫千重子的齊腰處有點右斜，到了高過千重子頭部處則明顯向右彎曲，彎曲處生出了很多樹枝，君臨着整個庭院，長長的枝梢因重力而略略下垂。

在彎曲處下方的樹幹上有兩個癟陷，癟陷處各長着一株紫花地丁，每至春季就會掛花。自千重子記事起，這樹上的兩株紫花地丁就已有了。

上下兩株紫花地丁相距約一尺，千重子成年後有時會想：「上下兩株紫花地丁會見面嗎？它們互相認識嗎？」花的「相見」和「相識」是怎麼一回事呢？

花開三朵，最多就是五朵，每年春天也就僅此而已。儘管這樣，樹上小小的癟陷處逢春便萌芽、掛花，千重子在走廊上從樹幹的根部往上看，有時會為樹上紫花地丁的「生命」所動，有時又會生出一種「孤獨」的惆悵。

「在這樣的地方生長並存續……」

來店的客人誇讚楓樹的美好，卻幾乎無人注意到樹上紫花地丁的開放。長着肌肉疙瘩的老幹，青苔直鋪高處，更添幾分威嚴和雅致，於是，寄生於此的小小紫花地丁之類的就難以入目了。

但是蝴蝶解情。千重子看到紫花地丁開花的時候，在庭院低飛的一小群白蝶從楓樹樹幹飛近紫花地丁，在楓樹萌發一些紅色小嫩芽的時候，蝶群飛舞時的那片白色越發好看。兩株紫花地丁的葉和花，給楓樹幹上的新苔投去一層朦朧的陰影。

這是一個淡雲密佈的和煦春日。

千重子坐在走廊上，看着楓樹樹幹上的紫花地丁，直到白蝶群飛走。

「今年這裏的花又重開了，真好呀！」她想輕聲對它們說。

紫花地丁的下方，楓樹的樹根處立着一個舊燈籠，千重子的父親曾經告訴她，燈籠腿上雕刻的立像是基督。

「這不是聖母瑪利亞嗎？」當時千重子說，「我見過一尊大的，跟北野[1]天滿宮[2]裏的神像很像。」

1　北野：位於京都市區西北部上京區。

2　天滿宮：供奉天滿天神的神社。北野天滿宮亦稱北野神社。

「這是基督，」父親語氣肯定，「手中沒抱嬰兒。」

「啊，真是的……」千重子點頭，然後又問，「咱家祖上有基督教徒嗎？」

「沒有。這燈籠大概是造園師或者石匠拿來放在這裏的吧，不是甚麼稀罕的燈籠。」

這個基督燈籠可能是從前基督教被禁制的時期打造的，石質粗糙鬆脆，浮雕被百年風雨侵蝕，只能大致分辨得出頭、身、足的形狀，也許雕工本就簡單，袖子長及下襬，只有胳膊一帶微微膨出，略似雙手合十，卻又看不清楚，但感覺有異於佛像或地藏菩薩像。

這燈籠從前也許是作為一種信仰的象徵，或昔日異國風情的裝飾，如今卻因其古舊而被置於千重子家店舖庭院的楓樹古木的樹根處，若有客人把目光停留在其上，父親便會說是「基督像」，可是那些做生意的客人中鮮有人會留意大楓樹下不起眼的燈籠之類，即使看到了，也覺得庭院裏有一兩盞燈籠是常事，不會去多看兩眼。

千重子把盯在樹上紫花地丁上的日光落到基督身上。她雖未上過教會學校，卻因喜歡英語，常去教堂，也讀過聖經的新約和舊約，可是總覺得為這古舊的燈籠獻花、點燭好像不大合適。燈籠上並無一處雕有十字架。

基督像上方的紫花地丁，讓她覺得像是聖母的心。千重子的目光又從基督燈籠再一次上移到紫花地丁。這時，她突然想起了養在古丹波[3]壺中的金鐘兒。

3 丹波：日本的舊國名。

千重子開始餵養金鐘兒，遠遠晚於她發現老楓樹上的紫花地丁，一共只有四五個年頭。她在高中同學家的客廳聽見那蟲叫個不停，便討了幾隻來養。

「關在壺裏，實在是可憐。」千重子雖這麼説，卻還是養在了壺中，因為同學回答她説畢竟強過死掉。據説甚至有寺廟餵養很多，專賣蟲卵。同好者似乎也不少。

千重子的金鐘兒越養越多，已裝了兩個古丹波壺，每年準在七月一日左右從卵中孵出幼蟲，八月中旬左右就開始鳴叫了。

但是，在狹小黑暗的壺中出生、鳴叫、產卵、死去，卻因可以繁衍存續，也許當然就強過養在籠中一代而終其短暫的生命。這真可謂壺中一生，壺中天地。

千重子也知道，「壺中天地」是中國的老話。那壺中有金殿玉樓，滿是美酒和山珍海味。壺中就是遠離俗世的另一個世界和仙境。這是眾多仙人傳説中的一種。

可是，那些金鐘兒當然不是因為厭棄浮世而入壺中，牠們或許並不知道自己身處壺中，於是就這樣度過自己的一生。

金鐘兒讓千重子最吃驚的是，有時如果不在壺中放進外來的雄蟲，那麼同一壺中的金鐘兒生下的後代就會又小又弱，這是因為反覆近親婚配的緣故。為了避免這種情況，金鐘兒的同好者間有交換雄蟲的習慣。

眼下是春天，而非餵養金鐘兒的秋天，千重子卻由楓樹樹幹瘤凹處今年又開的紫花地丁聯想到壺中的金鐘兒，兩者並非毫不相干。

金鐘兒是千重子放進壺中的，而紫花地丁是如何來到如此逼仄之處的呢？紫花已開，金鐘兒今年也會出生、鳴叫的吧？

「那是自然的生命……？」

春日的微風戲弄着千重子的頭髮，她把頭髮攏到一側耳邊，腦海中拿自己與紫花地丁和金鐘兒做着對比：

「我自己呢……？」

在這自然萬物生機勃勃的春日中，只有千重子一人看着這小小的紫花。

店裏傳來了開中飯的動靜。

千重子有個賞櫻的約會，此時也該去打扮一下了。

昨天，水木真一給千重子來電話，約她去平安神宮[4]賞櫻。真一朋友的學生在神苑的門口當半個月的檢票員，真一從他那裏聽說現在正是櫻花盛期。

「真像是讓他替我們盯着，沒有比這再可靠的消息了。」真一低聲笑着。他低聲笑時很

4　平安神宮：位於京都左京區，供奉桓武天皇和孝明天皇。

好看。

「我們也會被他盯着嗎？」千重子問。

「那傢伙不是看門的嗎？誰都得從他眼前經過呀。」真一又笑了一下，「不過，你要是不願意，咱們可以分頭進去，然後在庭院中的櫻花樹下會合。那櫻花即使自己一個人看，也是怎麼都看不厭的。」

「既然如此，你何不一個人去看好了？」

「那也無妨，不過，今晚若是一場大雨，櫻花落盡，我可不負責喲。」

「我可以去看落花風情。」

「被雨打落凋零的櫻花能算落花風情嗎？所謂落花，應該是……」

「你真壞。」

「到底誰才是……？」

千重子挑了一件不起眼的和服穿上，出了家門。

平安神宮也以「時代祭」知名，於明治二十八（一八九五）年，為了紀念千年前定都京都的桓武天皇而建，所以神社的各種建築不算古舊，只是神門和外拜殿據說是仿了平安京的應天門和大極殿，也有右近的橘和左近的櫻[5]之類。昭和十三（一九三八）年，把遷都東京之前的

5　日本皇宮紫宸殿台階右側種橘，左側種櫻，分別由右近衛府和左近衛府管理，故名「右近橘」和「左近櫻」。

孝明天皇也供奉在此。常有神前婚禮在此舉辦。

最給神苑增色的是紅垂枝櫻群，如今可謂「除此無以代表京都之春了」。一進神苑之門，滿眼的紅垂枝櫻花色便綻放在千重子的整個心底，令她佇足凝望，發出「今年又與京都之春相會」的感歎。

但她又想着真一在何處等她，會不會還沒來到，於是走出櫻花樹叢，打算找到真一後再賞花。

樹下的草坪上，真一正躺在那裏，十指交叉墊在腦後，兩眼緊閉。

千重子沒想到真一會躺着，心中便有不悅。這畢竟是在等候一個年輕的姑娘。與其說讓她覺得難看丟人，不如說是因為她討厭真一的這種睡姿。在千重子的生活中，很少見到男人的睡姿。

在大學校園的草地上，真一大概常與同學一起枕肘仰天、舒展四肢、談笑風生，眼前只不過是用了同樣的姿勢而已。

而且，真一旁邊有四五個老婆婆，把飯盒攤在地上，悠閒地說着話。難道真一是覺得她們可親而在旁邊坐下，不知不覺就躺倒了？

想到這，千重子想笑，卻反而紅了臉。她沒有去喚起真一，只是站在那裏，而且產生了離去的念頭……千重子從未見過男人的睡顏。

真一規規矩矩地穿着學生服，頭髮也梳得整整齊齊，長長的睫毛合攏着，一副少年模樣，千重子卻還是難以正視他的形象。

「千重子！」真一叫了一聲後站了起來，千重子立時心頭火起：

「睡在這種地方不嫌難看嗎？經過的人都看到你的樣子了。」

「我沒睡着，你剛來時我就知道了。」

「你真壞！」

「我若不叫你，你準備怎樣？」

「你是看到我才裝睡的吧？」

「我在想：『進來的那個姑娘樣子多幸福呀！』於是就有點感傷，頭也有點疼了……」

「說我？我幸福……？」

「……」

「頭還疼嗎？」

「不，已經好了。」

「臉色像是不好呀。」

「不，已經沒事了。」

「真像寶刀呢。」

偶爾有人會把真一的臉比作寶刀，出自千重子之口卻是第一次。

真一被這麼比喻時，心中總是燃起一股激情。

「寶刀不殺人，此處是花下。」真一說着笑了。

千重子上了個小坡，返回迴廊的入口方向。真一也離開草坪跟了過來。

「我想把這裏的櫻花全都看一遍。」

往西側迴廊入口一站，紅垂枝櫻的花叢頓時將人帶入春天。這裏就是春天，連低垂的根根細枝枝梢，都是朵朵相接的八重紅櫻。這樣的櫻花林中，與其說花在樹上，莫若說是花壓枝頭。

「在這裏我最喜歡這種花。」千重子說着，把真一領到迴廊往出口去的一處。那裏有一棵櫻花樹，花枝鋪展得特別開闊。真一也在樹邊站下欣賞這樹的櫻花，說道：

「如果細看，還真具有女性特點。無論垂枝還是櫻花，確實都顯得柔和豐潤……」

八重櫻的紅色中還帶着一層若有若無的紫色。

「一直沒留意到它竟如此女性化，無論顏色、風韻，還是它的嬌豔潤澤，莫不如此。」真一又說。

兩人離開這株櫻樹，向池塘方向走去。路的變窄處放着長凳，上鋪深紅毛氈，遊客坐着喝淡茶。

「千重子，千重子！」有人在叫。微暗的樹叢中有家名為「澄心亭」的茶室，身穿長袖和服的真砂子從裏面出來，「千重子，來搭個手好嗎？我累了，在給師傅的茶席幫忙。」

「我這副打扮，只能幹點水屋[6]的活了。」千重子進了茶室。

「沒關係，就在水屋……反正咱們是在水屋把茶沏好再端出去給客人的。」

「我還有同伴呢。」

真砂子這才注意到真一，便對千重子附耳低語：

「未婚夫？」

千重子輕輕搖頭。

「男朋友？」

還是搖頭。

真一背轉身走開。

「那就一起參加茶席吧，現在還有空位呢。」

千重子拒絕了真砂子的邀請，跟在真一後面說：

「那是我的茶道朋友，漂亮吧？」

「姿色平平。」

---

6 水屋：茶室附設的厨房，用於整理和清洗茶具。

「哎呀，別讓她聽見了。」

千重子對站着目送他倆的真砂子用眼神打了個招呼。

穿過茶室坡下的小路有一個池塘，近岸的菖蒲葉競現一片嫩綠，睡蓮的葉片也浮出水面。這個池塘周圍沒有櫻樹。

千重子和真一繞過岸邊，走進一條微暗的林蔭路。這條小路很短，散發着嫩葉的清香和濕土的味道。這裏有個池塘，比先前的池塘大，周圍開闊敞亮，岸邊的垂枝紅櫻映在水中的倒影讓人眼睛一亮。外國觀光客也在為櫻花拍照。

而在對岸的樹叢中，馬醉木也開着白花，一副溫良有節的模樣，令千重子想起了奈良。那裏還有不少松樹，雖不大，卻很好看。如果沒有櫻花，松的綠色應該是能引人注目的，不，即使是現在，那純淨的松綠和池水也反將垂枝櫻的紅花襯得越發鮮豔奪目。

真一走在前面，踩着池中的踏腳石去對岸，這被叫作「澤渡」。踏腳石是圓的，就像神社入口的鳥居被切割下來的石塊。千重子有時還需把和服下襬稍稍撩起才行。

真一回頭說：

「我想背你過去。」

「那就試試，我會佩服你的。」

不用說，那是老太都可以走的踏腳石。

踏腳石的近旁也有睡蓮葉浮出水面。接近對岸時，踏腳石周圍水面還映着小松樹的倒影。

「這些踏腳石的排佈也採用了一種抽象的方式吧？」真一說。

「日本的庭院不都是抽象的嗎？就像醍醐寺[7]庭院裏的衫蘚，一旦被人們抽象、抽象地說個不停，反倒會招人厭煩的……」

「是呀，那裏的衫蘚確實抽象。醍醐寺的五重塔已經修繕完工，我們去看看落成式吧。」

「醍醐寺的塔也重建了嗎？就像新的金閣寺[8]那樣？」

「應該是煥然一新了吧，儘管塔沒燒掉……這次是拆了後照原樣重建的。這次落成式恰逢櫻花盛期，去的人好像很多。」

「要說櫻花，除了這裏的垂枝紅櫻，再沒有能讓我更想看的了。」

兩人走完了最後幾塊踏腳石。

對岸一帶松樹群立，他倆一會兒就到了橋殿。它的準確名字應叫「泰平閣」，其實就是一座令人想到「殿」模樣的「橋」。橋的兩側做成矮靠背長凳的樣式，可供人們在此坐下休息，隔着池塘眺望庭院景致，毋寧說這裏是一片帶池塘的庭院。

---

7 醍醐寺：位於京都市伏見區，真言宗醍醐派總寺院。

8 金閣寺：位於京都市北區，本名鹿苑寺，臨濟宗相國寺派的寺廟。一九五〇年曾焚毀，後重建。

人們坐在這裏吃着喝着，還有孩子在橋中央跑來跑去。

「真一，真一，這裏……」千重子先坐了下來，右手按在椅子上為真一佔位。

「我可以站着。」真一說，「也可以蹲在你腿旁。」

「那又何必呢。」千重子立刻站起身，讓真一坐下，「我去買餵鯉魚的餌料。」

千重子回來了，把麥麩往池裏一投，鯉魚群便游攏過來，有的還把身子探出水面，圈圈漣漪泛開，晃動着櫻、松的倒影。

千重子問真一要不要把餌料餵光，真一不出聲。千重子問：

「頭還疼嗎？」

「沒事。」

兩人在那裏坐了很久，真一無精打采地盯着水面。

「在想甚麼呢？」千重子主動問道。

「是呀，想甚麼呢？有時啥都不想也挺幸福吧。」

「在這種櫻花盛開的日子裏……」

「不，是在幸福的姑娘身旁……被這幸福感染了吧，像是感受着一種溫暖的青春。」

「我幸福……？」千重子又說，眼中突然蒙上一層憂鬱的陰影。她是低着頭的，所以這陰影又似池水在她眼中的倒映。她站了起來，「橋對面有我喜歡的櫻花。」

「從這裏也能看到的呀。」

那是一株最好看的垂枝紅櫻，也是一株人所周知的名樹，枝垂如柳，又鋪展得開，走在樹下，若有若無的微風將花撒在千重子的腳下、肩頭。

花也稀稀落落地散落在樹下，漂浮在池中水面，但大概也只有七八朵而已。

雖有竹籬支撐着垂枝，但有的花枝細梢還是幾乎拖到了水面上。

從這紅色八重花叢的間隙，可以看到池對面東岸的樹叢上方綠葉遍佈的山巒。

「那是東山的餘脈吧？」真一問。

「是大文字山。」千重子回答。

「哦，大文字山？看上去很高嘛。」

「大概是因為從花叢中看吧。」千重子這樣說時，也確實是站在花叢之中。

兩人捨不得離去。

這棵櫻樹周圍的地上鋪着白色的粗砂。白砂地的右側是神苑的出口，有一片好看的松樹，在這庭院中算是長得很高大了。

出了應天門，千重子說：

「想去清水看看呢。」

「清水寺[9]？」真一的表情似是覺得那裏太平常了。

「想在清水看看京都城裏的暮色，看看落日時西山的上空。」千重子重複説道，真一也就點頭。

「嗯，去吧。」

「走路過去。」

那是一段挺吃力的上坡路，電車道也避開了這段路。兩人往南禪寺道繞行，穿過知恩院後面，經過圓山公園，沿着一條舊的小路來到清水寺前，正逢暮靄籠罩之際。

清水的舞台上，只剩三四個女學生在參觀，她們的面孔已看不清楚。

這正是千重子追求的時刻。裏面昏暗的正殿已經上燈。千重子沒在正殿的舞台停留，從阿彌陀殿前進了裏院。

裏院也有依懸崖而建的「舞台」，正如絲柏樹皮頂檐的輕巧，舞台也是小巧玲瓏。不過，舞台是朝西的，面向京都城裏和西山。

城裏已經上燈，天邊也還殘留着一點黃昏的微光。

千重子倚着舞台的勾欄眺望西邊，好似忘記了與自己一起的真一。真一走到她身旁。

9 清水寺：位於京都市東山區，北法相宗的本寺。

「真一，我是棄兒呀。」千重子突然冒出一句。

「棄兒？」

「是的，棄兒。」

真一以為這「棄兒」是指某種心態，嘟噥道：

「棄兒？連你也覺得自己是棄兒？你若是棄兒，我這樣的人也就是棄兒了——精神上的……每個人也許都是棄兒，我們的誕生，不就是被神丟棄到這個世上來的嗎？」

真一盯着千重子的側臉。那側臉上若有若無地染着一絲暮色，讓人覺得她的情緒或許是一種春宵之愁吧？

「我們也許因此才被稱為神的孩子吧，被他拋棄，又被他拯救……」

真一的話好像並未進入千重子的耳朵，她俯視着燈火通明的京都城，並不回頭去看他。

真一抬手去觸千重子的肩，似要撫慰她那莫名的憂鬱，卻被千重子躲開身子。

「別碰棄兒！」

「我都說啦，人類都是神的棄兒……」真一略略加重了語氣。

「沒那麼玄乎，我哪是甚麼神的棄兒，明明就是被自己的親生父母丟棄的。」

「……」

「就被扔在店舖紅漆格子門前。」

「說啥呢？」

「真的。不過這種事情對你說了也沒用……」

「我呀，站在清水寺這裏望着大京都的暮色，心裏就在想着：我真的是在京都城裏出生的嗎？」

「……」

「你說些甚麼呢？腦子糊塗了吧……」

「這種事情，我幹嗎要瞎說呢？」

「你不是批發店裏千寵百愛的獨生女嗎？獨生女變成妄想狂了。」

「我的確是受着寵愛，如今也已不在乎曾是棄兒了，不過……」

「你有棄兒的證據嗎？」

「店舖前的紅漆格子門就是證據。那扇老門知道一切。」千重子的聲音越發清晰了，「大概是在我剛進初中的時候，媽媽把我叫去，說我不是她親生的，是他們偷了一個可愛的嬰兒後乘車溜之大吉。不過，關於偷孩子的具體地點，父母親無意中又口徑不一致，一個說在祇園[10]賞夜櫻時，一個說在鴨川的河灘上……他們也許是覺得，丟在店門口的棄兒太可憐了，於是編出這些話來……」

10　祇園：京都市東山區八坂神社門前的一帶。

「噢。你不知道自己的親生父母是誰嗎？」

「現在的父母疼愛着我，我已經不想去尋找了。親生父母或許已成仇野[11]一帶的孤墳鬼影，連石碑也破舊了……」

春天柔和的暮色從西山過來，幾乎給京都的半邊天鋪上了一層朦朧的紅色。

真一難以相信千重子是個棄兒，而且是被偷來的。千重子家在批發店群集的老街，只要在附近打聽一下就能知道，但真一眼下並無打聽之意，讓他困惑且希望知道的是：千重子為何在這裏做這樣的告白？

可是，把真一帶來清水寺，難道就是為了做出這番告白？千重子的聲音變得越發澄澈，透着一股美麗的剛強，不像是對着真一在怨訴。

真一對自己的愛，千重子無疑是有所察覺的，她的告白難道是為了讓愛自己的人了解自己的身世？真一並不這樣理解，毋寧說反倒讓他聽出了搶先將他的愛拒之門外的意思。即便「棄兒」之類的話是千重子所編造……

真一在平安神宮時再三強調千重子是幸福的，他希望千重子是在抗議他的這種說法，於

11 仇野：曾位於京都嵯峨小倉山山麓的火葬場，後建有念佛寺，存有八千座無主死者石佛。

是試探道：

「知道自己是棄兒後，你覺得孤寂嗎，悲哀嗎？」

「不，我一點也不孤寂，不悲哀。」

「……」

「我要求上大學時，父親說：作為一個要繼承家業的姑娘，上大學是多餘的，還不如好好學點買賣更重要。唯有在聽到這話的時候，我有點……」

「是前年嗎？」

「前年。」

「你對父母絕對服從嗎？」

「是的，絕對服從。」

「婚姻這樣的事情也如此？」

「是的，目前打算如此。」千重子毫不遲疑地答道。

「難道就沒有自我意識或自己的感情？」真一問。

「有呀，已經多得不知如何是好了。」

「你要壓抑、抹殺這些？」

「不，不會抹殺。」

「盡說些謎一樣的話，」真一的聲音有點像是要笑，卻又有點顫抖。他將前胸探出勾欄，想要窺視千重子的表情，「真想看看謎一樣的棄兒的臉。」

「天已經黑了吧？」千重子這才轉向真一，目光灼灼。

「可怕……」她把目光投向正殿的屋頂，那厚絲柏樹皮鋪就的屋頂帶着沉重、陰暗的量感逼近，讓她覺得恐懼。

尼庵與格子門

千重子的父親佐田太吉郎，三四天前就隱居嵯峨[12]深處的尼庵了。

說是尼庵，庵主已過六十五歲。這種小尼庵既然位居古都，總是有點來歷的，但它連大門也藏在竹林深處，難為人所見，寂然無聲，幾與觀光無緣。偶爾也在廂房舉辦茶會之類的，卻無知名的茶室。庵主常會出去教授花道。

佐田太吉郎在此租借了一間屋，如今自己好像也與這座尼庵相似了。

佐田的店是位於中京[13]的一家綢緞批發店。周圍的店家大多已是株式會社[14]，佐田的店也同樣採用了株式會社的形式，太吉郎自然就是社長，生意都交由掌櫃（如今改稱專務或常務）打理，只是仍然保留着許多舊時店家的規矩。

太吉郎自年輕時起就具名士氣質，且生性孤僻，全無為自己作品舉辦染織個展之類的野心。也許是覺得即使舉辦了，恐怕也會因為在當時過於新奇而難有銷路。

12 嵯峨：位於京都市右京區，隔着桂川與嵐山相望，有多座寺廟。
13 中京：京都市的中京區。
14 株式會社：相當於漢語的「股份有限公司」。

其父太吉兵衛對他的所作所為聽之任之，不加干涉。而太吉郎也並不像店內的設計師或店外的畫家那樣，畫一些合乎時尚的圖案。在得知並非天才的太吉郎走投無路之際，憑藉毒品的魔力，為友禪染[15]畫一些古怪畫稿時，太吉兵衛立刻把他送進了醫院。

待太吉郎接班後，此類畫稿在市場上漸漸司空見慣，令他頗是煩惱。獨自躲進嵯峨尼庵，也是為了希望天降構圖靈感。

戰後，和服的圖案也發生了顯著變化，昔日靠着麻醉品想出的古怪圖案，放到現在或許會被認為是新穎的抽象風格，但太吉郎畢竟五十過半了。

太吉郎也曾想過斷然回到復古路線。舊日的那些優秀作品一件件浮現眼前，古代衣料殘片和舊式衣裳的圖案、色彩全都進入腦海。當然，他也少不了漫步京都的名園、野山，為和服圖案做一些寫生。

中午時分，女兒千重子來了。

「爸爸，要吃森嘉[16]的燉豆腐嗎？我買來了。」

「啊，謝謝……森嘉的豆腐我喜歡，千重子過來更讓我喜歡。傍晚前就別走了，讓爸爸放鬆一下頭腦，想出個好圖樣來……」

15　友禪染：一種染色花紋的樣式及其技法，主要用於絲綢。

16　森嘉：位於京都嵯峨的料理店，以豆腐料理聞名。

紡織品批發店老闆本無必要畫草圖，甚至反倒會給生意添亂。

可是，太吉郎在店裏放了一張寫字桌，就在基督燈籠所在的中庭的客廳深處的窗邊，他有時在桌邊一坐就是半天。桌子後方有兩個陳舊的桐木衣櫃，裏面裝着一些中國和日本的古代織品殘片，櫃子旁邊的書箱裏盡是各國的織品圖錄。

後面廂房的倉庫二樓，有不少能樂[17]戲服和古代武家婦女的禮服之類，都原封不動地保存着，還有不少南洋各國的印花布之類。

這些東西，有的是太吉郎的上一代或上上代收集的，若遇古代織品展會來徵集展品時，太吉郎就會愛理不理地拒絕道：

「我要遵照先祖的遺願，東西概不出門。」

拒絕時，一副毫無商量餘地的模樣。

因為是京都的老房子，有人上廁所時，必須走過太吉郎寫字檯旁邊的窄廊。他一般只是皺起眉頭不做聲。但若店裏動靜稍大一些，他就會不悅地說：

「不能安靜點嗎？」

17　能樂：日本的一種傳統舞台藝術。

掌櫃兩手支席，說：

「大阪來客人了。」

「買與不買都隨他去，批發店多着呢。」

「這可是一位交往已久的老主顧，所以……」

「衣料是要用眼買的，要是用嘴買，不正因為他沒長眼嗎？懂買賣的人瞥一眼就知道，儘管咱們店便宜貨較多。」

「是。」

從寫字檯下方到坐墊下面，都被太吉郎鋪上了有些來歷的外國地毯。他的周圍還用南洋名貴的印花布圈成了帷幔，這是千重子的智慧，帷幔多少能減輕一些店頭傳來的聲響。千重子經常更換這帷幔，每次更換時，父親一面在心中體會着她的體貼，一面對她介紹這些帷幕的故事，諸如來自爪哇還是波斯，屬於哪個時代，是哪種圖案等等，這些詳盡的解說，有的千重子並不能聽懂。

「用來做袋子可惜了，剪開做方巾又嫌大，要是做和服腰帶，可以做幾根呢？」千重子有一次打量着帷幔說。

「拿剪刀來。」太吉郎說。

父親用千重子拿來的剪刀，熟練地剪開做帷幔用的印花布。

「這個做你的腰帶挺好吧？」

千重子一驚，眼睛濕潤了。

「別，爸爸……」

「挺好，挺好。你繫上這印花腰帶，我或許又能想出構圖思路來呢。」

千重子就是繫着這條腰帶去嵯峨尼庵的。

女兒身上這條印花腰帶自然立刻進入太吉郎的視線，他卻不去多看。作為印花布的圖案，屬於大氣豪華、濃淡有致的一類，但是否適合做花季女孩的腰帶，父親還在思忖。

千重子把半月形飯盒放在父親身旁，說：

「現在吃嗎？我去做豆腐鍋，一會兒就好。」

「……」

千重子站起身時，就勢回頭去看門外的竹林。

「已是竹秋了。」父親說。「土牆也歪的歪、倒的倒，四處剝落，就像我一樣了。」

千重子聽慣了父親這種說法，也就不去安慰他，只在嘴裏重複着他說的「竹秋」[18]。

「來時路上的櫻花怎樣了？」父親輕聲問道。

18 竹秋（竹の秋）：在日語中作為春的季語，代指陰曆三月。源於此時竹葉變黃。

「池面也有凋落的花瓣，山上的嫩葉間有一兩株沒落花的，經過時隔着一點距離看過去，反而挺好的。」

「哦。」

千重子進了後屋。太吉郎聽見切葱和刮木魚乾的聲音。千重子把一套做豆腐鍋的樽源[19]炊具都帶來了——她竟從家裏搬來了這麼多東西。

千重子認認真真地伺候着父親。

「一起吃一口吧。」父親說。

「好的。謝謝……」

父親從女兒的肩一直往下看：

「太素了。千重子選的盡是我設計的圖案，大概也只有你一個人會穿這樣的衣服了，都是賣不出去的呀……」

「我是喜歡才穿的，挺好的。」

「嗯，太素了。」

「素歸素，可是……」

19　樽源：京都一家老字號，以木製炊具、餐具等用品知名。

「年輕姑娘穿得太素總不太好吧？」父親的語氣突然嚴厲了。

「經常見到的人還誇我呢。」

父親陷入沉默。

設計圖案如今對於太吉郎來說，已是一種興趣愛好。他的批發店也已面向一般消費者，掌櫃為了不抹老闆面子，也就只把兩三張太吉郎的畫稿拿去印染，其中一種就被女兒千重子主動選來經常穿着。衣料質地倒是精挑細選的。

「別再總穿我設計的花樣了。」太吉郎說，「也不要只穿咱店的衣料了……你沒有這樣的義務。」

「義務？」千重子吃驚地說，「我可不是在盡義務呀。」

「千重子如果穿得花哨些，或許已經找到意中人了。」父親放聲而笑，臉卻不見笑容。

千重子照應父親吃燉豆腐的時候，父親那張大寫字桌自然就映入她的眼簾，桌上看不出他在畫京染[20]的草圖。

20　京染：可特指友禪染，也可泛指具有京都傳統特色的染織方式。

只有一個畫江戶[21]泥金畫用的硯盒和兩冊高野切[22]的複製本（不如說是字帖）放在桌子的一個邊角。

千重子想：父親來尼庵，是不是着意要忘掉店裏的買賣呢？

「六旬老人在習字呢。」太吉郎羞澀地說，「不過，藤原[23]假名流利的線條，對於圖案設計也不無幫助吧。」

「……」

「我也夠可憐的，手都抖了。」

「把字寫得大一點呢？」

「我是寫得挺大了，可是……」

「硯盒上那串舊唸珠是怎麼回事？」

「啊，你問那？我腆着臉向庵主討來的。」

「您戴着它去拜佛嗎？」

「用現在的話說，算是吉祥物吧，雖然有時也恨不得把它含在嘴裏嚼碎呢。」

---

21 江戶：東京舊稱。

22 高野切：高野抄本殘片。一種日本古墨跡殘片，現存《古今集》的最古抄本。

23 藤原：根據筆跡研究，高野切推測為藤原行経、源兼行、藤原公経三人合寫，此處應指其中某位藤原氏。

「啊，髒。唸珠已被長年的手垢弄髒了吧。」

「怎麼會髒呢，那不是兩三代尼姑信仰的積垢嗎？」

千重子覺得自己觸到了父親的痛處，便低頭不語，把剩下的燉豆腐端到廚房。

「庵主呢？」千重子從裏屋出來說。

「馬上該回來了吧。你要幹嗎？」

「我在嵯峨走走就回去。嵐山現在人多，我喜歡野野宮[24]和二尊院[25]的小路，還有仇野那種地方。」

「你年紀輕輕就喜歡那些地方，將來令人擔心呢。可別像我呀。」

「女的會像男的嗎？」

父親站在外廊目送千重子。

老尼沒一會就回來了，立刻就開始打掃庭院。

太吉郎坐在桌前，腦海中浮現宗達[26]和光琳[27]畫的蕨菜，還有春天的花草，他想到了剛回

24 野野宮：位於京都嵐山的神社。

25 二尊院：位於京都嵐山的天台宗寺院。

26 俵屋宗達（？—約一六四〇）：江戶初期畫家。

27 尾形光琳（一六五八—一七一六）：江戶中期畫家。

去的千重子。

走到有村落的路上，父親隱居的尼庵便掩沒在竹林中了。

千重子想去參拜仇野的念佛寺，便踏着老舊的石階，爬上左側山崖的兩具石佛附近，卻聽到上面人聲嘈雜，便停了下來。

那幾百座朽敗的石塔群被稱作無緣佛，最近有攝影協會讓一些女人穿着奇怪的薄衣單衫站在小石塔的群落中拍照片，今天會不會又是如此呢？

千重子從石佛前沿石階往下走。她想起了父親的話。

即使是為了避開春日嵐山的遊客，仇野和野野宮也確實不是年輕姑娘該去的地方。這比起選穿父親設計圖案的素淡和服，也許更……

「爸爸在那尼庵好像甚麼都沒做……」一陣淡淡的惆悵沁入千重子的心頭，「還去咬那沾有手垢的舊唸珠，他在想甚麼呢？」

千重子知道，父親在店裏，有時是在壓抑着自己咬碎唸珠的衝動的。

「明明可以去咬自己的指頭嘛……」千重子嘀咕着，搖了搖頭，想把思路轉移到自己與母親來念佛寺敲鐘的情景。

這鐘樓是新建的，瘦小的母親敲了鐘，卻沒啥聲音。

「媽媽，吸一口氣。」千重子把自己的手掌覆在母親的手掌上一起去敲，鐘響了。

「真的呀。這聲音不知能傳多遠呢？」母親很開心。

「咱們和經常敲鐘的僧人還是不一樣呀。」千重子笑着說。

千重子想着這些情景，一面沿着小路朝野野宮去，小路旁有一塊並不算舊的字牌，寫着「通往竹林深處」，可原先的微暗已變得明亮起來，還聽到了野野宮門前小賣店的攬客聲。

不過，小小的神社如今仍無變化。正如《源氏物語》所記載，供職於伊勢神宮[28]的齋宮（內親王），以清淨無垢之身，於此齋戒三年，所以這裏被視作皇居遺址，特別以帶樹皮的黑木鳥居和小籬牆聞名。

從野野宮前走上野道，眼前便是開闊的嵐山。

千重子來到渡月橋前，在岸邊的一排松樹處乘上巴士。

「回家之後，如何說父親的情況好呢……儘管母親已經料想到了……」

中京街上的房子，大多被明治維新前的「鐵炮燒」、「咚咚燒」[29]燒毀，太吉郎家的店也沒能倖免。

28　伊勢神宮：位於三重縣伊勢市的皇室宗廟。

29　「鐵炮燒」、「咚咚燒」：原為兩種日本料理方式，後也被用來借指京都一七八八年和一八六四年所遭的兩場大火。

所以，這一帶雖然還存留着一些帶有古京風味——諸如紅漆格子門和二樓的蟲籠窗[30]——的店家，其實這些建築的歷史都未到百年。而太吉郎家店鋪後的土倉，據説倒是從火災中倖存下來的。

太吉郎的店如今幾乎沒有甚麼變化，一方面可能緣於店主的性格，另一方面或許也是因為生意不大好吧。

千重子回到家。打開格子門，一眼就可以看到店深處。母親阿繁正坐在父親的桌前抽煙，左臂支桌托腮，身體前屈，像是在看書的樣子，桌上卻空無一物。

「我回來了。」千重子走近母親。

「啊，回來了嗎？辛苦了。」母親回過神來，「父親情況怎樣？」

「嗯……」千重子思忖着如何回答，「我買了豆腐過去。」

「是森嘉的嗎？爸爸開心吧？做燉豆腐……」

千重子點頭。

「嵐山怎樣？」母親問。

---

30 蟲籠窗：京都地方舊式住房二樓的一種豎條格木窗，因形似蟲籠而得名。

「人很多……」

「爸爸把你送到嵐山了嗎？」

「沒有，因為庵主沒在家。」千重子答道，「爸爸好像在練字。」

「練字呀。」母親並無意外的樣子，「練字能靜心，也挺好的。我也要學學。」

千重子端詳母親白晰端莊的面孔，看不出甚麼動靜。

「……」

「千重子，」母親輕輕叫了一聲，「千重子，你呀，也可以不必繼承咱店的生意……」

「想嫁人也沒問題。」

「……」

「你在聽我說嗎？」

「您為甚麼說這話？」

「一言難盡，但媽媽畢竟五十歲了，想到才說的。」

「乾脆把這買賣停了？」千重子說着，那對美麗的眼睛就濕了。

「那也太急了吧……」母親微微一笑。

「你說要把咱店的買賣停了，這是真心話嗎？」

母親的聲音不高，態度卻嚴肅起來。明明剛才還微微一笑的，難道是千重子看走了眼？

「是真心話。」千重子回答，一陣疼痛在心間穿過。

「我沒生氣，你不必那樣。年輕人說，老年人聽，哪個更傷感，這是明擺着的吧？」

「媽媽，對不起。」

「沒啥對不起的。」這下母親真的露出了微笑，「先前我對你說的，也並非媽媽的真心話呀……」

「我也是心不在焉，不知道自己該說甚麼了。」

「做人應該儘量說話始終如一，做個女人也是如此。」

「媽媽……」

「你在嵯峨對父親也說了同樣的話嗎？」

「沒有，對他甚麼也沒說。」

「是嗎？不妨說給他聽聽嘛……作為男人，大概會發怒，但心底卻是高興的。」母親用手按着額頭，「有機會坐在你爸爸的桌前，於是就想着你爸爸的事情了。」

「媽媽都看出來了吧？」

「看出甚麼？」

母女倆沉默了一會，千重子終於憋不住了：

「我去錦市場[31]看看做晚飯的菜吧。」

「好的，那就拜託了。」

千重子起身往店頭去，先到了土間[32]，這個細長的土間直通後屋，在正對店頭的牆角有一排黑色的灶台，那裏有廚房。

如今畢竟不用大灶了。灶台後面安了煤氣爐，鋪了木地板。京都的冬天非常冷，若像從前那樣腳下是石灰地面，四面透風，是十分難過的。

可是，灶台並沒有被破壞（多數人家都還留着），似乎是因為人們普遍信仰灶火之神——荒神。灶台的後面供奉着鎮火的護符，還擺放着布袋[33]神像。布袋共有七尊，每年初午[34]人們便去伏見的稻荷神社買，一年買一尊，直到湊足七尊。在這期間家裏若有人去世，則須再從第一尊重新買起。

---

31 錦市場：京都的菜市場。

32 土間：日本房子裏沒鋪木地板的地面，或鋪三合土的地面。

33 布袋：中國傳說中唐末五代時期的禪僧，經常袒露大肚子，肩背布袋雲遊四方化緣，被稱布袋和尚，在日本被尊為七福神之一。

34 初午：陰曆二月第一個干支逢午的日子。

千重子店裏的灶神已七尊齊備，雙親加女兒的三人家庭，在這七年乃至十年中都沒人去世。

灶神之列的旁邊放着一個白瓷花瓶，每隔兩三天，母親便會換水，並仔細地擦拭擱板。

千重子拎着購物籃剛出門，便看到一個年輕男人踏進她家的格子門，與她一步之差。

「銀行的人。」

對方好像沒有留意千重子。

這位年輕的銀行職員常來，所以千重子覺得不會有甚麼可擔心的事，但腳步卻變得沉重了。她靠近店前的格子門，邊走邊用手指一根根地輕輕觸碰那些格子。

格子已到盡頭處，千重子回頭去看店鋪，然後又抬頭看。

二樓的蟲籠窗前，一塊舊招牌很醒目，招牌上面還搭着個小小的檐頂，像是老鋪的標誌，又像裝飾物。

春天和暖的斜陽淡淡地投在招牌那陳舊的金字上，看上去反而給人一種冷寂的感覺，店門口那厚棉門簾也已褪色發白，露出了粗線頭。

「唉，即便是平安神宮的垂枝紅櫻，以我的心情去看，大概也有冷清的時候吧。」千重子加快了步伐。

錦市場如往常一樣熙熙攘攘。

快要回到父親店裏時，千重子遇到白川女[35]，便招呼道：

「去我家坐坐吧。」

「好的，謝謝。正好您回來了……」那姑娘說，「剛才去哪裏了？」

「錦市場。」

「您真能幹。」

「我想要點供神用的花。」

「好的，承蒙經常照顧生意……您看喜歡哪種。」

說是花，其實就是一些榊木樹枝，剛長出些嫩葉。

每月的一號和十五號，白川女總會帶花過來。

「今天小姐您在，真好。」白川女說。

挑選帶嫩葉的小樹枝時，千重子的心情也變得歡快起來。她一隻手攥着樹枝，一進家門就說：「媽媽，我回來啦。」聲音特別明快。

千重子把格子門開了一半，又回頭去看，賣花的白川女還在原地，便招呼道：

35 白川女：京都市東北部北白川一帶的女子。當地盛產花卉，白川女多行走各地販賣鮮花。

「進來歇歇再走。我去沏茶。」

「誒，謝謝。每次對我這麼客氣……」姑娘點頭，然後舉起一束野花經過土間，「這野草雖沒啥情趣……」

「謝謝。我就喜歡野花，幸虧你還記着……」千重子望着來自野山的花。進了家門，在灶台近前有一口老井，上面罩着一個竹編的蓋子。千重子把花和樹枝都放在蓋子上。

「我去拿把剪刀來。對了，榊木的葉子得洗一洗才行……」

「我帶着剪刀呢。」白川女説着，把剪刀弄響了給她聽，「您家的灶神總是收拾得乾乾淨淨，我們賣花的也真應該感謝才是。」

「那是媽媽的習慣。」

「小姐您也……」

「……」

「近來許多人家的灶台、花瓶、井口都積滿灰塵，髒兮兮的，賣花的看了心裏也越來越不好受。可是到了您家一看就安心、就開心了。」

「……」

千重子沒法告訴白川女，家裏的買賣越來越不景氣，這才是要緊的。

母親仍坐在父親的桌前。

千重子把母親叫到廚房，讓她看從市場買來的東西。母親看着女兒從籃子裏拿出來的一樣樣東西，覺得這孩子越來越儉省了，儘管也可能是因為父親去了尼庵不在家的緣故。

「我幫你一起做吧。」母親也站在廚房，「剛才來的那位是常來的賣花女嗎？」

「是的。」

「你給爸爸的畫冊在嵯峨的尼庵嗎？」

「我沒見到……」

「他只帶走了你給的書。」

那是一本畫集，收有保羅．克利[36]、馬蒂斯[37]、夏加爾[38]以及一些更現代、更抽象的畫家的作品。千重子為父親買來，是希望能喚醒他新的靈感。

「咱們店其實根本無需你父親去畫設計圖，找一些外面印染的東西回來賣賣就行了，你父親卻……」

「不過，你倒是整天穿着父親設計的和服，媽媽也該謝謝你呢。」母親繼續說。

---

36 保羅．克利（Paul Klle，一八七九—一九四〇）：在德國創作的瑞士畫家。

37 馬蒂斯（Henri Matisse，一八六九—一九五四）：法國畫家。

38 夏加爾（Marc Chagall，一八八七—一九八五）：猶太人畫家，生於俄國。

「說甚麼謝呀……我只是因為喜歡才穿的。」

「爸爸看着女兒身上的衣服和腰帶，也是難抑心頭的寂寞吧？」

「媽媽，雖然素淨了點，但仔細看看，還是挺有味道的，也有人誇我呢。」

千重子想起今天跟父親也說過同樣的話。

「雖說漂亮的姑娘有時反倒適合素淨的打扮……」母親說着掀開鍋蓋，用筷子試了試鍋裏的燉菜，「不知你父親後來為甚麼就畫不出時尚、流行的東西了。」

「……」

「他以前也是畫一些非常時尚、新奇的作品的……」

千重子點點頭：「媽媽不是也穿爸爸設計的衣服嗎？」

「那是因為媽媽已經老了……」

「總是老了老了的，您才多少歲呀？」

「老了呀……」母親只是重複道。

「有一種非物質文化遺產，一位小宮先生設計的江戶小紋，那東西被年輕人穿在身上，反倒被人稱讚、受人注目，走過的人都會回頭看。」

「你父親是不好跟小宮先生那樣傑出的人放在一起比較的。」

「我父親從精神底蘊來說……」

「你越說越玄了。」母親搖動着她那張京都風韻的白臉，「不過，千重子，你爸爸說要為你的婚禮做一套令人矚目的華美和服……媽媽也早就盼着了……」

「我的婚禮？」千重子的臉上蒙上了點陰影，沉默了一會，「媽媽，在至今的生涯中，有過甚麼讓您魂不附體的事情嗎？」

「關於這，我以前好像也說過，一次是跟你父親結婚，另一次是跟你父親一起偷了一個可愛的寶寶千重子後逃走——偷了千重子乘車逃走的時候。雖已是二十年前的事情，現在想起還心撲撲亂跳。千重子，你摸媽媽胸口看看。」

「媽媽，千重子是個棄兒吧？」

「不對，不對。」媽媽拚命搖頭。

「人這一輩子總會做一兩件可怕的壞事呀。」母親繼續說，「搶走嬰兒，這比偷錢或拿人家任何東西都罪孽深重吧，或許比殺人更壞。」

「……」

「千重子的父母親大概要急瘋了，想到這，就想趕快還給他們。但現在是想還也還不回去了。當然，如果你自己想去尋找親生父母，那我也沒辦法……我這個做母親的可能也就活不了了。」

「媽媽，您別再說這些了……千重子只有您這麼一個媽媽，我從小到大一直是這麼想的……」

「我明白你的心情，但正因如此，我們的罪孽就更重了……我和你父親都做好了下地獄的思想準備，只要這輩子能換回你這麼個好閨女，地獄又算得了甚麼？」

聽到母親這麼激動的語氣，再看看她的臉，已是淚流滿面，千重子也噙着淚水說：

「媽媽，請您說真話，千重子是棄兒嗎？」

「不是，你說得不對……」母親又搖頭說，「千重子，你怎麼會覺得自己是棄兒呢？」

「我不相信你和爸爸會去搶孩子。」

「我剛才不是說了嗎，人這一輩子總會做一兩件讓自己魂不附體的壞事。」

「若照您說的，那麼是在甚麼地方撿到我的呢？」

「賞夜櫻的祇園。」母親的回答毫不遲疑，「以前也曾說過的吧，花下的椅子上躺着一個可愛的小寶寶，見了我們就笑，笑得像花兒一樣，讓人沒法不把她抱起來。一抱起來便心裏一緊，已經按捺不住。我用自己的臉去蹭孩子的臉，再看看你父親，他就說：『阿繁，咱們把這孩子偷走吧。』我問：『啊？』他說：『跑，快跑！』後來的事情就像做夢一樣了，大概是在芋棒[39]料理店『平野屋』附近跳上車的吧……」

「……」

「孩子母親大概是稍微走開了一會，就是那麼一個間隙。」

39　芋棒：芋艿煮鱈魚乾，京都的特色料理。

母親的話似也沒有甚麼不合邏輯之處。

「命運……千重子從那以後就成了我的孩子，不是已經二十年了嗎？對千重子來說不知是好是壞，即使是好事，我仍每天都在心中暗暗合掌祈求寬恕，你父親也是這樣吧。」

「是好事，媽媽，我覺得是好事。」千重子用雙手捂住眼睛。

不管是棄兒還是偷來的孩子，在戶籍簿上，千重子是被登記為佐田家嫡女的。

剛從父母親那裏得知自己並非親生時，千重子還完全沒有實感，剛上初中的千重子甚至懷疑：是因為自己有甚麼地方讓父母不滿意，才被他們這麼説的。

也許父母怕千重子會從鄰居那裏聽説甚麼，於是就先把事情挑明了吧。又或許是他們相信千重子對於父母的情感之堅定，並且已經到了明辨事理的年齡？

千重子確實吃驚，卻又不怎麼難過，即使到了青春期，也沒太為此事煩惱。她對太吉郎和阿繁的愛及親近感都無變化，也未糾結於此事而不得解脱，這也是千重子的性格使然吧。

可是，既然不是這家親生，那就該有親生父母在某個地方，或許還有兄弟姐妹也未可知。

「倒也不是要去相見……」千重子想，「更重要的是，他們的日子一定很苦吧？」

這也非千重子能把握的事，真正沁入她心間的，倒是這格子門後深處父母親的憂愁。

她在廚房用手掩目也緣於此。

「千重子。」母親阿繁把手放在女兒肩上搖晃，「從前的事你就別再問了。世上不知何時或哪裏，都可能會有玉石散落的。」

「玉石？我真是塊大玉石呀。要是真能給媽媽做個戒指甚麼的，倒也好，可是……」千重子說完又打起精神幹活了。

吃完晚飯收拾好了以後，母親和千重子上了後屋二樓。

二樓臨街有蟲籠窗的房間天花板很低，房間陳設簡陋，是讓夥計們睡覺的地方。中庭旁的走廊直通後屋的二樓。從店裏也可上樓，重要的客人會被帶到二樓招待或住宿，現在一般的客人都是在面對中庭的客廳裏完成生意的洽談。說是客廳，也與店頭和後屋相連，架子上放不下的衣料就堆在客廳的兩側，因為又長又寬，所以便於把貨品攤開展示。這裏一年到頭都鋪着藤席。

後屋的二樓屋頂較高，有兩個六鋪席大小的房間，是父母和千重子日常起居和睡覺的地方。千重子坐在鏡前解開原先梳得很整齊的長髮。

「媽媽。」千重子對着隔扇門叫了一聲，聲音裏含着萬般思緒。

和服街

作為一個大都市，京都樹葉的顏色算是很美的。且不說修學院離宮[40]內和御所[41]的松林以及古寺大庭院中的樹木，光是街上那些行道樹——諸如木屋町和高瀨川岸邊的垂柳，還有五條和堀川的垂柳——就立刻能映入遊客的眼簾。那才是真正的垂柳，綠枝垂地、萬般溫婉。延綿毗連、樹冠柔和圓潤的北山紅松等，也無不令人賞心悅目。

尤其是在現在這樣的春天，東山嫩葉已現色彩，若是晴天，叡山的嫩葉的色彩亦可遠眺。

城市因樹而美，一方面也是因為清潔工作的到位。即使在祇園等地方，進入深處的小路，周圍雖是一排排灰暗陳舊的小房子，路上卻是乾乾淨淨。

製作和服的西陣一帶也是如此，那些擠擠挨挨的小店看似寒磣，周圍的路上卻非常整潔，門窗的格子都一塵不染。植物園等處也是一樣，沒有紙屑垃圾散落的現象。

植物園裏曾有美軍建造的住宅，當然是不允許日本人入內的，現在軍隊撤出，植物園又恢

40 修學院離宮：位於京都市比叡山麓的離宮，歸宮內廳管理。

41 御所：京都的宮殿建築群，曾是天皇居所。

復了原樣。

植物園裏有西陣的大友宗助喜歡的林蔭道，那是一條樟木林蔭道。樟木並非大樹，路也不長，他卻常在這裏散步，即便是樟樹抽芽的時節……

「那些樟木不知怎樣了？」宗助在織機聲中思忖，不至於被佔領軍砍伐了吧？

宗助等着植物園重新開放。

出了植物園後，沿着鴨川岸邊的上坡路稍走一段，這是宗助散步時的習慣，這樣就可邊走邊看北山了。他一般都是獨自散步。

植物園再加鴨川，他也頂多只走一小時左右，但這樣的散步讓他懷念。就在現在他又想起的時候，妻子叫他：

「佐田先生來電話了，好像是在嵯峨。」

「佐田？嵯峨？」宗助起身往賬房去。

織匠宗助比批發商佐田太吉郎小四五歲，但即便拋開買賣不說，兩人也是脾性相投。當然，年輕時也曾一起荒唐過。不過，近來多少有點疏遠了。

「我是大友，好久沒見了……」宗助接了電話。

「啊，大友先生。」太吉郎的聲音顯出少見的興奮。

「你去嵯峨了嗎？」宗助問。

「我靜悄悄地躲在嵯峨一個靜悄悄的尼庵裏。」

「您這倒有點怪了。」宗助故意換了尊稱，「尼庵裏也有各種各樣的……」

「不，是真正的尼庵……只有一個上了年紀的庵主……」

「那也不錯，只有一個庵主在，你就可以找姑娘來……」

「胡扯。」太吉郎笑了，「今天啊，有件事要拜託你。」

「好的，好的。」

「我馬上去你那裏可以嗎？」

「歡迎，歡迎。」宗助有點狐疑，「我這裏走不開。你在電話裏也能聽到織機聲吧？」

「原來是織機聲呀？真親切。」

「瞧你說的。要是織機停了，我又能幹嗎呢，不像你可以躲到尼庵裏去。」

佐田太吉郎乘車到宗助的店裏，用了不到半小時。他一來就立刻解開一塊包袱布，攤開裏面的畫稿，滿眼放光地說：

「這個想拜託你……」

「哦——？」宗助打量着太吉郎的表情，「是腰帶呀。對於你來說，這可夠漂亮夠時尚的呀。嘿嘿，躲在尼庵裏的人居然……」

「你又來了……」太吉郎笑了，「是給我女兒的。」

「呵呵，織出來後，你家小姐可要嚇一跳的吧。問題首先是，她肯用嗎？」

「其實是千重子給了我兩三本克利的畫集……」

「克利？克利是……」

「據說是老一輩的抽象派畫家，作品平實、高雅、具有理想，易被日本的老人接受。我在尼庵反覆翻看之後，畫出了這樣的圖案，與日本古代留下的那些殘片截然不同吧。」

「是呀。」

「究竟會是甚麼效果，我想請你織出來看看。」太吉郎的激動似乎還沒平息。

宗助對着太吉郎的圖稿看了一會兒，說：

「呵呵，真不賴，色彩的搭配也好……好呀，從來沒有過的新穎，卻還是素雅，挺難織的，讓我用心試試吧，希望能把女兒的孝心和父親的慈愛都充分表現出來。」

「謝了……近來動不動就談甚麼 idea、甚麼 sense 之類的，連色彩都要去學西洋的流行色。」

「也沒那麼高級吧。」

「我最討厭那些帶洋詞兒的玩意兒，日本自古以來不就有一些難以形容的優雅色彩嗎？」

「是呀，光是黑色，就有各種各樣的說法。」宗助點點頭，又說，「但我今天也想過了，現在織腰帶的也有像伊豆藏[42]那樣在四層洋樓裏的現代工業，西陣今後也會朝那個方向發展吧。

42 伊豆藏：京都西陣的絲綢染織業世家。

一天可出五百根腰帶，不久員工也將參加經營，平均年齡聽說只有二十多歲。咱們這樣用手織機的家庭生產在這二三十年內必會消亡的吧？」

「你說甚麼呢……」

「即使存活，大概也成不了非物質文化遺產吧。」

「……」

「像佐田你這樣的人，還能去學學克利啥的。」

「他叫保羅．克利。我躲在尼庵裏，花了十天半月的時間，日夜苦思冥想，這腰帶的圖案和顏色都挺有想法吧？」太吉郎說。

「挺有想法，日本味的雅致。」宗助忙說，「能看出不愧出於佐田先生之手。我會織出一條好腰帶來的，型版我也會請出色的師傅用心做。哦，對了，要論織工手藝，秀男比我好，讓他來織吧。他是我大兒子，你知道的。」

「嗯。」

「秀男織得比我更精緻，所以……」宗助說。

「那就全拜託你了。我雖是批發商，但東西大多是賣到地方上去的。」

「你客氣了。」

「這腰帶不是夏天而是秋天用的，但我還是想早點看到。」

「行，我知道了。配這腰帶的和服呢？」

「我先考慮腰帶了……」

「你是批發商，和服盡可以百裏挑一……這應該沒問題，不過，你這是在給女兒張羅婚事了吧？」

「不是，不是。」太吉郎臉紅了，像是被說到了自己的婚事。

西陣的手織機據說難以延續三代，這大概是因為手織機屬於工藝之類，父親即使是個出色的織匠，也就是說技藝高超，卻不一定能傳給兒子，即便兒子能得父親親授，且自己也認真勤奮，毫不懈怠，也仍是如此。

然而也有這樣的情況，孩子到了四五歲先學繅絲，十歲到十二歲時接受機織工的培訓，然後便可租機攬活，因此孩子多就能給家裏幫忙增光。另外，六七十歲的老太還能在自己家中繅絲紡線，因此有的家庭會有祖母和小孫女對坐幹活的情況。

大友宗助家中，則是老妻一人繞絲捲線，整天低頭而坐，因此看上去比實際年齡要老，而且沉默寡言。

三個兒子分別在自己的高機上織腰帶。家裏有三台高機自然算是很不錯的了，有的人家只有一台，也有人家是租機生產。

長子秀男正如宗助所言，技術勝過父親，且為織界和批發界所知。

「秀男，秀男。」儘管宗助在喊，卻似乎沒被聽到。他家只有三台木製手織機，不像有很多台機械織機那樣吵鬧。宗助覺得自己的聲音已經很大了，可是秀男的織機離他最遠，已經靠近庭院了，織的又是最難的袋帶[43]，大概是因為全神貫注而沒聽到父親的聲音。

「老太婆，去叫秀男過來好嗎？」宗助對妻子說。

「嗯。」妻子撣了撣膝蓋，下到土間，一邊往秀男的織機走去，一邊握拳捶腰。

秀男停下手中的梭子往這邊看，卻沒有馬上站起來，也許是因為太累了。他知道來了客人，所以也沒工夫甩甩胳膊伸個懶腰，只是擦了把臉就過來了。

「歡迎光臨這麼邋遢的地方。」他面無表情地跟太吉郎打了個招呼，無論面孔還是身體都留着辛苦幹活的痕跡。

「佐田先生設計了腰帶的圖案，要讓咱家替他織出來。」父親說。

「是嗎？」秀男仍是不大情願的語氣。

「是一條很重要的腰帶，所以與其由我動手，還是你織更好。」

「是您家千重子的腰帶嗎？」秀男那白皙的面孔這才朝向了佐田。

作為京都人，總是要為兒子的冷淡態度做解釋的。

43 袋帶：一種女用筒式和服腰帶，無布質內襯。

「秀男從早忙起，實在是累了……」父親宗助打了圓場。

「……」秀男不應。

「非得這樣投入才能做好事情……」反而是太吉郎說了撫慰的話。

「我滿腦子還是那些乏味的袋帶，請包涵。」秀男只是低了低頭表示歉意。

「好呀，手藝人非得這樣才行。」太吉郎再次首肯。

「明明是沒甚麼意思的東西，卻又讓人知道是我織的，那就更難受了。」秀男低着頭。

「秀男！」父親的語調變了，「佐田先生的活兒可不是這樣，他是躲在嵯峨的尼庵裏畫出這草圖的，不是要賣的。」

「是嗎？哦，在嵯峨的尼庵……」

「讓他看看吧。」父親說。

「好的。」

太吉郎被秀男的氣場壓倒，走進大友家時的那股勁頭已所剩無多。

他把圖稿攤開在秀男面前。

「……」

「你看行嗎？」太吉郎怯怯地問。

「……」秀男看着圖稿，並不做聲。

「不行吧？」

「……」

兒子頑強地沉默。

「秀男！」宗助忍不住了，「你答話呀。太沒禮貌了吧？」

「是。」秀男依舊不抬頭，「我也是匠人，所以正在仔細欣賞佐田先生的圖案呢。這不是一件可以隨意應付的活兒，是千重子小姐的腰帶吧。」

「是呀。」父親雖然點頭，還是為秀男的反常而納悶。

「不行嗎？」太吉郎重複這話時的語氣也不禁少了謙恭。

「沒問題。」秀男態度平靜，「我沒說不行。」

「你嘴上不說，心裏卻……你的眼睛就流露了這種意思。」

「是嗎？」

「說啥呢……」太吉郎直起膝蓋，扇了秀男一耳光。秀男並沒躲閃。

「請您儘管打我。因為我做夢也不會認為佐田先生的圖案沒意思。」

也許是因為被扇了耳光，秀男的面孔反倒有了勃勃生氣。

現在是被打的秀男在以手支席賠罪，顧不上去捂被打紅的半邊臉。

「佐田先生，對不起了。」

「……」

「雖惹您生氣了，我還是希望您讓我織這腰帶。」

「是嗎？我本來就是為此而來的嘛。」太吉郎努力讓自己平靜下來，「我也要請你原諒。已經這把年紀，尤其不該這樣呀。打得我手也痛了……」

「應該借我的手打——織匠的手，皮厚嘛。」

兩人都笑了。

然而，太吉郎心頭的疙瘩仍未解開：

「已經記不清多少年沒打人了，暫且就請你多多包涵吧。我想問你的是，秀男，你見到我的腰帶圖案時，為甚麼那樣陰陽怪氣呢？能照實告訴我嗎？」

「嗯。」秀男的臉又陰沉了下來，「我還年輕，而且只是一個工匠，所以搞不明白，您說這圖是躲在嵯峨的尼庵裏畫的？」

「是的。今天仍要回寺裏，還要住半個月左右吧。」

「別去了。」秀男語氣強硬，「您回家吧。」

「在家靜不下心來。」

「這幅腰帶圖案華麗、時新，讓我吃驚，不知佐田先生怎麼會畫出這樣的圖案，於是仔細一看……」

「……」

「雖能吸引人的注視和興趣，但缺少一種內心的溫暖與和諧，不知怎的，給人一種粗糙和病態的感覺。」

太吉郎臉色鐵青，嘴唇顫抖，說不出話。

「再怎麼冷清的尼庵，都少不了狐精狸怪之類，別是把佐田先生魅住了吧……」

「嗯……」太吉郎把畫稿拉到自己膝前專心凝視，「啊……你說得好。儘管年輕，卻了不起。謝謝你……讓我再好好考慮一下，重新畫過。」說完匆匆捲起圖稿，塞進了懷裏。

「別，這樣就挺好的，織出來感覺就不一樣了，何況畫稿的墨色與織品的染色也……」

「謝謝。秀男你能用這張圖稿織出我對女兒那種愛的溫暖嗎？」太吉郎嘴上說着，草草道了個別就出了店門。

出門便有一條小河，真正京都式的小河，岸邊的小草也以一副典雅的姿態，朝水面側着身子。岸上那白牆建築就是大友家的房子吧。

太吉郎在懷間把腰帶圖稿捏成小團後掏出來扔進了小河。

阿繁意外地接到來自嵯峨的電話，問她能不能帶女兒一起來御室[44]賞櫻花。她從未跟丈夫一起賞過花，於是不知如何是好。

---

44 御室：地區名，位於京都市右京區，宇多天皇曾在此地區的仁和寺內設置御室御所，故得名。

「千重子，千重子。」阿繁求助似的叫女兒，「你爸爸來電話，你來接一下。」

千重子過來，把手搭在母親肩上聽電話。

「是的，媽媽也一起去，在仁和寺前的茶店會合。好的，儘快……」千重子放下電話便朝母親笑着說，「不就是約我們賞花嗎，我被媽媽嚇了一跳。」

「為何連我都約呢？」

「爸爸說御室的櫻花現在正是最盛的時候……」

千重子催着猶疑不定的母親出了店門，母親還是一副驚訝的樣子。

御室的有明櫻、八重櫻在市內的櫻花中開得最遲，算是京都櫻花的餘韻吧。

進了仁和寺的山門，左手的櫻林（或可說是櫻田）中，滿開的櫻花壓彎了枝條。

可是太吉郎卻說道：

「哇，這真夠嗆。」

櫻林道上有一排大長凳，傳來一片飲酒和唱歌的喧嘩聲，四處狼藉，還有一些鄉下來的老太歡天喜地地跳着舞，有的醉漢則大聲打着呼嚕，甚至從凳子上滾落下來。

「真不像話！」太吉郎站了下來，一副遺憾的表情。

三人沒再朝花叢中去。當然，御室的櫻花是他們早就熟悉的了。

櫻林深處升起了賞花客燒垃圾的煙霧。

「怎麼樣，找個靜處躲躲吧，阿繁。」太吉郎說。

正準備回去時，與櫻林反方向的高大松樹下的長凳上，六七個朝鮮女子穿着朝鮮服裝，敲着朝鮮大鼓，跳着朝鮮舞蹈，倒是別有一番情趣。松林的綠色間也會冒出一些山櫻來。

千重子佇足望着朝鮮舞蹈，說：

「爸爸，還是安靜點好，植物園如何？」

「那裏可能不錯。看了一眼御室的櫻花，也算是完成了春天的義務。」太吉郎說完便走出山門，上了車子。

植物園從今年四月開始重新開放，京都站前開往植物園的電車也頻繁出動了。

「植物園如果人也太多，就去加茂川的岸邊走走吧。」太吉郎對阿繁說。

車子行走在一片新綠的街市。比起新建的房子，倒是那些舊房子附近的嫩葉顯得更有生氣。

從植物園門前的林蔭道開始，視線開闊敞亮起來，左手便是加茂川的河堤。

阿繁把門票夾在腰帶間，開闊的視野讓她心胸也開朗起來。平時在批發街，山也只能見到片片斷斷，何況她連店門前的街道都很少去。

一進植物園，迎面的噴水池周圍開着鬱金香。

「已經不像京都的景色了，難怪美國人在這裏蓋房子住。」阿繁說。

「瞧，就在最裏面吧」。

雖然沒甚麼春風，但走近噴水池就會感覺到水珠四濺。噴水池的左側建了個特大的溫室，有着鋼筋玻璃的圓形屋頂，因為只準備做短時間的散步，三人只是隔着玻璃看了看裏面的熱帶植物群，並沒進去。路右側的高大雪松正在萌芽，下層的樹枝覆蓋地面，雖然是針葉樹，但那新芽的嫩綠並不給人「針」的感覺。雪松與落葉松不同，但若也是落葉樹，還會有這樣夢一般的萌芽嗎？

「大友父子接下來了。」太吉郎沒頭沒腦地冒出一句，「兒子比他父親活兒好，眼也尖，看得透。」

對於太吉郎的自言自語，阿繁和千重子自然是莫名其妙。

「您見了秀男嗎？」千重子問。

「聽說是個好織手。」阿繁只說了這麼一句。她知道太吉郎素來就討厭被別人追問。

從噴水池右邊往前走，到盡頭處再左拐，好像是兒童遊樂場之類，傳來喧譁聲，草地上堆着很多小包之類的東西。

太吉郎三人在樹蔭處右拐，沒想到了一大片種鬱金香的田地，鮮花盛開，令千重子幾乎叫了起來，一塊塊的田裏分別開滿了紅、黃、白以及黑山茶般濃紫色的鬱金香，而且都是大朵的。

「嗯，這下應該把鬱金香用在新和服上了，儘管以前我會認為這很荒唐。」太吉郎歎了口氣。

如果把雪松萌發幼芽的下層樹枝比作孔雀開屏，這裏滿開的五顏六色鬱金香又該比作甚麼呢？太吉郎久久地盯着看，眾花的色彩濡染了空氣，甚至像是映進了人的身體裏面。

阿繁稍稍離開丈夫，儘量朝女兒千重子身邊靠。千重子覺得奇怪，但沒顯露在臉上。

「媽媽，白鬱金香前的那些人好像是在相親。」千重子低聲對母親說。

「誒，好像是的。」

「去看看，媽媽。」女兒拽着母親衣袖。

鬱金香前有泉水，有鯉魚。

太吉郎從凳子上站了起來，走近去看鬱金香花。他蜷着身子，連花瓣內裏都看了，然後回到母女倆面前。

「西洋花再美，也會叫人看厭的。你爸爸還是喜歡竹林。」

阿繁和千重子也站了起來。

鬱金香田是一片被樹林圍着的窪地。

「千重子，植物園是西式的庭院吧？」父親問女兒。

「我也不太清楚，有點像吧。」千重子回答，「咱們陪媽媽再多待一會兒好嗎？」

太吉郎無可奈何地從花叢中走了出來，有人叫他：

「佐田……果然是佐田呀。」

「啊，大友，秀男也來了？」太吉郎說，「沒想到……」

「不，應該是我們沒想到。」宗助深深鞠了一躬。

「我喜歡這裏的樟木行道樹，一直在等重新開園。都是五六十年樹齡的樟木了，我們慢慢悠悠地逛過來的。」宗助再次低頭致歉，「前些日子我兒子多多得罪了……」

「年輕人嘛，沒事。」

「你是從嵯峨過來的嗎？」

「誒，從嵯峨過來，阿繁和千重子從家裏來的。」

宗助走近，向阿繁和千重子打招呼。

「秀男，這鬱金香怎樣？」太吉郎的語氣帶着幾分威嚴。

「鮮活的。」秀男仍是一副生硬的樣子。

「鮮活？是呀，確實是鮮活。不過我已有點膩了，這花太多了……」太吉郎扭過頭去。

這是鮮花，雖然命短，卻明顯是鮮活的，來年還會掛蕾開放，就像這大自然一樣具有生命……

太吉郎又一次被秀男刺了一下，令他不悅。

「我的目光不夠呀。鬱金香圖案的和服和腰帶我雖不喜歡，但若讓好的畫家畫出來，鬱金香也能成為一幅生命力永存的作品吧。」太吉郎說話時臉朝着一側，「古代留下的衣料殘片也是這樣，沒有甚麼能比這古都京都更古老的了。這麼美好的東西已經沒人再能創造，只能模仿而已。」

「……」

「就拿活着的樹來說，沒有比京都年代更久的了，難道不是嗎？」

「我沒說過這麼艱深的話。每天在啪嗒啪嗒響的織機旁，哪能去想高尚的事情。」秀男低着頭，「不過，要是打個比方，您家千重子小姐如果往中宮寺或廣隆寺[45]的彌勒佛面前一站，不知要比彌勒美多少呢。」

「你是說給千重子聽，逗她開心的吧？這個比喻可讓咱擔當不起喲……秀男，咱閨女馬上就要變老了，你瞧着好了，快得很呢。」太吉郎說。

「正因如此，我才說鬱金香鮮活呀。」秀男加重了語氣，「花期雖短，但開放的時候不是生氣勃勃嗎？她也正當時呀。」

「是這樣。」太吉郎把臉轉向秀男。

「我並沒想過自己能為您織出一條給子孫後代一直繫用的腰帶，如今……只想織出一條可以稱心如意地繫在身上的腰帶，哪怕只繫一年也好。」

「好志向。」太吉郎點頭讚許。

「沒辦法，畢竟與龍村[46]不一樣。」

45 中宮寺和廣隆寺分別位於奈良和京都。

46 龍村：一八九四年，染織工藝專家龍村平藏（一八七六—一九六二）創立「美術織物」品牌。

「……」

「我說鬱金香現在是鮮活的，也是出於這樣的心情。眼下鬱金香開得如此之盛，卻也會有兩三瓣凋落的吧？」

「是的。」

「要說落花場景，都知道櫻花的花落如飛雪，不知鬱金香會是怎樣的。」

「總歸是花瓣散落吧……？」太吉郎說，「不過，太多的鬱金香讓我有點膩味，色彩過濃，反倒好像沒了味道……畢竟年紀大了。」

「走吧。」秀男催太吉郎，「送到咱家來的鬱金香圖案型板上的鬱金香總是沒有生氣，這回可讓我耳目一新了。」

太吉郎一行五人，從低窪處的鬱金香園登上了石階。

石階旁的霧島杜鵑樹叢與其說是一道樹籬，莫若說是一道厚堤，眼下雖非花期，但那茂盛的細小嫩葉卻把鬱金香盛開的五顏六色襯得分外醒目。

右上方是一片開闊的牡丹園和芍藥園，還沒有開花。這座花園是新建的，他們不太熟悉。但在這裏可以看到東邊的比叡山。

在植物園的幾乎任何位置都可望見叡山、東山、北山，但在芍藥園可與東面的叡山正面相對。

「也許是因為霧靄太濃，比叡山看起來好像矮了。」宗助對太吉郎說。

「都說春霧本應是柔和的……」太吉郎眺望良久，「大友，這春霧沒讓你覺得春天正在逝去嗎？」

「是嗎？」

「春霧那麼濃，反而……春天也就快要結束了。」

「是的呀。」宗助又說，「也太快了，我還沒好好去賞櫻花呢。」

「這也並非罕見的情況吧。」

兩人默默地走了一會，太吉郎說：

「大友，你說喜歡樟木行道樹，我們就走那條路回去吧。」

「好的，謝謝。我只要走上那條路就心情好。其實來的時候也是走那條路的……」宗助回頭對千重子說，「姑娘，陪我們走吧。」

樟木行道樹的枝梢左右交纏，枝梢上的嫩葉柔軟而帶着點淡紅，儘管沒風，有些葉子還是微微搖曳。

五人緩步而行，幾乎都不說話，樹蔭下各有思緒起伏。

秀男拿奈良、京都最美的佛像與千重子作比，並說千重子更美，這話一直出現在太吉郎的頭腦中——難道秀男如此被千重子吸引？

「可是……」

假設千重子與秀男結婚，能在大友家織機房做甚麼呢，難道也像秀男母親那樣從早到晚繞絲捲線？

太吉郎回頭去看，千重子正跟秀男談得入神，還不時地點頭。

即便說「結婚」，也不一定就是千重子去大友家，秀男也可入贅佐田家吧——太吉郎這樣想。

千重子是獨生女，如果嫁了出去，母親阿繁該多麼傷心呀。

秀男是大友家長子，而且被父親認為手藝好過自己，但他家還有兩個兒子。

再說，佐田家的買賣雖然日漸衰頹，店裏那種舊模式也到了難以改變的程度，但畢竟還是中京的批發商，跟三台手動織機的織坊不同。大友家沒有一個雇工，僅靠自家人手工作業，情況如何是可想而知的。無論秀男母親朝子的形象，還是大友家簡陋的廚房，都體現了他家的境況。即便秀男是長子，但若談得好，還是可能給千重子做上門姑爺的吧。

「秀男非常沉穩，」太吉郎試探着對宗助說，「年輕但靠得住，真的……」

「啊，謝謝。」宗助若無其事地說，「也就是幹活挺用心，但到了外面老是失禮……讓人擔心呀。」

「這倒沒啥，我前些時候一直被他教訓呢……」太吉郎的語氣毋寧說是開心的。

「實在要請你包涵，那麼不懂事的傢伙。」宗助輕輕低頭致歉，「父母的話只要不合他意，他就不會聽的。」

「這挺好的。」太吉郎點頭説，「今天怎麼又是秀男一人跟着你？」

「他弟弟若也跟着，家裏不就得停機了嗎？再説，他性格倔強，讓他在我喜歡的樟木林蔭道上走一走，或許能變得稍微平和一些呢……」

「這林蔭道真好。大友，我之所以把阿繁和千重子帶到植物園來，也是因為秀男的善意……忠告呀。」

「哦？」宗助詫異地盯着太吉郎的臉，「你是為了見見自己閨女吧？」

「不是，不是。」太吉郎匆忙否認。

宗助回頭去看，秀男和千重子走在稍稍後面，阿繁在更後面。

出了植物園，太吉郎對宗助説：

「你用這個車吧，西陣也不遠。我們去加茂的堤上再走走……」

宗助還在猶豫，秀男卻先上車説：

「那就不客氣了。」

看見佐田一家站在那裏目送車子離開，宗助從座位上欠身鞠躬，秀男的頭卻是似點非點，簡直像是沒有反應。

「那小子挺有意思。」太吉郎甚至想起了自己扇秀男耳光的事，忍着笑説，「千重子，你跟那個秀男談得那麼投機，他在年輕姑娘面前怯場嗎？」

千重子目露羞色說：

「在樟木道上？……盡是我在聽他說，不知他怎麼會那麼滔滔不絕，我也就勢……」

「那不就是因為他喜歡你嗎？你連這都不懂？他說你比中宮寺和廣隆寺的彌勒像還美……爸爸也嚇了一跳，沒想到那麼孤僻的他竟會說這話。」

「……」

千重子也吃了一驚，臉一直紅到頸根處。

「你們談了些啥？」

「關於西陣手動織機的命運吧。」

「命運？哦？」

看見父親像是陷入了沉思，女兒答道：

「說到命運，這話題好像就艱深了，可是怎麼說呢，命運……」

出了植物園，右手便是加茂川河堤上的成排松樹，太吉郎率先從松樹間下到河灘上。說是河灘，也就是長着細長嫩草的平地，偶爾可以聽到河水拍打堤壩的聲響。

有成群結隊的老年人坐在嫩草上把便當盒打開，也有年輕男女在結伴而行。

對岸也是上有車道下走遊客。一些稀稀落落的櫻樹上花已落盡，又長出了嫩葉。櫻樹對面是連綿的西山，愛宕山居於正中，北山則好像靠近河的上游。這一帶風景甚好。

「坐一會兒吧。」阿繁說。

從北大路橋下可以看到，河灘草地上晾着一些友禪綢。

「真好，到底是春天呀。」阿繁環顧四周說。

「阿繁，嗯……那個秀男怎麼樣啊？」太吉郎問。

「甚麼怎麼樣？」

「做咱家贅婿……？」

「誒？怎麼突然說這話？」

「挺沉穩的吧？」

「是的，不過這事得問千重子。」

「千重子早就說過絕對服從的。」太吉郎看着千重子，「是嗎，千重子？」

「這種事情不能強求的。」阿繁也看着千重子。

千重子低着頭，水木真一的樣子浮現在她眼前。是幼時的真一。描眉塗唇，一身王朝時期的裝束，乘着祇園祭[47]的長刀鉾[48]綵車的，幼時的真一。當然，那時的千重子也尚年幼。

---

47 祇園祭：日本代表性的祭祀活動，七月在京都舉行。

48 長刀鉾：祇園祭遊行隊伍中的首發綵車，頂蓋上飾有矛狀長杆。

北山杉

早從平安王朝[49]起，在京都好像說到山就是指比叡山，說到祭慶活動就是指加茂的祭慶。

五月十五日的葵祭[50]也過去了。

葵祭的敕使行列中加入了齋王[51]行列，是從一九五六年開始的。齋王隱居齋院前，先在加茂川淨身，這是再現古時的一種儀式。齋王身穿十二層單衣，乘牛車出場，前有身穿短褂的命婦乘着轎子，眾女孺和童女隨後，伶人奏樂。齋王這身打扮，再加正當女大學生的年齡，所以顯得既典雅又華麗。

千重子的同學中也有被選作齋王的姑娘，這時，千重子她們也會去加茂的河堤上觀看遊行。

京都有很多古神社、寺廟，或許可說每天總會有地方舉行或大或小的祭慶。看看祭曆，讓人覺得五月裏始終有活動。

---

49 平安王朝：公元七九四至一一九二年建都於平安京（京都別稱）的王朝時期之通稱。

50 葵祭：京都代表性的祭祀活動，因在敬奉者冠上或牛車上飾以葵而得名。

51 齋王：又稱齋皇女，是指在伊勢皇宮和賀茂神社出任巫女的未婚內親王和女王，她們代表皇室侍奉天照大神。

獻茶、茶室、郊野、茶炊具也總是各有用場，甚至來不及周轉。

但是這個五月裏，千重子連葵祭都沒去看，一方面這是一個多雨的五月，另一方面也是因為從小就常常被帶着去看。

鮮花雖好，千重子卻還是喜歡去看嫩葉和新綠。高雄[52]一帶的楓樹新葉自不待說，若王子[53]一帶的她也喜歡。

千重子沏了從宇治[54]買到的新茶，對母親說：

「媽媽，咱們今年連採茶都忘記去看了。」

「現在還有採茶的吧？」

「可能有吧。」

那天植物園裏的樟樹，好像也過了抽芽美得像花一樣的時期了吧？

朋友真砂子來電話説：

「千重子，去高雄看楓樹嫩葉嗎？比紅葉季節人少……」

「不會太晚嗎？」

---

52 高雄：京都市右京區的一個地區。

53 若王子：京都市左京區的一個地區。

54 宇治：位於京都府的一個市，是日本名茶產地。

「那裏比城裏冷，我想還來得及吧。」

「嗯……」千重子頓了一下，「看過平安神宮的櫻花後，本應再去看周山的櫻花，一下子就給忘了。那裏的古木……看櫻花雖已晚了，卻還是想看看北山杉呀。好像靠近高雄吧？看到筆直漂亮的北山杉挺立在那裏，我的心情頓時就舒暢起來。能陪我去杉樹那裏嗎？比起楓葉，我更想看北山杉呀。」

高雄的神護寺、槙尾[55]的西明寺、栂尾[56]的高山寺都有楓樹的綠葉，千重子和真砂子既已來了，還是決定去看。

去神護寺和高山寺的路都挺陡急，真砂子一身初夏的輕便西式衣裝，鞋子也是低跟的，所以沒問題，她擔心身穿和服的千重子行不行。千重子滿不在乎地說：

「幹嗎那樣看我？」

「真美。」

「是美啊。」千重子停下腳俯視清瀧川方向，「本以為鬱鬱蔥蔥的綠葉會讓人覺得悶熱，沒想到這裏挺清涼的。」

---

55 槙尾：位於京都市右京區。

56 栂尾：位於京都市西北部。

「我……」真砂子忍住笑，「千重子，我是說你美。」

「……」

「世上怎麼會來了個這麼漂亮的姑娘呀。」

「討厭。」

「素淨的和服在這綠色中，把千重子的美麗充分襯托出來了。不過，如果穿了鮮豔的衣服，會更加引人注目的。」

千重子身上的衣料是暗紫色的綢綢，腰帶是父親毫不吝惜地為她裁剪下來的南洋印花綢。

千重子登上了石階。神護寺裏的平重盛[57]和源賴朝[58]的肖像畫，被安德烈．馬爾羅[59]稱為世界著名的肖像畫。千重子正在想重盛臉上的甚麼地方隱隱地留着點紅色，這時真砂子說了那番話，而且千重子已好幾次聽真砂子說過類似的話。

在高山寺，千重子喜歡從石水院的寬廊處眺望對面的山姿。她也喜歡開祖明惠上人[60]的

---

57 平重盛（一一三八—一一七九）：平安王朝末期的武將。

58 源賴朝（一一四七—一一九九）：鐮倉幕府的將軍，武家政治的創始人。

59 安德烈．馬爾羅（Adre Malraux，一九〇一—一九七六）：法國小説家、評論家、政治活動家。

60 明惠上人（一一七三—一二三二）：日本鐮倉初期僧人，鑽研華嚴宗和密教，一二〇六年創建高山寺作為華嚴宗的修行道場。

樹上坐禪肖像畫。壁龕旁還掛着一幅《鳥獸戲畫》畫卷的複製品。她倆在這寬廊受到敬茶的招待。

真砂子在高山寺還從未向深處去過，這裏就算是遊客的止步之處了。

千重子被父親領着去過周山看櫻花，還有過摘筆頭菜回家的記憶，筆頭菜又粗又長。她若來高雄，哪怕是一個人，也要到有北山杉的村子去。那村子現在已併到市里，劃為北區中山北山町，但因只有一百二三十戶人家，好像還是以村相稱更合適。

「我經常走路，所以咱們還是步行吧。」千重子說，「這路挺好的。」

清瀧川岸邊面對陡峭的山，走不多遠就可看到美麗的杉林。那些筆直挺立的杉樹，一看就知道是人工用心栽培的，有名的北山圓木是這個村子的獨家產品。

下午三點大概是工間休息時間，一些像是在除草的女人從杉山下來。

真砂子盯着其中一個姑娘看呆了，竟停下了腳步。

「千重子，她太像了，是不是跟你一模一樣呀？」

那姑娘身穿藏青底色飛白花紋的窄袖和服，繫着便於幹活的束袖帶，下身是裙褲，圍着圍裙，手上戴着布製防護套，頭上罩着布巾。圍裙一直包到身後，但在一側留有開衩，束袖帶和裙褲上的細帶是身上僅有的帶紅色的地方。其他姑娘也都是同樣的裝束。

這副鄉間打扮與大原女[61]和白川女大致相仿，但這些姑娘的這種裝束並非用於進城做買賣，而只是為了便於山間勞作，應該算作日本從事山野勞作的女子形象。

「真像呀！千重子，你好好看看，不覺得奇怪嗎？」真砂子又說了一遍。

「是嗎？」千重子並沒認真去看，「是因為你看得匆忙吧？」

「怎麼會呢？那麼漂亮的人……」

「漂亮是漂亮，不過……」

「像是你的異母姐妹呢。」

「瞧你，也太冒失了吧。」

被這麼一說，真砂子也意識到自己的失言，剛要笑，又連忙捂住嘴，說：

「雖也有與別人相像的情況，可這像到怕人的程度了。」

那位姑娘和跟她一起的姑娘走了過去，幾乎沒注意到千重子她們倆。

那姑娘用布巾把臉遮得挺嚴實，露了點前面的頭髮，面頰幾乎被遮一半，並不像真砂子說的那樣看得真切，而且也不曾正面相對。

千重子多次來過這個村子，見過男人們把杉樹圓木粗粗去皮後，女人們再細細地將樹皮剝

---

61 大原女：京都北部大原一帶的鄉村女性，常頭頂柴捆去京都大街叫賣。

盡，還看過她們用冷水或熱水將菩提川瀑布帶下來的沙子弄軟弄細，再用這沙子打磨圓木，所以覺得自己對這些姑娘的面孔有些模糊的印象。這些加工作業都在路旁、戶外進行，而且這個小小的山村也不會有多少女孩，但是這些女孩的面孔，她當然也不可能一個個都仔細看過。

目送她們的背影離去，真砂子也稍稍定下神來，重複了一聲「真奇怪呀」，又像初見似的看着千重子的臉，若有所思地說：

「還是像呀。」

「像在哪裏？」千重子問。

「是一種感覺吧，雖具體很難說像在哪裏，但眼睛和鼻子……中京的小姐和這山裏的姑娘當然會有所不同，請原諒。」

「瞧你說的……」

「千重子，我們跟在那姑娘後面，去她家看看好嗎？」真砂子不甘心地說道。

跑到那姑娘家去察看，這種事即使對性格開朗的真砂子來說，大概也只是嘴上講講罷了，但是千重子還是放慢了腳步，幾乎要站住，一會兒抬頭看杉山，一會兒去看家家戶戶門口一排排豎立的圓木。

白杉圓木的粗細幾乎一樣，打磨得很美觀。

「像工藝品吧。」千重子說，「好像還被用於建造茶室，一直運到東京、九州……」圓木被整齊地豎立在近檐端處，二樓上也是這樣。有一戶人家二樓的圓木行列前晾曬着內衣之類，真砂子看着覺得新奇，說：

「這家人住在圓木隊伍中呢。」

「你真是個冒失鬼……」千重子笑了，「圓木小屋旁不是有着很漂亮的住房嗎？」

「啊，我看二樓晾着衣服，所以……」

「說那姑娘像我的也是你。」

「那是兩碼事。」真砂子認真起來，「聽到我說你跟她長得像，你是不是覺得遺憾？」

「遺憾倒是一點都沒有，可是……」這話剛說出口，那姑娘的眼睛浮現在千重子面前，這是她完全沒想到的。姑娘的眼中深藏着一種濃重的憂鬱，成為她健康的勞作形象中的一個對照點。

「這個村裏的女性都很能幹呀。」千重子說，像是要擺脫甚麼似的。

「女人跟男人一起幹活，這也沒啥稀奇的，農村人就是這樣吧，還有賣菜的賣魚的……」

真砂子滿不在乎地說：「哪像千重子這樣的小姐，見啥都覺得了不起。」

「我覺得自己也是幹活的人，你說的是你自己。」

「啊，我倒是不幹活的。」真砂子爽快地說。

「咱們光是嘴說幹活，我倒是想讓你看看這村裏姑娘幹活的樣子。」千重子又朝杉山投去目光，「現在該是打枝的時候了吧。」

「打枝？怎麼回事？」

「要想杉樹長得好，須用柴刀把沒用的樹枝砍掉，有時好像還得用梯子，像猴子一樣從杉樹的這個樹梢蕩到那個樹梢……」

「好危險。」

「有人早晨上去，中飯時都下不來……」

真砂子也抬頭去望杉山，筆直挺立的那些樹幹煞是好看，樹梢殘留的樹葉也像精細的工藝品。

山不高，也不太深。連山頂上都有一株株形狀齊整、成排挺立的杉樹，令人仰而視之。因為這些樹都可用於建造茶室，所以整片杉林看上去似也具有茶道之風。

清瀧川兩岸山陡谷狹，雨量充沛，日照短少，這也可說是培育杉樹圓木成為名品的條件之一。風也被自然地形阻攔，否則若遇強風，杉樹可能就會在幼時彎曲或傾斜。

村裏好像只有一排房子，集中在岸邊的山腳處。

千重子和真砂子一直走到小村後面較遠處才返回。

有的人家在打磨圓木，她們拿出泡在水裏的圓木，用菩提沙仔細打磨。沙子看上去像赤褐色的黏土，據說取之於菩提瀑布之下。

「如果這些沙子沒有了，那怎麼辦呢？」真砂子問。

「只要一下雨，沙子就和瀑布一起沖下來，沉積在下面。」

一個年長的婦女這樣說，一副篤定的態度。

不過正如千重子所說，她們的手始終不停。那圓木有五六寸粗，大概是用作房柱吧。

據介紹，打磨好的圓木經過水洗晾乾，用紙或稻草裹紮後運送出去。

連清瀧川岸邊的石灘上都有種杉樹的地方。

山上聳立的杉林和檐端排立的杉木，都讓真砂子想起京都老屋那些一塵不染的紅漆格子門窗。

村子入口有個國鐵巴士站，站名叫「菩提道」，大概是因為車站上方有菩提瀑布。

兩人在這裏乘上返程的巴士。沉默了一會兒後，真砂子突然冒出一句：

「人間的姑娘，若是也能像那些杉樹一樣筆直地成長就好了。」

「……」

「可惜我們得不到那樣的照料呀。」

千重子忍俊不禁地說：

「你是在約會吧？」

「嗯，是的，坐在加茂川河邊的草地上……」

「……」

「當時，木屋町的地攤上顧客越來越多，燈也點上了，但我們背對着他們，地攤那兒的人不知道我們是誰。」

「今晚呢……」

「今晚也約了七點半見，雖然天還沒黑透。」

千重子羨慕她的自由。

千重子一家三口在後屋正對中庭的榻榻米房間吃晚飯。

「今天島村家送來好多瓢正[62]料理店的竹葉壽司，我就只做了個湯，對不起了。」母親對父親說。

「是嗎？」

竹葉裹的鯛魚壽司是父親所愛。

「咱家掌厨的回來得晚了，所以……」母親指的是千重子，「又去看北山杉了，跟真砂子一塊兒……」

「嗯。」

伊萬里[63]瓷盤中裝着竹葉壽司，裹成三角形，剝了竹葉後，飯糰上放着切成薄片的鯛魚。

---

62 瓢正：位於京都市的老字號料理名店，尤以類似中國粽子的竹葉壽司知名。

63 伊萬里：位於佐賀縣西部，瀕臨伊萬里灣，是瓷器的著名產地和集運港。

湯碗裏主要是豆腐皮，再加少許香菇而已。

正如外面的紅漆格子門一樣，太吉郎的店裏也仍留有京都的批發店遺風，但如今已是會社形式，掌櫃、夥計都屬社員，大多已改為通勤上班，只有近江來的兩三個夥計住在二樓有蟲籠窗的房間。晚飯時後屋很安靜。

「你喜歡去北山杉村呀，」母親對千重子說，「為甚麼呢？」

「杉樹全都筆直挺立，非常好看。我大概是希望人心也能那樣吧。」

「那就都像你了吧？」

「不，我還是會有歪歪扭扭的時候……」

「是呀。」父親插嘴說，「再正直的人也難免會有各種想法的。」

「……」

「那不也挺好嗎？像北山杉那樣的孩子固然可愛，但卻找不到，即使有，說不定甚麼時候就會吃苦頭的。就拿樹來說，即便歪歪扭扭，我覺得只要能長大就行……你看看那棵老楓樹長在這麼憋屈的院子裏……」

「千重子這麼好的孩子，還有甚麼可說的呢？」母親有點變了臉色。

「我知道，我知道，千重子是最正直的姑娘。」

千重子面朝中庭，沉默了一會說：

「我不像楓樹那樣堅強。」她的聲音含着悲傷，「頂多就像長在楓樹樹幹凹瘺處的紫花地丁吧。啊呀，紫花甚麼時候已經凋落了呀？」

「還真是……來年春天一定會再開的。」母親說。

千重子低垂的目光停在楓樹樹根處的基督燈籠上，靠着屋裏的燈光雖看不清楚那朽壞的聖像，但她似在心中祈願着甚麼。

「媽媽，我到底是在哪裏生的？」

母親和父親對看着。

「祇園的櫻花樹下。」太吉郎的語氣不容置疑。

說是生在祇園的夜櫻下，這不就像神話傳說了嗎？《竹取物語》[64]中的赫映姬據說就是住在竹節之間的。

正因如此，父親反倒說得斬釘截鐵。

既然生在花下，或許就會有人從月亮上來接我呢——千重子想到了一個輕鬆的玩笑，卻沒能說出口。

不管是被親生父母遺棄還是被養父母偷來，現在的父母都不可能知道千重子生在哪裏，

64 《竹取物語》：日本現存最古的傳奇故事，被認為是日本物語文學之祖。

也不會認識她的親生父母吧。

千重子後悔問了不該問的話，卻又覺得還是不道歉為好。既然如此，又為何突然問了呢？千重子自己也弄不明白，或許是因為無意中想起真砂子說她與北山杉村的一位姑娘一模一樣了吧。

千重子不知該朝哪裏看是好，便望着那顆大楓樹的上方，不知是因為月亮出來了還是鬧市區燈光的照射，夜空顯得白蒙蒙的。

「天色也漸漸像夏天了。」母親阿繁也抬頭去看，「我說呀，千重子，你是在這個房子裏出生的，雖不是我生的，但你生在這個家裏。」

「嗯。」千重子點頭。

正如千重子在清水寺對真一也說過的那樣，她並非阿繁夫婦在圓山觀賞夜櫻時偷來的嬰兒，而是被丟在店門口的棄兒，是太吉郎抱她進家的。

已是二十年前的事了，太吉郎那時三十多歲，常在外尋花問柳，所以妻子一時難以相信丈夫的話。

「哪有這種好事……是你跟藝伎生下的孩子吧？」

「胡說！」太吉郎勃然作色，「你好好看看這孩子的衣服，像是藝伎的孩子嗎？嗯？像藝伎的孩子嗎？」

說着便把孩子朝妻子面前一推。

阿繁接過孩子，把自己的臉貼在孩子冰冷的臉上，問道：

「把這個孩子怎麼辦呢？」

「到後屋慢慢商量吧，愣着幹嗎？」

「是剛生的呢。」

因為親生父母情況不明，所以不能作為養女，於是就以太吉郎夫婦的嫡女報了戶籍，取名千重子。

民間有一種傳說：領養一個孩子，這個孩子說不定就會引來一個親生兒，不過阿繁還是沒生，而且千重子作為獨生女一直得到疼愛和撫養。歲月流逝，以致太吉郎夫婦也不再介意千重子是被甚麼樣的父母遺棄了，千重子親生父母是死是活也不為人知。

這頓晚飯後的收拾活兒很簡單，只要扔了竹葉壽司的竹葉，把湯碗洗淨就行，千重子一人幹了。

然後，千重子躲進後屋二樓自己的臥室，看着父親帶去嵯峨尼庵的保羅．克利和夏加爾的畫集。她入睡沒多會兒，便被自己「啊，啊」的夢魘叫聲驚醒了。

「千重子，千重子！」母親在隔壁房間喊，沒等千重子應聲，隔扇門就打開了。「做噩夢了吧？」母親進來，「做夢了……？」

說着，母親坐在千重子旁邊，打開床頭燈。

千重子坐在鋪上。

「不好，出了好多汗。」母親從千重子的梳妝檯上拿來紗布手巾，擦拭千重子的額頭和胸口，千重子任母親去擦。母親一面暗自讚嘆她胸部的白淨，一面把手巾遞過去說：

「把腋下擦擦。」

「謝謝媽媽。」

「做噩夢了？」

「夢見從高處墜落……掉進一個綠得可怕的無底洞裏。」

「誰都會常做這種夢，掉進無底洞。」

「……」

「千重子，可別着涼了，換件睡衣好嗎？」

千重子點頭，心裏卻難平靜，想要站起來，腳下卻有點打晃。

「你別動了，媽媽去給你拿。」

千重子坐着，持重而又熟練地換了睡衣，正要去疊換下的那件，母親說：

「別疊了，要洗的。」說着取過睡衣，扔向角落的衣架，然後又在千重子的枕邊坐下，「做這樣的噩夢……千重子，怕是發燒了吧？」說着把手掌擱在女兒額頭，沒想反是冰涼的，「嗯，一定是去北山杉村走累了吧？」

「……」

「臉色讓人不放心呀，媽媽也過來陪你睡吧。」說着便要去搬被子。

「謝謝……已經沒事了，放心睡吧。」

「是嗎？」母親說着便鑽進了千重子被子的一角，千重子把身子讓到一邊。

「千重子長這麼大了，媽媽已經不好再抱着睡了，總覺得有點奇怪呢。」

母親卻先熟睡了。千重子用手去試了試，確認母親的肩部等處不會受涼，然後關了燈，卻睡不着。

千重子的夢很長，告訴母親的僅是最後一段。

起初的部分與其說是夢，不如說似夢似真，是對今天與真砂子去北山杉村的愉快回憶。沒想到的是，比起那個村子，更多的是想到了那個被真砂子認為與千重子相像的姑娘。

而且，在夢要結束時掉進了綠洞，之所以是綠的，也許因為心中還存着杉山的顏色。

鞍馬寺[65]的伐竹會是太吉郎喜愛的活動，因為具有男人的特色。

對太吉郎來說，從年輕時就去看過多次，已不算新鮮，但他想帶女兒千重子去看，何況今年為了節省經費，十月鞍馬的那個火祭據說也不會舉辦了。

65 鞍馬寺：位於京都市左京區，鞍馬弘教總寺院，原屬天台宗。

太吉郎擔心下雨。伐竹會的日子在六月二十日，正是梅雨中期。

十九日那天，雨勢即使以梅雨季來説也不算小。

「下成這樣，明天能停嗎？」太吉郎不時地去看天空。

「爸爸，我不在意下雨的。」

「話雖這麼説，」父親説，「天氣不好畢竟……」

二十日，雨仍淅淅瀝瀝地下着。

「把門窗都關嚴了，討厭的水氣會讓衣料受潮的。」太吉郎囑咐店員。

「爸爸，鞍馬不去了吧？」千重子問父親。

「不去了，來年還會有的。這時的鞍馬山也是霧濛濛的。」

為伐竹會出力的並非僧人，而是當地農民，被稱為「法師」。具體的準備工作是：十八日那天，將雄竹、雌竹各四根橫綁在立於正殿左右的圓木上，雄竹須去根留葉，雌竹則要把根也留着。

面朝正殿方向，左邊是丹波座，右邊是近江座，自古以來就是這種稱法。

當年輪到出場的表演者，身穿家傳的生絲綢衣，腳蹬武士草鞋，斜背攬袖帶，腰插雙刀，用五條袈裟[66]裹頭，腰間還佩着南天竹葉，伐竹的砍刀收在錦袋之中。他們在先導的帶領下向

66 五條袈裟：縫綴數條布帛做成長方之幅，其橫五條，故名。

山門出發。

時值午後一時左右。

身穿十德服[67]的僧人吹響螺號，伐竹開始。

兩個童男齊聲對管長[68]說：

「恭祝伐竹神事！」

然後他倆分別走到左右兩座，再各自發出頌詞：

「近江之竹妙哉！」

「丹波之竹妙哉！」

均竹[69]人先把綁在圓木上的粗雄竹砍落，再將砍下的竹子修整成同樣長短，而細的雌竹則仍放着不動。

童男對管長說：

「均竹結束。」

僧人們進入正殿誦經，施撒夏菊，代替蓮花。

---

67 十德服：一種狀似素襖（日本古時武士禮服）、袖根縫死的短和服。

68 管長：佛教或神道教一宗一派之長。

69 均竹（竹ならし）：為比賽雙方提供同樣條件的竹段。

管長走下祭壇，打開絲柏骨摺扇，上下扇動三次。

隨着「嚯——」的一聲，近江、丹波兩座各有兩人將竹子砍作三段。

太吉郎想讓女兒去看這伐竹儀式，卻因雨而猶豫不決。正在此時，秀男夾着個布包袱進了格子門，說道：

「小姐的腰帶終於織出來了。」

「腰帶……？」太吉郎詫異地問，「我女兒的腰帶嗎？」

秀男單膝彎下，恭敬地以手支席施禮。

「是鬱金香圖案的吧……」太吉郎輕鬆地說。

「不。是您在嵯峨尼庵畫的……」秀男一本正經地說，「我年輕不懂事，上次對您多有得罪。」

太吉郎暗自一驚，嘴上卻說：

「哪裏的話，那只是我畫着好玩的，被你一番批評，我自己倒清醒了。是我該謝謝你呢。」

「腰帶已經織好帶來了。」

「哦？」太吉郎益發吃驚了，「那張草圖已被我揉得皺巴巴的，扔進你家旁邊的小河了。」

「扔了……？是嗎？」秀男的態度冷靜得幾乎可用無所忌憚來形容，「既然讓我那樣拜賞過一番，那就已經存在我腦中了。」

「你這是要做買賣嗎？」說話間，太吉郎沉下臉來，「即便如此，但我扔進河裏的草圖，你為甚麼要把它織出來？嗯？為甚麼又要織出來？」太吉郎重複道，一種說不清是感傷還是憤怒的情緒湧上心頭，「你不是說了嗎，說它缺少內心的和諧，粗糙而病態……」

「……」

「正因如此，出了你家門，我就把草圖扔進小河了。」

「佐田先生，請您原諒。」秀男又一次兩手支地，表示歉意，「我當時也是因為織那些無聊的東西而十分疲勞，心裏窩着一團火。」

「我的心情也同樣如此。住在嵯峨的尼庵裏，清靜固然清靜，但只有一個上了年紀的尼姑，白天雇了一個老女傭來幫忙，實在是寂寞，太寂寞了……而且我店裏的買賣也要垮了，所以覺得被你的話說中了，自己怎麼說也是個批發商，哪有必要去畫草圖呢？儘管是那樣新穎的草圖……」

「我也是想了很多，在植物園見了您家小姐後，又經過考慮……」

「……」

「您能看看這腰帶嗎？如不滿意，不妨當場就用剪刀剪個稀爛。」

「嗯。」太吉郎點頭，又叫女兒：「千重子，千重子！」

在賬房與掌櫃並排坐着的千重子起身過來。

秀男的濃眉下雙唇緊閉，表情雖似自信，解開包袱布時，指尖卻在微微發顫。

他似乎難以對太吉郎啟齒，於是把雙膝轉向千重子說道：

「小姐，請看。這是您父親的圖案。」說着便把捲着的腰帶遞了過去，然後又一動不動了。

千重子剛掀起腰帶的一端便說：

「啊，爸爸，這構思來自克利的畫集呀，是您在嵯峨畫的嗎？」說着便兩手交互動作，把腰帶拉到自己膝上，「啊呀，真好！」

太吉郎板着臉不作聲，心裏卻為秀男居然把自己的圖案了然於心而着實吃驚。

「爸爸，」千重子的聲音帶着一種孩子氣的欣喜，「真是一條好腰帶！」

「……」

千重子又用手去摸試腰帶的質地，對秀男說：

「織得真細密。」

「是。」秀男低着頭應聲。

「能讓我展開來看嗎？」

「好的。」秀男答道。

千重子站起來把腰帶往兩人面前展開，把手搭在父親肩上站着欣賞。

「爸爸，怎麼樣？」

「……」

「不好嗎？」

「真的好嗎？」

「是的。謝謝爸爸。」

「再好好看看。」

「圖案新穎，所以也得配合適的和服才行，不過確實是一條好腰帶。」

「是嗎？如果滿意的話，你就謝謝秀男吧。」

「秀男哥，謝謝。」千重子在父親身後跪下，對着秀男低頭致謝。

「千重子，」父親叫她，「你覺得與這腰帶和諧嗎，心靈上的和諧……」

「誒？和諧？」千重子覺得父親問得十分突然，於是又去看那腰帶，「要說是否和諧，得看配甚麼樣的和服，以及甚麼樣的人去穿吧……其實現在正流行故意穿一些破壞協調感的衣裳……」

「嗯。」太吉郎點頭，「其實，千重子，我讓秀男看這腰帶的草圖時，曾被他說沒有和諧感，於是我就把草圖扔到秀男機房旁邊的小河裏了。」

「……」

「可是，看了秀男織好後拿來的東西，不就跟我扔掉的草圖一模一樣嗎？只是顏色稍有差別，大概是因為畫圖用的顏料跟絲線顏色的差別吧。」

「佐田先生，請多包涵。」秀男雙手支地道歉，又對千重子說，「小姐，有個不情之請，您能把腰帶稍微放在腰上讓我看一下嗎？」

「就在這件和服上……？」千重子站了起來，試着繞上腰帶，頓時喜不自禁，太吉郎的表情也緩和下來。

「小姐，這可是您父親的傑作呀。」秀男兩眼生輝。

祇園祭

千重子提着一個大購物籃出了店門，去麩屋町的湯波半[70]，在御池大街往上坡走時，叡山到北山的天空一片通紅，像是燃燒的火焰，令她在御池大街上佇足觀望良久。

夏季晝長，現在離夕照時分尚早，天色未顯清寂，真像是熊熊烈火燃遍整個天空。

「竟會有如此情景，還是初次見到呢。」

千重子取出一面小鏡，在這濃烈的雲色中照自己的臉。

「真是難忘，一輩子都難忘……人也許會隨自己的心境而發生變化吧？」

像是受到這種光照的影響，叡山和北山呈現一片深藍色。

湯波半已把湯葉[71]、牡丹湯葉和八幡卷做好。

「您來啦，小姐。我們因祇園祭忙得不可開交，只為您這樣真正的老主顧服務，不到之處請多包涵。」

這家店平時一直只做訂貨。京都的點心店之類也有這樣的情況。

---

70 湯波半：京都的料理老店，以豆製品料理見長。

71 湯葉：豆腐皮。

「這是祇園祭用的。謝謝常年關照。」湯波半的女掌櫃把千重子的籃子裝得滿滿當當。

這裏的「八幡卷」，是在豆腐皮中裹進牛蒡，而不像其他店家是用鰻魚捲牛蒡。「牡丹湯葉」則有似「飛龍頭」[72]，是在豆腐皮中包進銀杏之類。

這湯波半是一家兩百來年的老店，倖存於「咚咚燒」那場大火，後來雖稍稍做了一些修建，例如給小天窗裝了玻璃，從前用土炕式的爐子做豆腐皮，現在則改用磚砌爐。

「以前用炭火，用嘴吹燃時會有灰木落進豆腐皮中，所以現在改燒木屑了。」

「……」

方形的銅鍋排成一排，中間用東西隔開，操作者熟練地用竹筷從鍋中撈起表面一層豆腐皮，晾到上方的細竹竿上，竹竿有上下幾層，豆腐皮依其晾乾的程度從下往上轉移。

千重子走到操作台後面，把手擱在一根老柱子上。每次與母親同來，母親總要細細地撫摸這根老柱。

「這是甚麼木料？」千重子試着問道。

「絲柏。又高又直……」

千重子也摸了這根老柱，然後走出店門。

72 飛龍頭（ひろうす）：京都森嘉料理店的特色菜，把豆腐切碎，和胡蘿蔔、牛蒡、木耳、黑芝麻、銀杏等捏合後油炸。

千重子踏上歸途時，祇園祭音樂的排練聲也越來越大。

來自遠地的觀光客也許往往認為，祇園祭就是在七月十七日這天舉行綵車遊行，他們頂多也就是趕來參加十六日晚上的宵山[73]活動。

其實，祇園祭的具體活動貫穿了整個七月。

七月一日，各町舉行迎吉符儀式，然後開始演奏音樂。

童男乘坐的「長刀鉾」每年都在遊行隊伍的最前面，其他綵車則在七月二、三日，由市長主持抽籤儀式，確定出場順序。

綵車大致在前一天搭好，但七月十日的「御輿洗」似乎才是祇園祭的正式開場。人們會在鴨川的四條大橋洗御輿[74]，所謂洗，也就是神官用楊桐枝浸水後滴在御輿上。

然後，被選中的童男在十一日參拜祇園神社，他將在遊行時乘坐長刀鉾。參拜時，童男騎

73 宵山：正祭前夜舉行的小祭。

74 御輿：祭慶時抬神體或神靈的轎子。

在馬上，頭戴立烏帽子[75]，身穿水干[76]，帶着隨從，去接受「五位」[77]的稱號。比五位更高的應該就叫作「殿上人」了。

從前因為在活動中引入了神佛形象，所以有時會讓充當童男左右隨從的孩子扮成觀音、大勢至兩位菩薩。另外，童男被神授予五位稱號，有時也會被視作與神舉行婚禮。

「這太奇怪了，我不是男的嗎？」水木真一被選作童男時曾這樣說過。

此外，童男還要行「別火」之儀，即與家裏人分火煮食，以示潔淨。但這種做法現在已省略，據說只需用火石取火做飯給童男吃即可。聽說家裏人如果無意中忘了，童男便會主動提醒說：「火石打火，火石打火！」

總之，童男並非遊行一天即可完成任務，所以會有各種辛苦。他們還須去鉾町巡迴致謝。無論是祭禮活動還是童男的活動，都要持續一個月左右。

比起七月十七日的綵車遊行，京都人毋寧說似乎更能從十六日的宵山體味情趣。

祇園會的日子已經迫近。

千重子家的店裏也卸了格子門，忙着為這個日子做準備。

75 立烏帽子：一種硬冠黑漆帽。

76 水干：日本的一種古代禮服。

77 五位：日本古時被允進入金殿的最低官階。

千重子作為京都姑娘，而且出身於四條大街附近的綢緞批發店，屬於八坂神社的氏子[78]，每年都要經歷祇園祭，已不把這個活動當作新奇事。祇園祭就是暑熱的京都一次夏祭而已。

最親切的就是真一乘在長刀鉾上的童男形象。每到祇園祭之際，祭慶音樂響起，綵車周圍亮起許多燈籠時，真一的童男形象就重現在她眼前。他被選作童男時，和千重子大概都是七八歲的光景。

「即使在女孩子中，也沒見過那麼俊美的。」

真一去祇園神社受領五位稱號時，千重子是跟着去的，還跟着一起去鉾町轉了一圈致謝。童男裝束的真一還曾帶着兩個小跟班來千重子家的店裏致謝。

「千重子，千重子！」真一叫她時，千重子紅着臉盯着他看。真一化了妝，還抹了口紅，而千重子則是一張曬黑了的臉蛋，和服夏衣上紮着一根三尺腰帶，與鄰居孩子在點燃小焰火玩。

如今的祭慶樂聲以及綵車四周的燈光中，依然有着真一當年的童男形象。

「千重子，去看宵山嗎？」晚飯後母親問千重子。

「媽媽去嗎？」

78　氏子：在某一守護神鎮守地區出生的居民。

「媽媽有客，去不了。」

千重子出了家門，腳步便快了起來。四條大街被人潮擠得走不動。

不過千重子熟知四條大街的哪裏有甚麼樣的綵車，哪條小巷裏有甚麼樣的綵車，因此還是看了個遍，果然熱鬧非凡，各種綵車音樂處處可聞。

千重子走到「御旅所」[79]前，討了蠟燭點着，供在神前。在祭慶期間，八坂神社的神像被迎往御旅所。御旅所位於新京極往四條去的那條路的南側。

在御旅所，千重子發現一個姑娘，憑背影便可知道是在做七度參拜。所謂七度參拜，就是從御旅所的神像前離開一段距離後，重新返回再做參拜，如此重複七次，在這期間，即使遇到熟人也不可開口搭話。

「咦？」千重子覺得這個姑娘眼熟，於是也不由自主地做起七度參拜來了。

姑娘先往西走，然後再返回御旅所，千重子則與其相反，先往東走再返回。不過那姑娘比千重子專心，祈禱時間也較長。

姑娘好像已拜完七次，千重子每次走得不像姑娘那麼遠，所以也在差不多的時間完成。

姑娘緊緊地盯着千重子望。

---

79 御旅所：祭慶時，神轎從神社啟動途中臨時停放的地方。

「在祈願甚麼？」千重子問。

「你都看到了嗎？」姑娘的聲音發顫，「我在祈願知道姐姐的下落……你是我姐姐。是神讓我們走到一起了。」姑娘的眼裏噙滿淚水。

果真就是北山杉村的那位姑娘。

御旅所掛着的成排供燈以及參拜者供奉的蠟燭，把神前照得通亮，但姑娘並不怯於光亮下讓人見到自己的眼淚，那些光亮反倒像來自她自身。

千重子湧起堅強的意志，克制自己的情感。

「我是獨生女，沒有姐妹。」她雖這麼說，臉色卻變得刷白。

北山杉村的姑娘抽泣了起來。

「我明白，小姐，請原諒，請原諒。」姑娘重複着，「我從小就一直思念姐姐，以致完全認錯人了。」

「……」

「我是雙胞胎，雖然不知算姐姐還是妹妹……」

「我們也許只是那種沒有血緣關係的相像吧？」

姑娘點頭，淚水立刻流到臉頰上。她掏出手絹擦拭，說：「小姐，你出生在哪裏？」

「這附近的批發街。」

「是嗎？你在向神祈願甚麼？」

「父母的幸福和健康。」

「……」

「你的父親是……？」千重子試着問道。

「很早以前……給北山杉樹打枝，從一棵樹蕩到另一棵樹時墜落，傷處比較致命……這都是村裏人說的，那時我剛出生，啥也不知道……」

千重子的心被撞了一下。

——經常想去那個村子，想要仰望美麗的杉山，難道不是受到父親亡靈的召喚？

而且，這位山村姑娘說自己是雙胞胎，那麼親生父親在手抓杉樹枝梢時，會不會是因為掛念被自己丟棄的雙胞胎之一的千重子而心神恍惚，失手墜落呢？一定是這樣的。

千重子的額頭沁出冷汗，四條大街上的雜沓足音和祇園祭音樂都似消失在遠方，眼前陷入黑暗。

山村姑娘把手搭在千重子的肩膀上，用手絹去擦拭千重子的額頭。

「謝謝。」千重子接過手絹，擦了臉後便把這手絹下意識地放進自己的口袋。

「你母親呢？」千重子小聲問道。

「媽媽也……」姑娘欲言又止，「媽媽好像是在自己的娘家生我的，娘家在比那個杉樹村更深的山坳裏，後來媽媽也……」

千重子不再追問了。

北山杉村來的姑娘流下的自然是喜悅之淚，淚水一止，立刻滿臉生輝。

與之相比，千重子卻心煩意亂，兩腿發顫，以致要使勁才能站穩。她無法立刻恢復平靜，唯一能支撐她的，似乎只有這姑娘那種健康的美麗。千重子沒有姑娘那種率真的喜悅，一種憂鬱的神色漸漸出現在她眼睛的深處。

此時她在迷惘：現在以及今後，自己該如何是好？

「小姐，」姑娘叫了一聲，伸出右手。千重子接過這手。這是一隻皮膚又厚又糙的手，迥異於千重子手的柔軟。姑娘卻似並未在意，握緊了說：「小姐，再見了。」

「誒？」

「啊，太高興了……」

「你叫甚麼名字？」

「苗子。」

「苗子？我叫千重子。」

「我現在在當雇工。村子小，你只要一提苗子，人家就知道是誰了。」

千重子點頭。

「小姐，看來你很幸福。」

「嗯。」

「今天見面的事，我對誰都不會說，我發誓。只有御旅所的祇園神知道。」

苗子像是已經明白，即便說是孿生姐妹，卻有着身份差異。千重子思及此便不說甚麼了，但是，當年被遺棄的難道不正是自己嗎？

「再見了，小姐。」苗子又說，「趁別人還沒看到……」

千重子心中堵得慌，便說：

「我家店在這附近，苗子你哪怕路過門口時，也請進來看看。」

苗子搖頭說：「你家裏人呢……？」

「我家嗎？只有父親和母親……」

「我雖不了解，但憑感覺可以知道你是在疼愛中長大的。」

千重子去拽苗子的衣袖，說：

「這兒不宜久站。」

「確實是的。」

於是苗子轉身朝着御旅所恭恭敬敬地拜了拜，千重子也忙學樣。

「再見。」苗子第三次說。

「再見。」千重子也說。

「雖有說不完的話，還是等你甚麼時候來村子吧，杉林當中誰都看不見的。」

「謝謝。」

但是兩人還是不由自主地一起穿過人群，朝四條大橋方向走去。

八坂神社的氏子實在是多，宵山以及十七日的綵車遊行結束後，還會有持續的祭慶活動。各家店門大開，並以屏風之類作為裝飾，以前還會有早期浮世繪、狩野派[80]、大和繪[81]以及宗達的《一雙屏風》等。浮世繪的真品中會有南蠻屏風[82]，雅緻的京都風俗畫面中還出現了外國人的形象，再現了京都市民社會的興盛情景。

如今，這番情景在綵車上留存了下來，所謂舶來品的唐織錦、葛布蘭織品、毛織物、金襴緞子、葛絲繡等等都被用了起來，其實就是在桃山風格[83]的極盡華美之上，又加上了對外貿易活動中體現的異國之美。

綵車內也飾有當時有名畫家的作品，據傳還有把朱印船[84]桅杆立在車頭作綵車柱杆的。

---

80 狩野派：以狩野永德（一五四三—一五九〇）為代表的金碧裝飾畫風的畫派。

81 大和繪：純日本題材和形式的風俗畫的總稱，是與受中國畫影響的「唐繪」相對的名稱。

82 南蠻屏風：西洋景物屏風畫。

83 桃山風格：豐臣秀吉完成全國統一的桃山時代（一五八二—一五九八）形成的大眾文化風格，其特點是絢麗多彩。

84 朱印船：桃山時代和江戶初期得到官方特許從事對外貿易的海船。

祇園祭的伴奏，就是以簡單的「こんこんちきちん」[85]貫穿始終，其實應該有二十六套，據說既像壬生狂言[86]的音樂，也像雅樂[87]。

宵山活動中，這些綵車都被成串的燈籠裝扮，樂聲大作。

四條大橋以東雖無綵車，但直到八坂神社的一段還是讓人覺得花團錦簇。

臨近大橋時，千重子已因人山人海而稍稍落後於苗子了。

儘管苗子已說了三遍「再見」，千重子還在猶豫，究竟是就此告別還是把她帶到自家店前，或是走到店附近，然後告訴她店的位置。一種對於苗子的溫情似乎湧上千重子的心間。

「小姐，千重子小姐……」要過大橋時，有人朝苗子喊道。朝苗子走近的是秀男，原來他把苗子認作千重子了，「去看宵山的嗎？一個人……？」

苗子不知所措，卻又並不回頭去找千重子。

千重子飛快地躲到別人身後。

「嗯，天氣不錯……」秀男對苗子說，「明天也會不錯，星星那麼……」

苗子抬頭去看天空，同時又困惑於如何作答。她自然是不認識秀男的。

85 こんこんちきちん：祇園祭的伴奏樂。

86 壬生狂言：每年四月在京都壬生寺演出的一種帶面具的啞劇。

87 雅樂：優雅、正式的音樂，尤指日本宮廷音樂。

「前些日子對你父親多有得罪，不過那條腰帶不錯吧？」秀男對苗子說。

「嗯。」

「你父親事後沒生氣吧？」

「嗯。」苗子不知就裏，所以無以作對。

但是她沒有把目光朝向千重子的方向。

苗子很困惑，千重子若覺得應該與這位小夥子見面，就會主動過來的。

小夥子頭大肩塌，目光呆滯，但苗子覺得他絕非壞人。從他提及腰帶來看，可能是西陣的織匠，數年間坐在高機旁織活兒，體形難免會成這樣。

「我一個毛頭小夥子，卻對你父親的圖案說三道四，不過後來一晚沒睡，思來想去，還是把它織出來了。」秀男說。

「……」

「你用過了嗎？哪怕只有一次……」

「誒。」苗子不置可否地答道。

「怎麼樣？」

大橋上光線不像大街上那樣好，蜂擁而至的人群幾乎讓兩人無法挪步，即便如此，苗子還是不明白何以會認錯人。

雙胞胎如果在同一個家庭有着同樣的生長環境，也許會難以辨識，但千重子和苗子在不同的地方過着完全不同的生活，苗子於是覺得對面這男人或許是個近視眼。

「小姐，我是這樣想的，我應該為千重子小姐精心織一條腰帶，作為你進入二十歲的紀念。」

「嗯。謝謝。」苗子支支吾吾地說。

「能在祇園祭的宵山活動中見到你，也許是神助附於腰帶了吧。」

「……」

苗子只能認為，千重子之所以不過來，是因為不想讓這個男人知道自己是雙胞胎。

「再見。」苗子對秀男說。秀男儘管有點意外，還是答道：

「嗯，再見。」接着又追了一句，「謝謝你答應我給你織一條腰帶。能趕上楓葉紅的時候……」說完辭別而去。

苗子用目光去尋，卻沒看到千重子。

剛才那位小夥子也罷，腰帶也罷，對於苗子來說都無所謂，唯有在御旅所前邂逅千重子一事，讓她像是得到神賜般開心。她抓着大橋欄杆，久久地凝望映在水中的燈火。

然後，她悠悠地從大橋的一端出發，準備一直走到四條大街盡頭的八坂神社。

來到大橋中段時，看到千重子跟兩個小夥子在站着說話。

「啊。」

苗子不由自主地輕輕叫了一聲，但沒向他們走近。

她有意無意地瞥了三人的身影。

千重子不知道苗子與秀男在説甚麼。秀男把苗子錯認為千重子，這是顯而易見的，而苗子一定也困惑於如何回答秀男。

千重子本來應去到他倆身邊，但她沒去，不僅如此，在秀男對着苗子叫「千重子」時，千重子還飛快地躲進了人群中。

這是為甚麼？

在御旅所前見到苗子後，千重子內心的波動更甚於苗子。苗子早就知道自己是雙胞胎，並説一直在找自己的姐妹，千重子卻做夢也想不到會有這事。事情來得過於突然，千重子還來不及像苗子發現千重子時那樣高興。

另外，親生父親從杉樹上墜落，母親早早去世，這些也都是剛才第一次從苗子那裏聽説，這讓千重子心如針刺。

過去只是無意中聽到鄰居們私下議論，於是覺得自己是棄兒，卻又盡力不去猜想是被哪裏的、甚麼樣的父母遺棄，即使去想也不會知道，何況太吉郎和阿繁的厚愛使這些猜想已無必要。

今晚宵山時聽到苗子説了這些，對於千重子來説並不一定是幸事，但她心中已經萌生對苗子這位姐妹的溫情。

「她的心地比我單純，能幹活，身體好像也挺結實。」千重子自言自語，「說不定有一天能幫我呢……」

於是，她神情恍惚地在大橋上走着。

「千重子，千重子！」真一叫她，「你怎麼一個人在走，心思重重的樣子，臉色也不好嘛。」

「啊，真一。」千重子回過神來，「你當童男時在長刀鉾綵車上的樣子多可愛呀。」

「可難受呢。不過現在想起還挺懷念的。」

真一身邊有一個人。

「這是我哥哥，在讀研究生。」

真一這位哥哥長得像弟弟，衝着千重子低頭致意時顯得有點衝。

「真一小時候膽小、討喜，漂亮得像個女孩，所以被選作童男，太傻了。」哥哥大聲笑道。

走到大橋中段時，千重子看了看哥哥那張粗獷的臉。

「千重子今晚臉色蒼白，好像很傷心的樣子。」

「是不是因為大橋中間光線太亮了？」千重子說着停下腳步，「再說來參加宵山的人個個興高采烈，我孤孤單單一個女孩子家的，就顯得有點感傷了吧。我沒事的。」

「那可不行。」真一把千重子推向大橋欄杆，「你稍微靠一下吧。」

「謝謝。」

「河上風倒是不大……」

千重子以手按額，像是要把眼睛閉上。

「真一，你當童男乘長刀鉾時大概幾歲？」

「嗯，大概是虛歲七歲吧，我覺得是上小學前一年……」

千重子點點頭，卻沒說話。她想擦一下額頭和脖頸滲出的汗，於是把手伸進懷中，發現苗子的手絹在裏面。

「啊！」

那手絹已被苗子的淚水沾濕，千重子握着它，不知該不該拿出來。她把手絹團在掌中去擦額頭，淚水幾乎要湧出來。

真一一副不解的表情，因為他知道，以千重子的習性，是不會把手絹揉得皺巴巴地塞在懷裏的。

「千重子，熱嗎？還是覺得身上發寒？要是得了熱感冒，可不容易好。快點回去吧……哥哥，我們送送吧。」

真一哥哥點頭。他一直在盯着千重子看。

「我家很近，不用送了。」

「正因為近，就更得送了。」真一的哥哥語氣乾脆。

三人從大橋中段返回。

「真一，你當童男時，真的知道我一直跟在你乘的長刀鉾後面嗎？」

「記得，我還記得。」真一答道。

「那時還小。」

「是挺小的。童男如果東張西望，應該是挺不像樣的，但還是覺得有個一點點小的女孩居然跟着來了。累得夠嗆吧，被帶着到處轉……」

「已經再也不能變回那麼小的女孩了。」

「說啥呢？」真一輕輕地避開了她的話頭，心中卻在納悶今晚的千重子到底怎麼了。

送到千重子家的店裏，真一的哥哥彬彬有禮地跟千重子的父母打了招呼，真一則守在哥哥身後。

太吉郎在後屋跟一位客人喝節酒，其實也談不上喝酒，只是在應酬客人。阿繁則在一旁伺候，一時站起，一時坐下。

千重子說了聲「我回來了」。阿繁說：「這麼早就回來了？」說完便觀察女兒的樣子。

千重子客氣地與客人打了招呼後對母親說：

「媽媽，我回來晚了，沒能幫您忙……」

「沒事，沒事。」母親阿繁說着，對千重子略使了個眼神，同她一起去廚房搬酒罈子。她說：

「千重子，他們是見你一副讓人不放心的樣子，所以送你回來的吧？」

「嗯，我與真一和他哥哥……」

「是呀，你臉色不好，走路都打晃。」阿繁説着，用手試了試千重子的額頭，「好像不發燒，但你似乎有心事。今晚有客人，你就跟媽一起睡吧。」母親溫柔地抱住千重子的肩膀。

千重子忍住快要流出的淚水。

「你先去後屋二樓歇着吧。」阿繁説。

「好的。謝謝。」母親的慈愛鬆解了千重子的心結。

「你父親也因為客人太少而覺得冷清。晚飯時還有五六位呢……」

但是千重子已提起了酒壺。阿繁説：

「都已喝不少了，差不多了吧。」

千重子斟酒的那隻手在發抖，於是又用左手托着，卻仍是微微發顫。

今晚，中庭的基督燈籠也點亮了，大楓樹凹癟處的兩株紫花地丁依稀可見。花雖已落，上下那兩小株紫花地丁好像象徵着千重子和苗子，它們看上去從未相聚過，但今晚會相見嗎？千重子在朦朧的光照中看那兩株紫花地丁，淚水又要湧出。

太吉郎也覺察到千重子有事，不時地看看她。

千重子悄悄地起身上了後屋二樓。她平時的睡覺房間已鋪了客被。她從壁櫥裏取出自己的枕頭，鑽進了被子。

為了不讓別人聽到自己的抽泣聲，她把臉貼在枕頭上，用手抓着枕頭兩端。

阿繁上樓來，發現千重子的枕頭好像濕了，便說：

「給。我一會兒再來。」遞過新枕頭後便立刻下樓，在樓梯處站下回頭看了看，卻甚麼也沒說。

二樓本可鋪三張床，卻只鋪了兩張，而且用的是千重子的被子，母親似是準備和千重子睡在一起。

只是有兩條夏天用的麻織薄毯疊放在鋪尾，分別是母女倆的。

阿繁不鋪自己的被子，而讓女兒只鋪她的被子，看似沒甚麼特別，千重子卻體會到母親的用心。

於是，千重子的淚水收住了，心情也平靜了。

「我就是這家的孩子。」

她有這樣的信念，但與苗子的邂逅還是突然攪亂了她的心境，一時難以抑制。

千重子站到鏡台前望着自己的臉，想化妝掩蓋一下，卻又作罷，只是拿了香水瓶來，在床鋪上灑了一點點，然後使勁勒緊了伊達卷[88]。

88 伊達卷：女性和服繫在寬腰帶裏面的窄腰帶。

她無疑是難以馬上就入睡的。

「我是不是對苗子這姑娘太冷淡了？」

一閉上眼，中川村（町）那美麗的杉山就出現在眼前。

根據苗子所說，千重子大致了解了親生父母的情況。

「我是應該對這家的父母說出來還是應該不說呢？」

或許這家的父母對千重子的出生地以及她的親生父母都並非不知呢。即使想到自己的親生父母可能已不在這個世上，千重子也已不會落淚。

街上傳來祇園祭的演奏聲。

樓下的客人好像是近江長濱一帶的縐綢商，酒勁有點上來，聲音也變高，連千重子藏身的二樓也可斷斷續續地聽到。

客人好像喋喋不休地堅持說：綵車隊伍從四條大街出發，通過寬闊而具近代風味的河原街，再繞到御池大街疏散，甚至還在市政府門前設了觀覽席，這些都是為所謂的「觀光」事業服務的。

過去遊行隊伍經過京都式的狹窄街道，有的住房還會受到一點破壞，可是具有情調，據說在二樓就可討得祇園粽[89]。現在祇園粽都改為撒發了。

---

89 祇園粽：祇園祭活動的一種用品，用竹葉做成，用以驅邪除厄，不可食用。

四條大街另當別論，如果繞到小街上，綵車的下端就不容易看到了。這倒也不錯。

太吉郎不慌不忙地分辯道，在寬闊的大馬路上，綵車的全貌都容易看到，還是這樣更氣派。

千重子在床上好像都能聽到綵車的大木輪在十字路口轉彎時的聲音。

今夜客人好像要宿在隔壁房間。千重子打算明天向父母說出聽苗子所說的一切。

北山杉村據說全是個人企業，但並非每家都擁有山地，有地的人家很少。千重子覺得自己的生父母也是山地主家的傭工。

「雖是雇工……」苗子自己也這樣說過。

已是二十多年前的事了，那時的父母不僅以生雙胞胎為恥，而且據說雙胞胎也難以養活，再加生計方面的考慮，千重子也許就是因此而被遺棄的。

千重子有三件事忘了問苗子：千重子遭棄時還是嬰兒，為甚麼遺棄的不是苗子而是千重子？父親是甚麼時候從杉樹上墜落的？苗子說自己「剛出生」，又說「媽媽好像是在自己的娘家生我的，娘家在比杉樹村更深的山坳裏」，她說的到底是甚麼地方？

苗子似乎認為被遺棄的千重子「身份不同」，她大概是絕不會主動來找千重子的，要想說話，千重子必須主動去苗子幹活的地方。

然而，千重子如若瞞着父母，好像是去不成的。

千重子曾反覆讀過大佛次郎[90]的名篇《京都的誘惑》，其中一段浮現在她腦海：

作為北山圓木原料的杉樹林綠梢如層雲般重重疊疊，紅松的樹幹則成排成列，纖細而明快，樹木們傳來自己的歌聲，讓整個大山就像一支樂曲。

比起祭慶的樂聲和喧鬧聲，這座圓形大山那種層層疊疊、延綿不斷的樂曲以及樹木的歌聲，更能迴蕩於千重子的心靈，這樂曲和歌聲像是穿過北山常見的彩虹而傳來一樣……

千重子的憂傷已經淡去，或許那本來就不是憂傷，而是與苗子相會帶來的驚奇、彷徨和困惑，但對一個女孩子來說，莫非命中注定就該流淚？

千重子輾轉反側，閉眼聽着大山的歌。

「苗子是那麼開心，而我這是怎麼了？」

過了一會兒，客人和千重子父母一起上了後屋二樓。

父親向客人道了晚安。

母親疊好客人脱下的衣物後來到這邊房間，準備去疊父親脱下的衣服時，千重子說：

---

90 大佛次郎（一八九七－一九七三）：日本小説家，代表作有《歸鄉》等。

「味道真好聞，到底是年輕人呀。」

「還沒睡嗎？」母親讓她去做，自己躺了下來，高興地說：

「媽媽，讓我來吧。」

近江的客人大概因為喝了酒，隔着拉門立刻傳來鼾聲。

「阿繁。」太吉郎叫旁邊的妻子，「有田家好像有意把兒子送來吧？」

「當店員，哦，當社員？」

「上門女婿，給千重子……」

「怎麼說這種話，千重子也還沒睡呢。」阿繁阻止丈夫往下說。

「我知道。也讓千重子聽聽。」

「……」

「他家老二，有事來過咱家幾次。」

「我不太喜歡有田。」阿繁壓低聲音，語氣卻乾脆有力。

千重子耳中大山的音樂消失了。

「千重子，」母親翻身轉向女兒。千重子睜着眼卻不回答，交叉着雙腳一動不動，屋裏一時寂靜。

「有田家想要這個店吧——我是這麼想的。」太吉郎說，「況且他們也知道千重子是個漂亮的好姑娘……因為有生意來往，所以對咱家買賣的內容也都一清二楚，咱店裏也有店員會向他詳細透露的。」

「……」

「千重子再漂亮，若是讓她為了家裏的買賣而結婚，想也別想。阿繁，你說是嗎？那可對不起神明呀。」

「那當然。」阿繁說。

「我的性格並不適合店裏的生意。」

「爸爸，真的很抱歉，我讓您把保羅．克利的畫集帶到嵯峨尼庵去了……」千重子坐起身向父親道歉。

「說啥呢？這可是爸爸的樂趣和慰藉呀，如今就是我生活的意義所在了。」父親輕輕頷首，「儘管我沒有才能畫出這種圖案……」

「爸爸……」

「千重子，如果把咱家的店賣了，可以住在西陣，但也可搬到清靜的南禪寺或岡崎一帶，找一處小房子住下，咱倆一起探討衣料和腰帶的圖案設計，你覺得如何？你能耐得住清貧嗎？」

「我對清貧毫不介意。」

「是嗎？」父親說完這句好像就睡了，千重子卻睡不着。

可是第二天她仍早早醒來，打掃門前的路，擦拭格子門和長凳。

祇園祭的活動在持續着。

十八日為後祭活動搭造綵車，二十三日是後祭宵山活動以及屏風祭，二十四日是綵車遊行以及之後的供神狂言表演，二十八日是「御輿洗」以及返回八坂神社，二十九日舉行奉告祭，祭慶活動宣告結束。

有幾台綵車是要經過寺町的。

千重子心神不定地度過了將近一個月的祭慶期。

秋色

沿堀川[91]行駛的北野線電車，是明治「文化開化」現存的一個遺跡，終於決定要拆了。它可是日本年代最久遠的電車。

千年古都還以最早引進若干西洋新事物而為人所知，京都人似也具有這樣的一面。

可是，能將這種老朽的「叮叮」電車運營至今，其中也許就有着「古都」之義。車身無疑很小，對面而坐的人膝蓋幾乎都要相碰。

然而一旦要拆了，也許是出於留戀之情，這電車又被人造花裝飾成了「花電車」，並弄了一批仿照久遠以前的明治風俗打扮的人乘坐，以向廣大市民宣示電車的停運，這也算一種「祭慶」吧。

接連幾天中，本來無需乘車的人們把舊電車擠得滿滿當當，這可是在有人要用傘遮陽的七月。

東京現在已漸漸看不到有人打傘走路了，儘管古都夏天的日照確實比東京厲害。

91 堀川：流經京都市區中心並向南流的河。

太吉郎在京都站前準備要乘這花電車時，有個中年婦女有意藏在他身後，一面好像還忍着笑。太吉郎畢竟可算明治時代的人了。

上車時，太吉郎發現了這個女人，有點靦腆地說：

「怎麼啦，你不是明治時代的人嗎？」

「我也接近明治時代了，況且我家就在北野線上。」

「是嗎？難怪這樣。」

「你說這話好寡情呀……不過，該想起了吧？」

「還帶着個可愛的孩子……之前都藏哪兒去啦？」

「胡說……你不是明知道不是我的孩子嗎？」

「這我就不清楚了。女人嘛……」

「說啥呢？男人才那樣呢。」

女人帶的姑娘確實膚白可愛，大概十四五歲，夏季單衣外繫着條紅細帶，羞怯怯地抿着嘴在女人身邊坐下，像是躲着太吉郎。

太吉郎輕輕拽了拽女人的衣袖。

「小千，往中間坐。」女人說。

三人沉默了一會，女人越過女孩的頭在太吉郎耳邊囁嚅道：

「我常想把這孩子送給祇園的舞娘。」

「她是哪裏的孩子？」

「附近茶屋[92]的孩子。」

「哦？」

「也有人以為是咱倆的孩子呢。」女人的聲音輕得若有若無。

「瞎說。」

女人是上七軒[93]茶屋的老闆娘。

「被這孩子拽着去北野的天滿宮……」

太吉郎明知女人在開玩笑，卻還是問那女孩：

「你多大了？」

「初中一年級。」

「嗯。」太吉郎看着女孩說，「等我轉世重生後，可要找你喲。」

只因是花街柳巷出身的孩子，對太吉郎話中的玄機似是能夠心領神會的。

「怎麼會讓這孩子拽着去天滿宮呢？難不成她是天神化身？」太吉郎對女人打趣道。

---

92 茶屋：此處特指地處花街柳巷、可提供藝伎服務的茶館。

93 上七軒：京都市上京區的一條花街，是京都五花街之一。

「是的，是的。」
「天神可是男的喲。」
「已經變身女的了。」老闆娘一本正經地說，「因為若還是男的，又要重遭流放之罪了[94]。」
太吉郎幾乎忍俊不禁，問道：「女的又如何？」
「女的就會這樣了，女人是會被好人疼愛的。」
「嗯。」
那女孩美得無可挑剔，留着娃娃頭髮型，烏黑發亮，一對雙眼皮實在漂亮。
「是獨生女嗎？」太吉郎問。
「不是。有兩個姐姐，大姐姐來年春天初中畢業，可能就要出來做活了。」
「也像這孩子這麼漂亮嗎？」
「長得雖像，但不如這孩子。」
「……」
上七軒現在一個舞娘也沒有。初中若沒讀完，是不被容許當舞娘的。
之所以叫作「上七軒」，可能是因為當初那裏只有七家茶屋，太吉郎不知從哪聽說，如今

94　北野天滿宮供奉的天神是菅原道真的化身，道真曾遭貶謫，死於流亡地。

已經增加到二十來家了。

從前——也非太久遠的從前——太吉郎常與西陣的織匠及地方上的客戶一起去上七軒玩，當時的女人不知不覺地就浮現在太吉郎眼前，那時他店裏的生意也正興旺着。

「老闆娘也真愛玩，還來乘這種電車……」太吉郎說。

「人就貴在念舊，」老闆娘說，「咱們的生意也不能忘了舊客喲……」

「……」

「而且我今天是送客到車站，然後乘這電車回去……佐田先生您才奇怪呢不是嗎？一個人來乘車……」

「是呀，這是怎麼回事呢？本來是看看花電車就行了，可是……」太吉郎自己也是一副不知所以的樣子，「不知因為過去值得懷念，還是如今過於寂寞。」

「還沒到可談寂寞的年歲呢。跟我一起走吧，看看年輕的姑娘……」

太吉郎好像要一直跟去上七軒了。

老闆娘徑直朝北野神社的神像前走去，太吉郎只好跟着。老闆娘久久地虔誠祈禱，少女也低着頭。

老闆娘回到太吉郎身邊說：

「小千要告辭了。」

「啊。」

「小千要回去了。」

「謝謝。」姑娘跟他倆打了招呼，離去時已變成了初中生式的走姿。

「不錯吧？看來那姑娘挺中您的意。」老闆娘說，「再過兩三年就可出道了，您期待着吧，從現在開始，我負責讓她漂漂亮亮的。」

太吉郎不答話。神社範圍挺大，既已到了這兒，他本想四處轉轉看看，只是天太熱了。

「去你那裏歇歇吧，我累了。」

「好的，好的，我從開始就這麼想的。好久沒來了。」老闆娘說。

進了茶屋的舊房子，老闆娘改用一套正兒八經的待客口吻：

「歡迎光臨。近來可好？常掛念着您呢。」然後又說，「躺一會兒吧，我去拿枕頭來。啊，您不是說寂寞嗎，給您找個乖巧的對象來說說話……」

「以前見過的藝伎就免了吧。」

太吉郎開始打盹時，來了一位年輕的藝伎。她靜靜地坐了一會兒，覺得這位客人面生，怕是不好應付。太吉郎表情木然，毫無談話的興趣。藝伎也許是為了給客人提神，便說自己出道兩年間喜歡過四十七個男人。

「正好跟赤穗義士[95]一樣吧，其中有的已經四五十歲了，現在想想挺可笑……別人笑我實在是一廂情願。」

太吉郎已經完全清醒了，問道：

「現在呢？」

「現在一人。」

這時，老闆娘也進了房間。

藝伎二十來歲，但太吉郎還是懷疑她是否真的能記住交往不深的男人有「四十七人」。

她又說，自己出道第三天領着一位討厭的客人去洗手間時，突然遭到強吻，便咬了客人的舌頭。

「出血了嗎？」

「是的，出血了。客人勃然大怒，要我賠治療費。我哭了，引起了一點騷亂，但那都是對方惹起的呀。我現在連他的名字都忘了。」

「嗯。」太吉郎看着她的臉，心裏在想：這樣一個嬌小溜肩，當時應該十八九歲的京都美人，看起來一副溫順的樣子，居然能狠狠地一口咬下去。

95　赤穗義士：一七〇三年，日本赤穗藩四十七名家臣為主報仇，史稱「赤穗義士」或「四十七士」。

「讓我看看你的牙齒。」太吉郎對年輕的藝伎說。
「牙齒？我的牙嗎？我說話的時候，您該看到了吧。」
「再仔細看看，好嗎？」
「不幹，我不好意思。」她緊閉上嘴，然後又說，「不行呀，老爺，難道我的嘴也讓人害怕了？」
她的嘴形可愛，露出小粒的白齒。太吉郎戲謔道：
「牙齒咬斷了，裝了假牙吧？」
「舌頭可是軟的喲。」藝伎冒了一句，趕緊又說，「討厭，再不理你了……」說着把臉藏到老闆娘的背後。
過了一會。太吉郎對老闆娘說：
「既然已經來了，順便看看中里[96]吧。」
「好的……中里也會高興的。我陪您去好嗎？」老闆娘說着起身便走，像是要去梳妝檯前稍坐一會兒。

96 中里：上七軒的一家茶屋。

中里的門面依舊，客間卻煥然一新。

又有一位藝伎加入，太吉郎在中里呆到了晚飯後。

秀男正是在太吉郎這次外出的當口來到了他店裏，因為說要找小姐，於是千重子便到了店頭。

「祇園祭時說好的腰帶圖案，我已經試着畫出來了，帶來請你看看。」秀男說。

「千重子，」母親阿繁叫道，「請他來後屋。」

「是。」

在一間面對中庭的房間裏，秀男讓千重子看圖案，一共有兩幅，一幅是菊花，配有綠葉，卻又畫法新穎，幾乎讓人意識不到菊葉；另一幅是楓樹。

「真好。」千重子看得入神。

「能讓千重子小姐滿意，是我最開心的事……」秀男說，「想用哪一幅？」

「嗯……若用菊花，腰帶一年四季都可繫……」

「那就讓我照菊花這幅圖案來織，好嗎？」

「……」

千重子把頭低下，現出憂鬱的表情，說：

「兩幅都不錯，只是……」說着欲言又止，「你能把杉樹和紅松的山畫出來嗎。」

「杉樹和紅松的山？有點難，但我考慮一下。」秀男不解地看着千重子的臉。

「秀男哥，對不起了。」

「哪有甚麼對不起的……」

「這是因為……」千重子不知如何說是好，「祭慶那天晚上，你在四條大橋上對她承諾織腰帶的那位，其實不是我，你看錯人了。」

秀男說不出話來，一副沮喪的表情。他不相信千重子的話。他是為了千重子而殫精竭慮地作了圖案，難道她真的是當場拒絕秀男？

即便這樣，千重子的言行舉止還是讓他有點難以接受。秀男的暴躁脾性又有點冒頭了。

「難道我見到的是你的幻影？我是在跟你的幻影說話？祇園祭冒出幻影了？」秀男沒說出口的是，那是「意中人」的幻影。

千重子繃着臉說：

「秀男哥，當時跟你說話的是我姐妹。」

「……」

「姐妹。」

「……」

「我也是那天晚上初次見到那位姐妹。」

「……」

「這位姐妹的事我還沒有跟我父母說。」

「噢？」秀男驚訝而不解。

「你知道北山圓木村吧？她就在那裏幹活。」

「噢？」

秀男甚是意外，以致說不出第二句話來。

「你知道中山町吧？」千重子說。

「嗯，我只是乘公交車曾路過那裏……」

「你織的腰帶請送一條給那姑娘。」

「誒。」

「送給她。」

「誒。」秀男點頭，仍是狐疑狀，「您是因此要求圖案上要有長有紅松和杉樹的山嗎？」

千重子點頭。

「好的。不過，是不是跟她的生活環境有點過於衝突了？」

「這就要看你如何設計了吧？」

「……」

「她會珍愛一生的。她叫苗子，因為家裏沒有山地產權，所以特別能勞動，比我這樣的人踏實得多……」

秀男雖仍不信，卻還是說：

「因為是您的吩咐，我一定認真去織。」

「我再說一遍，那姑娘叫苗子。」

「明白。可是，她怎麼會跟您那麼像呢？」

「親姐妹嘛。」

「再是親姐妹，也……」

千重子還是沒有告訴秀男，她們是孿生姐妹。

因為是夏季的祭慶，衣着都比較簡單，所以秀男在夜晚的燈光下把苗子認作千重子，這不一定就是因為眼神不好吧。

漂亮的格子門外另套着一層格子門，還放着長凳，店面縱深——這在今天也許已是徒存形式，但畢竟是一家具有京城排場的綢緞批發店，這種人家的女兒與北山杉村圓木店的打工女怎麼會是親姐妹呢？秀男實在不能相信，但這種事情不是可以刨根問底的。

「腰帶織好後，我送到這裏來好嗎？」

「唔……」千重子略作思忖後說，「你能不能直接送到苗子那裏？」

「能。」

「那就請你這麼辦。」千重子的託付充滿誠意，「不過確實很遠……」

「誒，我知道挺遠。」

「苗子不知該多高興呢。」

「她會接受嗎？」秀男的疑問理所當然，苗子很可能會大吃一驚。

「我會事先告訴苗子。」

「是嗎？那我就保證送到，可是送到哪一家去呢？」

這連千重子也還不知道：「你問的是苗子所在的人家嗎？」

「是的。」

「我用電話或寫信告訴你。」

「我不把你們作為兩人區分，只當作是您的腰帶，認真織好後送去。」

「謝謝。」千重子低頭施禮，「拜託了。你會覺得有點怪嗎？」

「……」

「秀男哥，請你織的是苗子的腰帶，別再當作是我的了。」

「是，明白。」

秀男沒一會兒就出了店門，他還是百思不得其解，但不得不開始把腦子轉向腰帶圖案的設計方面。如果要用上紅松和杉樹的山景，若無相當的勇氣，織出的腰帶對千重子來說可能就會過於素淨。秀男總覺得是在為千重子織腰帶，但如果想到是苗子的腰帶，就不能與她的勞作生活環境過於衝突，正如他對千重子也說過的那樣。

秀男曾在四條大橋見到「像是千重子的苗子」或「像是苗子的千重子」，他現在又想去那裏走走，便把腳步朝向大橋，可是白天的陽光帶給他的只是暑熱。他倚着橋欄杆閉上眼睛，想從人群和電車的雜沓聲中，去辨識河水那幾乎難以聽到的流動聲。

千重子今年沒去看「大文字」篝火，而母親甚至都難得地跟着父親出去了，留下千重子在家。

父親他們和附近熟識的兩三家批發商一起，事先租下了木屋町二條下的茶屋房間。

八月十六日的「大文字」篝火是盂蘭盆會[97]送靈之火，據說源於舊時人們為了將飄蕩在空中的亡靈送回冥府，而將松明火炬扔向天空的習俗，後來就演變為夜晚在山上點燃篝火。「大文字」本是指東山如意岳的「大」字形篝火，實際上後來陸續發展為在五座山上點火，包括金閣寺附近大北山的「左大文字」，松崎西山的「妙」字形、東山的「法」字形，西賀茂明見山的船形以及上嵯峨山的鳥居形篝火。點火的四十分鐘內，市內的霓虹燈、廣告燈全部熄滅。

點火時的山景以及夜空的景色，都讓千重子感受到了一種初秋之色。

立秋前夜，下鴨神社有越夏的祭神活動，比「大文字」早了半個月左右。

97 盂蘭盆會：迎接和供奉祖先之靈的民俗性佛教活動。

千重子為了看「左大文字」等處篝火，常常與幾位朋友一起登上加茂川的河堤。

對於大文字篝火，雖然自幼就習以為常，但隨着年齡的增長，每年到時間總又會想到這個節慶的到來。

千重子走出店門，在長凳周圍與鄰居家孩子一起玩耍。小孩子們似乎並不在意「大文字」之類，反倒覺得焰火更有趣。

可是今年夏天的盂蘭盆會給千重子帶來了新的哀愁，因為她在祇園祭時見到苗子，並從她那裏得知自已的生身父母都已早早去世。

「明天去看看苗子吧。」千重子想，「秀男的腰帶一事也應跟她說清楚了。」

第二天午後，千重子穿着一身不起眼的衣服出門了——她還不曾在白天的亮光下看過苗子。

她在菩提瀑布站下了巴士。

北山町似乎正是大忙季節，男人們在剝杉木皮，杉皮堆積如山，周圍攤得到處都是。

千重子猶猶疑疑地走了幾步，苗子一溜煙地跑了過來。「小姐，你來得真好，真的，真的……」

千重子看着苗子一副勞作的裝束，說：

「不要緊嗎？」

「誒，今天已經請假了，你要過來……」苗子氣喘吁吁地說，「我們去杉樹林裏說話吧，沒人能看見。」說着便拉千重子的袖子。

苗子興沖沖地解下圍裙鋪在地上。丹波棉布圍裙可圍前後一圈，寬度足夠兩人並排坐在上面。

「請坐。」苗子說。

「謝謝。」

苗子取下包頭巾，用手指把頭髮往上攏了攏，說道：

「你來得真好，我很開心，開心……」

她盯着千重子，兩眼放光。

四周散發着泥土和木材的氣味——杉山的強烈氣息。

「坐在這裏，下面一點也看不到。」苗子說。

「我喜歡美麗的杉樹，偶爾會來，但進到山上的杉林裏面，這還是第一次。」千重子打量着四周，幾乎是一個模樣的大杉樹成群地挺立着，把兩人圍在其中。

「這是人工栽種的杉樹。」苗子說。

「哦？」

「這些樹大約已有四十來年，已可伐作房柱之類。如果任它們繼續生長，千年之後不知會有多粗多高呢。我偶爾就會這麼想，覺得還是更加喜歡原生林。這個村子就像是在生產切花一樣……」

「……？」

「這個世界如果沒有人類，也就沒有京都這個城市，會是一片天然森林，遍地雜草吧，這一帶一定會是野鹿和山豬的領地呢。人為何要來到這個世界呢？人是可怕的呀……」

「苗子，你會這麼想嗎？」

「嗯，有時會……」

「你討厭人世間嗎？」

「我雖然很喜歡人世間……」苗子回答，「再沒有比人世間更讓我喜歡的了，可是，這個地面上若是沒有人，那會變成怎樣呢？我在山裏打盹醒來時會突然有這樣的念頭……」

「那不就是藏在你心裏的厭世情緒嗎？」

「厭世之類的，我最討厭了。我每天都快快樂樂地幹活……可是，人世間……」

「……」

兩位姑娘所在的杉樹林突然暗了下來。

「要下陣雨了。」苗子說。雨水積在杉樹枝梢的葉子上，形成大滴的水珠後落了下來。

同時響起了隆隆雷聲。

「我怕，害怕。」千重子臉色蒼白，握住苗子的手。

「你彎腰蹲下。」苗子說完後抱住千重子，用自己的身體從上面幾乎完全蓋住了她。

雷鳴聲越來越駭人，電閃與雷鳴之間漸漸變得沒有間隙，那聲音好似山谷行將迸裂。雷電像是迫近了她倆的正上方。

杉山的樹梢在雨中沙沙作響，每記電閃，那光焰都直照地面以及兩位姑娘周圍的杉樹樹幹，那些筆直漂亮的樹幹瞬間讓人毛骨悚然，隨即便又響起了雷鳴。

「苗子，雷好像要炸下來了。」千重子説着越發蜷着身子。

「或許會炸下來，但不會炸在咱們身上。」苗子語氣堅定，「怎麼可能呢？」説着，更竭力用自己的身體去包覆千重子。

「小姐，你的頭髮有點濕了。」苗子説着，用手絹去擦千重子腦後的頭髮。然後把手絹對摺，蓋在千重子頭上。

「這手絹可能會有點透水，可是雷絕對不會炸到千重子頭上或咱們附近的。」

苗子這些打氣的話，讓生性剛強的千重子稍稍平靜下來。

「謝謝……真的很感謝。」千重子説，「你只顧罩着我，自己濕透了吧？」

「我穿着工作服，完全不要緊的。」苗子説，「我很開心。」

「你腰間亮閃閃的是甚麼？」千重子問。

「啊，我都忘了，是鐮刀。剛才在路邊剝樹皮時看見你，就奔了過來，所以……」苗子發現了自己的鐮刀，「挺危險的。」説着把鐮刀扔向遠處。那是一個沒裝木柄的小鐮刀頭，「回去時再拾吧，不過我不想回去……」

這時，一個雷好像要從她倆頭頂掃過。

千重子清楚地感覺到苗子在用整個身子護着她。

雖說是夏天，山中的驟雨還是澆得手腳發涼，但被苗子從頭到腳罩着，她的體溫傳遍千重子全身，甚至深深沁遍千重子的整個身心。那是一種不可言喻的親情和溫暖，千重子久久地閉着眼睛，靜靜地享受這種幸福。

「苗子，真的要謝謝你。」千重子重複道，「在媽媽的肚子裏，我就是這樣得到苗子呵護的吧？」

「肯定是我擠你一下，你踢我一腳吧？」

「是嗎？」千重子笑了，笑聲中充滿親情。

驟雨好像隨着雷聲一起過去了。

「苗子，真要謝謝你……已經沒事了吧。」千重子說着動了動身子，像是要從苗子身下站起來。

「好的，不過再稍等一會兒，積在杉樹葉上的雨水還在往下滴呢……」苗子仍罩着千重子，千重子用手撫了撫苗子後背，說：

「濕透了吧，冷嗎？」

「我習慣了，沒事的。」苗子說，「你能來我就高興，渾身暖洋洋的。你也有點淋濕了。」

「苗子，咱爸是在這附近從杉樹上墜落的嗎？」
「不知道啊。我那時也是個嬰兒。」
「咱媽的老家呢？有姥姥、姥爺嗎？」
「這個我也不知道。」苗子答道。
「你不是在老家長大的嗎？」
「小姐，你為甚麼要問這些呢？」
苗子語氣嚴厲，千重子噤聲了。
「對你來說，這些人都是不存在的。」
「……」
「你只要認我是你的姐妹，我就很感謝了。祇園祭時我說得太多了。」
「嗯，我很開心。」
「我也一樣，不過我不會去你家的。」
「你可以來的。我會跟父母說……」
「別說。」苗子語氣激動，「你若像今天這樣遇到困難，我會拚死護着你的……你能理解嗎？」
「……」千重子眼角一熱，「苗子，祭慶那晚你被錯認為我時，一定不知所措了吧？」
「嗯，你說的是那位跟我談腰帶的人吧？」

「那位小夥子是西陣腰帶店的織匠，做事踏實……他說了要給你織腰帶吧？」

「那是因為他把我錯認為你了。」

「他最近把腰帶圖案拿來給我看了，我於是告訴他那天的不是千重子，而是千重子的姐妹。」

「噢？」

「我託他給我的姐妹苗子也織一根。」

「給我？」

「他不是跟你說好了嗎？」

「那是因為他認錯人了。」

「他既然給我織一條，也就要給你織一條，作為咱姐妹的紀念……」

「我……」苗子愕然。

「這不就是祭拜祇園神明時許下的承諾嗎？」千重子溫情地說。

苗子那護着千重子的身體變得有點僵硬，一動不動了。

「小姐，你遇到困難時，我願作你的替身去承受一切，但我不願作你的替身去接受別人的東西。」苗子斬釘截鐵地說。

「人家是一片好意。」

「我不能代替你。」

「你能代替我。」千重子竭力說服苗子，「難道我給你你也不要？」

「……」

「我請他織時就說是要送給你的。」

「有點不對吧？祭慶那晚，他認錯了人，說是想送千重子一條腰帶。」苗子頓了頓又說，「那位腰帶匠、織匠，他愛慕着你，我也是女人，所以心裏明白。」

千重子抑制着自己的羞怯，說：

「所以你就不願要了？」

「……」

「我明明是請他給我姐妹織的。」

「那我就要了。」苗子馴順地屈服了，「請原諒我剛才的拒絕。」

「他會送去你家。你住的那家姓甚麼？」

「姓村瀨。」苗子答道，「那腰帶大概很高級吧，我有機會繫它嗎？」

「苗子，人將來的路是很難預料的。」

「是的，是的。」苗子點頭，「雖然我不指望怎樣出人頭地，但哪怕沒機會繫它，我也會好好珍惜的。」

「咱家店裏雖然不大做腰帶生意，但我會為你找一件與秀男的腰帶相配的和服。」

「……」

「我父親是個怪人，最近漸漸厭煩生意上的事了。像咱家這種啥都賣的批發店，也不可能盡是好東西，那些化纖織物、毛織物也越來越多了。」

苗子抬頭看看杉樹枝梢，從千重子背後站了起來。

「還有一點點雨滴在往下落，不過……讓你受憋屈了吧？」

「沒有，多虧了你……」

「小姐，店裏的事情，你也稍微幫着點如何呢？」

「我嗎？」千重子像受了一擊似的站了起來。

苗子的衣服已經濕透，緊貼在身上。

苗子沒把千重子送到車站，與其說是因為身上濕了，更可能是怕引人注目吧。

千重子回到店裏時，母親阿繁正在通道土間的後面準備店員的點心。她跟女兒打了聲招呼。

「媽媽，我回來得太晚了……爸爸呢？」

「鑽到幕簾後面想心事呢。」母親盯着千重子看，「你去哪兒了？衣服都濕成皺巴巴的了，趕緊換了吧。」

「好的。」千重子上後屋二樓坐了一會兒，慢吞吞地換了衣服。待她下樓來時，母親已把下午三點的那頓點心分給了店員。

「媽媽。」千重子的聲音有點發抖，「我有件事情只想對您說……」

阿繁點點頭說：「去後屋二樓吧。」

這時千重子變得有點緊張，說：

「這裏也下陣雨了嗎？」

「陣雨？沒下陣雨，但你不是要跟我談陣雨吧？」

「媽媽，我去了北山的杉樹村，我的姐妹在那裏……不知是姐姐還是妹妹，我們是雙胞胎，今年祇園祭時初次見面的。她說我們的親生父母早就去世了。」

阿繁無疑是受到了意外的衝擊，盯着千重子的臉，說：「北山的杉樹村？嗯？」

「我不能再瞞您了，儘管我們只是在祇園祭和今天見過兩次面……」

「是一位姑娘嗎？如今在幹甚麼？」

「給杉樹村的一個人家打工，是個好姑娘，她不肯來咱家。」

「唔。」阿繁沉默片刻後說，「知道了這事也挺好的。那麼，你……」

「媽媽，我是這家的女兒，請您要像過去那樣把我當作自家的孩子。」千重子懇切地說。

「那還用說嗎，千重子已經做了我二十年的女兒。」

「媽媽……」千重子把臉埋進阿繁的膝蓋。

「其實呢，打祇園祭之後，千重子就常常有點神情恍惚，媽媽還想問你呢，是不是有心上人了。」

「……」

「你哪天能把那姑娘帶到咱家來一次嗎？哪怕是夜晚，等店員都下班了。」

千重子輕輕搖了搖自己擱在母親膝上的頭說：

「不會來的。她還稱我小姐呢……」

「是嗎？」阿繁撫摸着千重子的頭髮，「謝謝你告訴我。她長得跟你像嗎？」

丹波壺裏的金鐘兒又開始輕輕叫了起來。

得到通知說，南禪寺附近有合適的房子出售，太吉郎便勸妻子、女兒一起去看看，同時也就作為金秋時節的散步了。

「你準備買嗎？」阿繁問。

「看過再說。」太吉郎頓時不耐煩了，「聽說削價了，只是小了一點。」

「……」

「走過去就行了吧。」

「行是行，不過……」

阿繁有點不安：買下那房子，是不是天天要來原來的店裏上班。正如東京的銀座和日本橋一帶，京都中京區的批發街也有越來越多的老闆在旁處置了住房，再每天到店裏上班。僅此倒也罷了，自家的買賣雖不景氣，但另置一處小住房的餘裕還是有的。

可是，太吉郎會不會想把店賣了，到那處小房子裏「隱居」呢？再者，趁尚有餘裕時儘早當機立斷雖說也許不錯，可是這樣一來，丈夫在南禪寺附近的小房子裏做些甚麼來過活呢？他已經五十過半，所以阿繁希望他能過得舒心一些。店雖說可以賣個相當的價錢，可是靠吃利息的日子畢竟還是叫人心中沒底。若能有人把這筆錢很好地運轉起來，大概是能過得輕鬆的，但阿繁一時想不起有這樣的人。

母親的這種擔憂雖然沒說出口，女兒千重子似乎還是心領神會了。千重子畢竟還年輕。她用體恤的目光看着母親。

與她倆相比，太吉郎是開朗樂觀的。

「爸爸，如果去那裏，能不能從青蓮院[98]經過一下？」千重子在車上向父親請求說，「只要從入口處面前……」

「樟樹，是想看樟樹吧？」

「是的。」千重子驚訝於父親的明察秋毫，「是樟樹。」

「去，去那裏。」太吉郎說，「爸爸年輕時也曾在那棵大樟樹的樹蔭下跟朋友一起談天說地呢。那些朋友現在已經都不在京都了。」

「……」

「那一帶處處讓我懷念。」

千重子一時沒說話，聽任父親沉入年輕時的回憶，然後說：

「我也是從學校畢業後就沒再在白天看過那棵樟樹了。」千重子說，「爸爸，你知道夜間觀

98 青蓮院：位於京都市東山區，天台宗門跡寺院（由皇族、貴族出家人擔任住持的寺院）。

光巴士的路線嗎？在寺院中加入了青蓮院一站，巴士一到，就有幾個僧人提着燈籠來迎客。」

僧人提燈的燈光一直把客人引到寺院玄關，這條路挺長，但情趣可說也就在於其中。

根據遊覽巴士的指引手冊所記，青蓮院的尼僧是要以薄茶一杯待客的。可是千重子笑道：

「照規定，尼僧是要親手把剛沏好的茶端到客人手中的，可是我們被領到大廳後，一群人把粗陋的茶碗往一個大盤子裏隨手一擱就匆匆而去。或許其中也混雜着尼姑，但來去匆匆，都來不及看她們一眼……大失所望，茶也不熱。」

「那也是沒辦法的事，若要周到，就太費時間了吧？」父親說。

「嗯，這倒還罷了，四面八方的燈把那個大庭院照得通亮，出來一個和尚站在庭院當中發表一番演說，雖只是介紹青蓮院的情況，但口才確實了得。」

「……」

「進了寺院後，不知哪裏傳來古箏的聲音，我便與朋友討論這是真有人在彈，還是在放唱片。」

「哦？」

「然後就去看祇園的舞姬，看她在排練場舞了兩三曲，啊呀，已經想不起來那舞姬叫啥了。」

「怎麼了？」

「繫着垂帶，衣裳卻好像不咋樣。」

「是嗎……」

「從祇園去島原[99]的角屋[100]看了太夫[101]吧，太夫的服裝應該是貨真價實的，侍女也是……在百目蠟燭[102]的照耀下，表演了古時飲酒的禮儀，然後在玄關的土間讓我們看了一下太夫道中[103]場景的表演。」

「呵呵，能看到這些就挺不錯了。」太吉郎說。

「是的。青蓮院的提燈出迎和島原的角屋都挺好。」千重子應道，「這些情況，我記得以前好像說過……」

「也帶媽媽去一次吧，我還沒看過角屋和太夫呢。」母親正說着，車子已到青蓮院門前。

千重子怎麼會想起要看樟樹？是因為曾在植物園的樟木林蔭道上走過，還是因為北山杉樹是人工栽培，而苗子說過喜歡自然生長的大樹呢？

---

99 島原：位於京都市下京區，最早的合法花街，也是和歌俳諧等各種文藝活動的中心。

100 角屋：原為大型宴會場所，現設有文化美術館供參觀，並有各種表演。

101 太夫：最高等級的藝伎。

102 百目蠟燭：一種粗大的蠟燭，重約三百七十五克。

103 太夫道中：起源於江戶時代，原指太夫去迎接要客時身穿華服走過街巷的舉動，後成為一種表演活動。

可是，青蓮院入口處石牆上方只有四棵樟樹並立，其中最靠前的那棵似乎年代最久。千重子一行三人站在樟樹前看着它，甚麼話都不説。細看過去，大樟樹樹枝那奇異的彎曲方式以及鋪展、交纏的姿態中，似乎潛藏着某種令人畏懼的力量。

「看好了嗎？走吧。」太吉郎朝南禪寺方向邁出了腳步。

太吉郎從懷中的錢包中掏出一張紙，上面畫着去房子賣家所在位置的線路圖。他邊看邊説：

「千重子，爸爸雖不太了解樟樹，但那是南國之樹，適合生長在溫暖的土地上吧，比如熱海、九州一帶就挺多的，這裏的雖是老樹，卻總讓人覺得像是大型盆栽。」

「京都不就是這樣嗎？無論是山、河還是人，都……」千重子回答。

「啊，是嗎？」父親點頭，又説，「人，可不全都是那樣喲。」

「……」

「無論現在的人還是古時的歷史人物……」

「是呀。」

「若像千重子説的那樣，日本這個國家不也這樣嗎？」

「……」千重子覺得父親的借題發揮確有道理，但還是説，「你説得不錯，爸爸，但我仔細看了後，覺得那樟樹的樹幹，還有那神奇地鋪展開來的樹枝，都令人生畏，是不是有着一種了不起的力量？」

「是呀。年輕姑娘竟在思考這樣的問題嗎？」父親看看樟樹，然後又盯着女兒看，「確實如你所說，就像你那烏亮的頭髮那樣茂盛……爸爸已經老朽愚鈍，今天能聽你這麼說真挺好的。」

「爸爸。」千重子這聲呼喚中滿含強烈的感情。

從南禪寺山門往裏看，裏面寧靜而開闊，仍如平時那樣人跡寥寥。

父親看着房屋賣家的位置圖，朝左轉彎。那房子看上去委實較小，但土牆很高，進深較深，進了窄小的門往玄關去的路上，兩側開着長長一溜白花胡枝子。

「看，真漂亮！」太吉郎在門前停下，盯着胡枝子的白花看，卻已沒了為買房而來的心情，因為看見隔壁一座較大的房子已成了料理旅館。

但那成排的白花胡枝子卻又讓他難以離去。

太吉郎很久沒來這裏，在此期間，南禪寺門前一帶大路邊上的房子多已成為料理旅館，其中有些改建為大的集體宿舍，外地來的學生鬧鬧哄哄地進進出出。

「房子好像不錯，但還是不行。」太吉郎在種着胡枝子花的那家門口嘟噥道，「最近整個京都料理旅館成風，就像高台寺[104]一帶……大阪、京都之間成了工業地帶，而京都西部還有空

104 高台寺：位於京都市東山區，臨濟宗建仁寺派的寺院。

地，雖然不太便利，但那附近不知還會蓋起甚麼樣的時新而怪異的房子來呢……」

父親一副沮喪的表情。

太吉郎像是不捨那成排的白花胡枝子，走出七八步後又獨自折返去看。

阿繁和千重子在路上等他。

「花開得真好，難道是有甚麼秘訣？」太吉郎回到她倆身邊說，「不過，要是用竹架子支一下就好了……下雨後，胡枝子葉子上的雨水會滴濕鋪路石，可能不好走路呢。今年房主盼着胡枝子開花的時候，大概還沒想到要賣房子，真到了非賣不可時，也就顧不得胡枝子如何了。」

母女倆默然。

「人，大概就是這麼回事吧。」父親臉色有點陰沉。

「爸爸那麼喜歡胡枝子嗎？」千重子的語氣明快，「今年已經來不及了，來年讓千重子為爸爸設計一款胡枝子碎花圖案吧。」

「胡枝子屬於女性的花紋，是給女人夏季單衣用的。」

「我要把它設計成既非女性，也非夏服的圖案。」

「誒？碎花之類，是要做內衣嗎？」父親看着女兒，笑着打岔道，「爸爸作為回報，給千重子設計一件樟樹圖案的和服或外褂，讓你穿得像個怪物……」

「……」

「搞得男女顛倒了吧。」

「沒有顛倒。」

「你會穿着那怪物似的樟樹圖案走出去嗎？」

「是的，我會，去哪兒都行……」

「嗯……」父親低頭陷入沉思，又說，「千重子，我並非獨愛胡枝子，不管是甚麼花，因着見到的時間和場合，我會有一種沁人心脾的感覺。」

「是呀。」千重子答道，「爸爸，既然已經到了這裏，龍村也不遠了，我想順便過去看看……」

「啊，是那個面向外國人的商店啊……阿繁，你看如何？」

「只要千重子想去看……」阿繁爽快地說。

「是嗎？龍村可沒腰帶賣喲……」

這一帶都是高檔住宅街，屬於下河原町。千重子一進店門便認真地看起了右邊成排成摞的絲綢女裝衣料，這些並非龍村的東西，而是鐘紡[105]的織品。

阿繁過來問道：

105 鐘紡：日本一家具有百年歷史的紡織品企業。

「千重子也想買洋裝？」

「不是，媽媽，我在考慮外國人喜歡甚麼樣的絲綢料？」

母親點點頭，站在女兒身後，不時伸出手指去摸摸綢料。

以正倉院[106]布料殘片為主的古代布料殘片的仿織品，掛在正中央的房間和走廊裏。

這些就是龍村的東西。太吉郎看過幾次龍村的展覽，也看過古代布料的殘片及其圖錄，這些都裝在他的頭腦裏。它們的名稱他也都知道，但此時他還是情不自禁地認真端詳起來。

「讓外國人看看，日本也能生產這樣的東西。」一位太吉郎認識的店員說。

太吉郎以前來這裏時也聽過這樣的話，但這次還是點頭表示贊同，即使對於那些仿照中國古代織品的樣品，他也說：

「真是了不起的東西，這是從前……千年前的東西了吧？」

這裏的仿古大塊綢料好像是非賣品——若有織成女式腰帶的，太吉郎總會選幾條自己喜歡的買給阿繁和千重子，但這店看來是面向外國人的，沒有腰帶，大的賣品頂多就是檯布之類。

另外，展櫃裏還陳列着一些袋子、錢包、煙包、小方巾等等。

太吉郎買了兩三條並無龍村特色的龍村領帶和「菊揉」紙包。「菊揉」是把光悅[107]在鷹

---

106 正倉院：奈良東大寺的倉院，內藏有東大寺大佛開光儀式所用的器具和各種寶物，還有光明皇后捐獻給東大寺的各種物品。

107 光悅（一五五八—一六三七）：全名本阿彌光悅，日本裝飾藝術家。

峰[108]發明的「大菊揉」造紙工藝移用於小塊綢布料上，其年代相對並不久遠。

「記不清是在東北的甚麼地方，如今也有用結實的和紙做類似東西的。」太吉郎說。

「哦，哦。」店員應道，「我還不太清楚這與光悅之間的關係呢。」

靠裏的展櫃上面排放着索尼的小型收音機，這讓太吉郎他們也不禁意外，覺得哪怕是用以賺取外匯的寄售商品，也未免有點……

三人被領到裏面的接待室用茶。店裏人告訴他們，這些椅子曾被幾位外國來的所謂貴賓坐過。

玻璃窗外有一片杉樹，樹不大，品種卻很少見。

「這是甚麼杉樹？」太吉郎問。

「我也不太清楚……聽說叫作 kouyo 杉。」

「字怎麼寫？」

「花木工可能不識字，不能確定，反正和廣葉杉不同，聽說長在本州以南。」

「樹幹那顏色……？」

「那是青苔。」

---

108 鷹峰：位於京都市北區。

傳來小收音機的聲音，他們回頭去看，有個年輕男子在對三四位西方女子做介紹。

「啊，那是真一的哥哥。」千重子說着站起身來。

真一的哥哥龍助也向千重子這邊走來，並向坐在接待室椅子上的千重子父母點頭致意。

「你在給她們做導遊？」千重子說。兩人相對走近後，千重子覺得龍助與為人隨和的真一不同，有一種咄咄逼人的味道，讓她覺得不好說話。

「算不上導遊。本來是我朋友為她們翻譯兼陪同，但他妹妹死了，我幫他頂三四天。」

「啊呀，妹妹……」

「是呀，比真一小兩歲吧，挺可愛的姑娘，可惜……」

「……」

「真一英語好像不行，人又害羞，所以我就……這店本來不需要翻譯的……再說客人在這裏也就是買個小收音機吧。她們是住在都酒店的美國人的太太。」

「是嗎？」

「都酒店離這裏挺近，所以就過來看一下。本應好好看看龍村的織品，她們卻顧着小收音機了。」龍助低聲笑了，「隨她們去吧。」

「我也是第一次見這裏放了收音機。」

「不管是小收音機還是絲織品，換成的美元都是沒區別的。」

「是的。」

「剛才去院子裏看到各種顏色的彩鯉，我就在想如果她們詳細問起，我該如何介紹，結果她們只是一個勁地說好看，可讓我如釋重負了。我對彩鯉不大了解，不知牠們的各種顏色用英語該如何說才對，何況還有帶斑紋的……」

「……」

「千重子，咱們出去看看鯉魚吧。」

「那幾位太太怎麼辦？」

「還是讓這裏的店員去伺候吧，快到回酒店喝茶的時間了，她們還得和丈夫會合去奈良呢。」

「我去跟爸媽打個招呼就來。」

「啊，我也要去跟客人打個招呼。」龍助說罷便去那幾位婦人那裏說了甚麼，婦人們一齊朝千重子這邊望，千重子臉紅了。

龍助立刻返身回來，叫上千重子一起去了庭院。

兩人坐在池邊望着漂亮的彩鯉在水中游弋，沉默了一會。

「千重子，你能把你家店裏的掌櫃——因為是公司了，不知該叫他專務還是常務——教訓一下嗎？我想你能做到的。當然，如果需要我到場也行……」

這是千重子沒想到的，讓她心裏一緊。

從龍村回來的那晚，千重子做了個夢——一群五彩繽紛的彩鯉，往蹲在池邊的千重子腳邊聚來，鯉魚層層疊疊，晃動着身子，有的還把頭探出水面。

就是這樣一個夢。而且，夢境中的情況都在白天發生過。當時千重子把手伸到水裏稍稍撥動，鯉魚便如此聚來。這讓千重子吃驚，並對這群鯉魚有了一層不可名狀的愛意。

一旁的龍助似乎比千重子更為驚訝，說道：

「千重子的手上散發了甚麼樣的香氣——甚麼樣的靈氣呀？」

千重子有些不好意思，站起身說：

「鯉魚大概是跟人混熟了吧。」

龍助卻盯着千重子的側臉發怔。

「東山離這兒很近呀。」千重子避開龍助的目光說。

「是的。你不覺得山的顏色有點不一樣嗎？已經有了秋色。」龍助答道。

千重子醒後，已記不清這個鯉魚夢中龍助是否在自己的身邊了。之後她有好一會沒能入睡。

第二天，千重子猶疑於是否對掌櫃說出龍助建議的「教訓一下」的話。

將近打烊時分，千重子坐在賬房前，舊式的賬房四周圍着低矮的格子門，掌櫃植村覺察到千重子的舉動有些異常，便問：

「小姐，有事嗎？」

「讓我看看我的衣料。」

「您的……」植村似乎如釋重負，「是要穿咱店的衣料嗎？馬上就可以穿新年的衣服了，出客還是用長袖和服吧。哦，小姐您不去岡崎之類的染織店或Eriyorozu[109]之類的和服店買現成的嗎？」

「我想看看咱店裏的友禪綢，不是過年穿的。」

「好的，那倒是有好幾種，我馬上把現在有的拿給您看，不知有沒有您中意的。」植村起身叫來兩個店員耳語一番，三人找出十幾匹料子熟練地在店堂中央攤開，排成一溜讓千重子看。

「這個就行。」千重子很快選好面料，「能在五天到一週中完成嗎？裏料就拜託你們決定了。」

植村倒吸一口氣，說：

「有點急了，咱們是綢料店，很少做衣服的，不過還是沒問題。」

兩位店員麻利地捲起了綢料匹。

---

109 Eriyorozu：「ゑり萬」，京都市的和服店。

「這裏寫着衣服尺寸。」千重子把紙放在植村的桌上，卻沒離去，「植村先生，我想見習一下店裏的生意，還請多多關照。」

千重子語氣溫和，輕輕地低頭致意。

「是。」植村表情僵硬。

千重子平靜地說：

「我還想看一下賬簿，明天也行。」

「賬簿？」植村苦笑着說，「小姐要查賬嗎？」

「查賬這樣不知天高地厚的事，我是想也不敢想的，只是想看一眼賬簿，否則還不知道咱家做甚麼樣的買賣呢。」

「是嗎？賬簿兩字說起來簡單，卻分為很多種，還有稅務署的呢。」

「咱店有兩套賬嗎？」

「小姐說啥呢。若要做那種造假的事，還得拜託小姐您呢。我們是光明正大的。」

「明天給我看吧，植村先生。」千重子語氣乾脆，說完就從植村面前走開。

「小姐，您出生前，這店就交給植村我打理了……」植村說道。但見千重子頭也不回，便用幾乎聽不見的聲音說：「怎麼回事嘛……」說完輕輕咂了咂舌頭，「腰疼呀。」

千重子來到在做晚飯的母親身邊，母親似乎委實吃了一驚：

「千重子，你的話好厲害呀。」

「誒，媽也知道了嗎？」

「年輕人即使看着老實，還是可怕呀，媽在這裏都發抖了。」

「我也是得了別人的指導。」

「噢？哪一位？」

「真一的哥哥，在龍村時……真一父親的生意做得很扎實，有兩位不錯的掌櫃。他說如果植村不幹了，他那裏可以調一人過來，甚至他自己也能過來。」

「是龍助吧？」

「是的。他說反正是要經商，研究生隨時也可以不讀的……」

「噢？」阿繁看着千重子那張美得光彩照人的面孔，說，「植村可沒有辭職的意思喲……」

「他還說，那個種胡枝子的人家附近若有好房子，還是讓父親買下來吧。」

「嗯。」母親一時無語，然後又說，「那是因為你父親有點厭世吧。」

「還說父親那樣，也挺好的……」

「這也是龍助說的？」

「是的。」

「……」

「媽媽，剛才您大概也看到了，我託植村給杉樹村的姑娘做一件咱店的和服……」

「好呀，那敢情是好，再加件外褂好嗎？」

千重子垂下眼簾，淚水浸潤着她的眼睛。

「高機」的得名無疑是因為這種手織機較高，而安裝時之所以要在地面鑿一個淺坑，據說是因為土地的潮氣於絲線有益。以前，這種高機是人坐在上面的，現在，則是把放有重石的籃子吊在織機旁邊。

有的織坊既用這種手織機，同時也用機械織機。

秀男那裏僅有三台手織機，兄弟三人都在操作，父親宗助有時也會上機，所以在小型織坊較多的西陣，日子似乎還過得去。

隨着千重子所託的腰帶接近完工，秀男的喜悅感也與日俱增，這固然緣於自己全身心投入的工作即將成功，也因為他在織梭的穿行和織機的聲響中感覺到了千重子的存在。

不，那不是千重子而是苗子，不是千重子的腰帶而是苗子的腰帶，但在秀男織作的過程中，千重子與苗子業已成為一體。

父親宗助站在秀男身旁看了一會，說道：

「這腰帶真不錯，花紋新奇。」說完不解地問，「是哪位的？」

「佐田家的，千重子的。」

「圖案呢？」

「是千重子的方案。」

「哦，千重子……真的嗎？嗯？」父親屏氣靜息地看着，又用手指去觸摸還在機上的腰帶，「秀男，織得真細密，這樣挺好。」

「……」

「秀男，我以前告訴過你的，佐田家對咱們有恩。」

「聽您說過，爸爸。」

「嗯，說過。」宗助又重複道，「我從一介織工自立門戶，好不容易買進一台高機，一半還是靠的借款。我織好一條腰帶就送到佐田那裏去，只有一條太寒磣了，只能趁着夜晚悄悄去……」

「……」

「佐田家從來不曾給過難看的臉色。這織機增加到三台，真不容易……」

「……」

「儘管如此，秀男，身份還是不一樣呀……」

「我明白，可是您為啥要說這些呢？」

「你好像很喜歡佐田家的千重子……」

「是為這？」秀男說完便又動起先前停下的手腳，繼續織作。

完工後，他便立即去杉樹村給苗子送腰帶。

時值午後，北山方向數度出現彩虹。

秀男抱着苗子的腰帶一上路便看到了彩虹。虹暈雖寬，顏色卻淡，尚未形成到頂的完整弓形。就在秀男佇足遙望的過程中，虹的顏色越發變淡，似將消失。

然而在所乘巴士進入峽谷前，秀男又兩度看到了相似的彩虹，三次都沒形成弓形到頂的完整的彩虹，總有一種單薄感。雖是常能見到的彩虹，今天的秀男卻有點在意：

「嗯，虹是吉兆還是凶兆呢？」

天空沒有陰雲。進了峽谷後是否還會有這種淡色的虹出現呢？這在緊貼清瀧川岸邊的山中是無法得知的。

在北山杉村一下車，穿着工作服的苗子便用圍裙擦着濕手立刻迎了過來。

苗子的工作，是用菩提沙（更像是赤褐色的黏土）手工對杉樹圓木進行精洗。

雖還是十月，山中的水應是很冷了，但漂在人工挖出的水溝中的圓木卻冒着熱氣，大概是因為水溝一端的簡易爐灶裏有熱水流出吧。

「感謝您到這深山裏來。」苗子躬身致謝。

「苗子，我把說好的腰帶總算織出來了，送來給你。」

「那是千重子替身的腰帶，我已不願再做替身，咱們見個面就夠了。」苗子說道。

「這腰帶是咱們說好了的，而且是千重子設計的圖案。」

苗子低下頭說：

「其實，秀男，前天千重子店裏已經送給我一套東西，從和服到草屐都齊了。這樣的腰帶，我何時才能用得上？」

「二十二日的時代祭[110]啊，出不來嗎？」

「不，能出來。」苗子毫不猶豫地說。

「現在這裏太招眼了。」她略作思忖，「您能到河邊的小石灘來嗎？」畢竟不能像上次跟千重子那樣，跟秀男一起躲進杉山裏去。

「您的腰帶我會終身珍藏的。」

「不用，我還會再為你織。」

苗子不吱聲。

苗子寄身的這家人，自然已經知道千重子贈送和服的事，所以即使把秀男帶去這家也沒關係。但苗子對於千重子如今的身份以及她店裏的情況已大致了解，僅此已償自幼的夙願，她不願再因些許小事讓千重子另增煩惱。

110　時代祭：京都市左京區平安神宮每年十月二十二日舉行的祭祀活動，是京都代表性的祭慶活動。

不過，苗子寄身的村瀨家在當地擁有不錯的山地產，苗子幹活又不惜力，所以即使讓千重子家知道苗子的情況也不會有甚麼麻煩。比起中等水平的綢緞批發商，擁有杉山產業或許更為殷實一些。

但是對於自己與千重子的頻繁來往和感情加深，苗子卻持謹慎態度，尤其是因為她覺得千重子的愛已沁入她心。

於是苗子便把秀男帶到了河邊的小石灘上。清瀧川邊的小石灘上，凡是可種的地方也都種上了北山杉樹。

「這地方實在是委屈您了，還請原諒。」苗子說。畢竟是女孩，還是想早點看到腰帶的。

「杉山真美。」秀男一面抬頭望山，一面打開布包，解開包裝紙外的紙繫繩。

「這裏是鼓形結……這一塊是想放在前面的……」

「啊呀！」苗子把弄着腰帶，「給我真是太可惜了。」她兩眼生輝。

「毛頭新手織的腰帶，談何可惜。紅松和杉樹的圖案——因為快到新年了，我本只想着在鼓形結上用松樹圖案，千重子說要有杉樹，我到這兒一看總算明白了。一聽說杉樹，就會想到一棵棵高大的老樹，但似乎還是畫得纖柔些為好；紅松也稍加了些顏色……」

果然，連杉樹樹幹畫的也不是原來的本色，在形、色方面都費了思忖。

「真是一條好腰帶，謝謝了……我這樣的人沒法用這麼高級的腰帶呀。」

「跟千重子送的和服配嗎？」

「我覺得很配。」

「因為千重子從小就熟悉京都特色的和服衣料⋯⋯這條腰帶還沒給她看過，不知她會覺得怎樣。我有點不好意思。」

「本來就是千重子的設計嘛⋯⋯我也要讓她看看。」

「時代祭時穿着來吧。」秀男說罷，便把腰帶摺疊起來用包裝紙包好。

秀男用紙繩紮好包裝紙後說：

「你就別客氣了，還是收下吧，這腰帶雖是我依約織出來的，但也是應了千重子的託付，你只需將我當作一個普通的織工就行了，儘管我確是用心織的。」

秀男把包着腰帶的布包交給苗子，苗子放在膝上，陷入沉默。

「千重子自小就見識各種和服，所以送給你的和服一定會與這腰帶相襯的，我剛才就是這麼說的。」

「⋯⋯」

兩人面前，清瀧川淺流的水聲靜而可聞，秀男環顧兩岸的杉山說：

「那群立的杉樹樹幹就像工藝品，與我想像的一樣。樹頂的枝葉也像花一樣，那種毫不張揚的花兒。」

苗子臉上帶有憂鬱之情——父親在給樹梢打枝時，一定是因丟棄千重子而痛心，於是在樹梢間擺蕩時失足墜落的吧？當時苗子也跟千重子一樣是個嬰兒，不會知道任何情況，直到長大之後才從村裏人那裏聽說。

於是苗子對千重子的名字、生死，以及這位孿生兒是自己的姐姐還是妹妹都一無所知，她只盼望能見一面，哪怕是從旁邊看一眼也行。

苗子那簡陋得像窩棚一般的房子，如今也已棄置在杉樹村中，因為一個姑娘不能獨自住在那裏。一對在杉樹村打工的中年夫婦，和他們上小學的女兒長期住在裏面，自然是談不上付房租的，這房子也不值得交房租。

只是，那位上小學的少女出奇地愛花，而那房子有一株漂亮的金桂，於是她偶爾也會來向苗子姐姐討教打理桂樹的事情。

苗子讓她不用去管那樹，可是從那小屋前經過時，苗子總覺得能比別人在更遠處就聞到花香，這反倒讓她覺得抑鬱。

——苗子的膝蓋因承載秀男的腰帶而變得沉重，令她思緒萬千……

「秀男，既然已經知道千重子的下落，我就打算不再來往了，和服和腰帶這次我就收下，並珍藏在心……你能理解我吧？」苗子的話出自肺腑。

「是的。」秀男說，「來參加時代祭吧，讓我看看你繫這腰帶的樣子，但我就不約千重子了。遊行隊伍從御所出發，所以我就在西邊的蛤御門等你。這樣行嗎？」

苗子深深地點頭，臉上的緋紅許久都未褪去。

對岸水邊有棵小樹，葉子泛紅，身姿倒映在水面上，隨波搖曳。秀男抬眼望去，問道：

「那鮮亮的紅葉是甚麼樹呀？」

「漆樹。」苗子抬眼回答時，用顫抖的手整理了一下頭髮。不知何故，黑髮散開，一直披落到她的後背。

「啊呀。」

苗子紅着臉把頭髮收攏盤起，把含在嘴裏的髮夾插進髮間，髮夾卻散落在地，不夠用了。

秀男欣賞着她這姿態和動作。

「你留着長髮啊。」

「是的。千重子也沒剪短，但她會弄，以致你們男人看不出來。」苗子慌忙用布巾罩着頭，

「不好意思。」

「……」

「我在這裏只給杉樹化妝，自己從不化妝。」

話雖這麼說，好像還是淺淺地塗了一層口紅。秀男希望苗子拿掉布巾，重新讓長髮垂披在肩給他看，但他沒能說出口來，因為苗子用布巾遮頭時是那樣慌忙。

狹窄的山谷裏，西側的山壁已開始變得灰暗。

「苗子，該回去了吧？」秀男站起身來。

「今天的活倒是已經幹完了……不過天也變短了。」

山谷東邊山頂挺立着一排排杉樹，秀男從樹幹間望着金色的晚霞。

「秀男，謝謝，真的很感謝。」苗子略作了一個收下腰帶的姿態，也站了起來。

「要謝就謝千重子吧。」秀男說道。為這位杉山姑娘織造腰帶的喜悅在他心中已漸成一股溫情，「再囉嗦一遍，時代祭時不見不散，在御所西門蛤御門。」

「好的。」苗子深鞠一躬，「穿上從沒穿過的和服和腰帶，我會不好意思的。」

在祭慶繁多的京都，十月二十二日的時代祭與上賀茂神社、下賀茂神社的葵祭以及祇園祭合稱為三大祭慶。雖屬平安神宮的祭事，遊行卻是從京都御所出發。

苗子一大早便心神不定，比約定時間提前半小時，在御所西側的蛤御門的門後等着秀男。她還是初次等待男子。

所幸這天碧空如洗。

平安神宮建於一八九五年，時值遷都京都一千一百週年，所以時代祭在三大祭事中無疑歷史最短，但因是為了紀念建都京都的祭事，所以遊行活動意在體現古都千年風俗的變遷，不僅會展現各個時代的種種服飾，還會出現人們耳熟能詳的歷史人物。

例如和宮[111]、蓮月尼[112]，吉野太夫[113]、出雲阿國[114]，淀君[115]，常磐御前[116]、橫笛[117]、巴御前[118]，靜御前[119]，小野小町[120]，紫式部[121]、清少納言[122]。還有大原女、桂女[123]。

列舉的這些女性中夾雜有妓女、女藝人以及女商販之類，遊行隊伍中更多的無疑還是楠

111 和宮（一八四六—一八七七）：孝明天皇之妹，親子內親王。下嫁德川家茂。

112 蓮月尼（一七九一—一八七五）：本名太田垣蓮月。江戶末期女歌人，丈夫和孩子死後出家為尼。

113 吉野太夫：京都名伎。

114 出雲阿國：被視為歌舞伎創始人的女性。

115 淀君（一五六七—一六一五）：豐臣秀吉的愛妾，住淀城，故名。本名茶茶。

116 常磐御前（一一三八—？）：武士源義朝之妾，日本物語文學故事中的絕世美女。

117 橫笛：日本古典文學作品《平家物語》中的女性人物。

118 巴御前：武士源義仲之妾，據傳武藝高強，屢立戰功，在源義仲死後出家為尼。

119 靜御前：原為舞伎，後成為武士源義經之妾。

120 小野小町：九世紀中葉女歌人，被列為六歌仙、三十六歌仙之一。有絕代佳人之稱，常出現在物語文學或民間傳說中。

121 紫式部（約九七三—約一〇一四）：女性文學家，《源氏物語》作者。

122 清少納言（約九六六—？）：女性隨筆作家、歌人，著有《枕草子》等。

123 桂女：京都桂地區一帶販賣魚鮮之類的女性商販。

正成[124]、織田信長、豐臣秀吉，以及王朝公卿和武士。

遊行隊伍很長，宛如京都的風俗繪卷。

女性加入遊行隊伍，據説始於一九五〇年，這使得祭慶活動更加花團錦簇。

遊行隊伍的前列，是明治維新時期的勤王隊和丹波北桑田的山國隊，末尾是延曆時代文官的參朝隊列。隊伍回到平安神宮後，要在鳳輦之前誦祝詞。

遊行隊伍從御所出發，所以最好在御所前面的廣場觀看，秀男就是因此而與苗子約在御所。

苗子在御所門後等着秀男。由於進出的人很多，所以沒人注意到她，只有一個中年老闆娘模樣的女人大模大樣地走近她説：「小姐，這腰帶不錯，在哪兒買的？跟身上的衣服也挺搭的……讓我看看……」説着就要去摸，「能讓我看一下後面的鼓形結嗎？」

苗子轉過身去。

經她這麼一看，苗子心裏反倒踏實了一些。她畢竟從沒穿過這樣的和服，沒有繫過這樣的腰帶。

「讓你久等了吧？」秀男來了。

---

124 楠正成（？—一三三六）：即楠木正成，日本南北朝時代的武將，後戰敗自殺。

離遊行隊伍出發之地御所最近的席位，都被講社[125]和觀光協會佔了，秀男與苗子站在跟這些席位相連的「拜觀席」的後面。

苗子還是初次佔到這麼好的席位，她出神地看着遊行隊伍，已不大念及秀男和身上的新衣。

但她還是突然發現了甚麼：

「秀男，您在看甚麼？」

「青松。你瞧，我是在看遊行，但翠綠的松樹，把遊行隊伍襯得更醒目了。御所那麼大的庭院裏種的是黑松吧，我太喜歡了。」

「……」

「我也偷眼看你的，你大概沒在意。」

「您真是……」苗子低下頭去。

125 講社：參拜神社者的結社。

深秋裏的姐妹

京都的祭慶實在是多，比起「大文字」來，千重子更喜歡鞍馬的火祭。火祭地點離苗子不遠，所以苗子也去看過。不過，以前她倆即使在火祭上迎面走過，或許相互也不會在意。

去鞍馬山參拜的路上，每家每戶之間用樹枝隔開，在屋頂上灑水，從半夜開始舉着大大小小、各種各樣的松明火把，嘴裏喊着「嗨呀、嗨喲」的號子登山去神社。四處一片火焰之光。待兩架御輿一出來，村（現已為町）裏的婦女全部出動，拉住御輿的繩子。最後獻上大松明火把，整個祭慶活動差不多要持續到天明時分。

但今年這個有名的火祭被取消了，據説是為了儉約。伐竹祭雖仍照常舉行，火祭卻不搞了。

北野天神的「芋莖祭[126]」今年也沒有了，據説是因為芋頭歉收，沒有芋莖可供鋪葺御輿。

京都還有不少節慶活動，諸如鹿谷安樂寺的「南瓜供[127]」、蓮花寺的「黃瓜封[128]」，不僅可

126 芋莖祭：京都北野神社的祭祀活動，用芋艿莖鋪在遊行的御輿的頂上。

127 南瓜供：冬至前後，在寺廟供奉並食用南瓜，祈求一年中不會中風。

128 黃瓜封：一種祈願把病災封進黃瓜的法事活動。把病人姓名、年齡、病名等信息寫在黃瓜上，在寺廟祈禱後將黃瓜帶回家，三天內遇病痛時用黃瓜擦拭患處，第四天把黃瓜埋在不會被人踩踏的清淨之地，據説可將病災帶走。

以展現京都風貌，似乎還可窺得京都人的一個側面。

近年來得以恢復的活動有：在嵐山河中龍船上舉行的「極樂鳥」歌舞，在上賀茂神社庭院小溪邊舉行的曲水之宴等，無不屬於昔日王朝貴族的風流娛樂。

曲水之宴中，人們穿着古時服裝坐在溪邊，等着酒盅隨水漂來，邊等邊吟歌、繪畫、寫字，然後拿起漂到自己面前的酒盅一飲而盡，再讓酒盅漂走。一旁還有書僮伺候。

去年開始的曲水之宴，千重子曾去看過，歌人吉井勇[129]居於王朝公卿之列的最前面。這位吉井勇如今已經作古。

也許因為是新近恢復的活動，人們似乎還不熟悉。

嵐山的「極樂鳥」歌舞，千重子今年也不曾去看，覺得畢竟少了一些日本傳統的「物寂」之趣，而在京都，富有傳統色彩的活動多得令人目不暇接。

也許是因為在終日操勞的母親阿繁的教育下長大，又或許千重子自己天性如此，她每天一早起來便認真擦拭格子門等各處。

「千重子，時代祭那天你倆好開心呀。」早飯後千重子剛收拾好碗盞，真一便來了電話，看來他也把千重子和苗子弄混了。

129 吉井勇（一八八六—一九六〇）：和歌歌人兼劇作家，京都人，有伯爵爵位。

「你也去了？該打個招呼的……」千重子聳聳肩。

「我也是這麼想的，卻被哥哥阻止了。」真一無拘無束地說。

千重子不知該不該告訴他認錯人了，但從真一的電話可以想到，苗子穿着千重子送的和服，繫着秀男織的腰帶去時代祭了。

跟苗子在一起的肯定是秀男。千重子一開始沒想到這點，但隨即便心中一暖，臉上浮起笑容。

「千重子，千重子……」真一在電話裏叫道，「幹嗎不做聲？」

「你是真一吧？」

「是呀，是呀。」真一笑出聲來，「掌櫃在嗎？」

「不在，還沒……」

「你是不是感冒了？」

「聽出感冒的聲音了嗎？我剛才在外面擦格子門來着。」

「是嗎？」真一好像在那頭搖了搖話筒。

這下輪到千重子笑了，笑得很開朗。

真一壓低聲音說：

「這電話是代哥哥撥的，我馬上讓他來接……」

對着哥哥龍助，千重子無法像對真一那樣隨便説話。

「千重子，試探過掌櫃了嗎？」龍助劈頭便問。

「是的。」

「真棒！」龍助的聲音激動，隨即又重複一句，「太棒了！」

「母親也偷聽到了，好像為我捏一把汗呢。」

「是嗎？」

「我説想要了解和學習一點自家的買賣，所以請他讓我把賬簿都看一下。」

「嗯，這就挺好，儘管只是説一下，但也完全不一樣了。」

「我還讓他把保險櫃裏的存摺、股票、債券之類的東西全拿出來了。」

「挺好。千重子，真棒。」龍助十分感慨地説，「你本是一個溫順的姑娘，卻能……」

「我是受你指教……」

「我這也是因為聽到附近批發商有了種種不正常的議論。我還打定主意，如果你不便説，我父親或我自己就去你家説，不過最好還是小姐你出面了。掌櫃的態度有變化了吧？」

「是的，總算……」

「是吧……」龍助在電話中沉默良久後説，「挺好的！」

千重子感覺電話那頭的龍助好像還在猶豫着甚麼。

「千重子，今天下午我想去府上拜訪，不知方便否，真一也一起去……」

「哪有甚麼不方便的，我又不會有甚麼了不得的事情。」千重子回答。

「因為你是年輕小姐呀。」

「瞧你說的……」

「你看如何……」龍助笑了起來，「我想趁掌櫃還在店裏時過去稍微觀察一下，你不必有任何顧慮，我會見機行事的。」

「啊？」千重子說不出話來。

龍助的店是室町一帶的大批發店，在業內頗有實力，他雖在讀研究生，卻自然而然地有了氣勢。

「到吃甲魚的季節了，我在北野的『大市』[130]訂了座席，請你賞光。以我的身份，是沒有資格連你父母一起請的，所以只請你一人了……我會把童男帶上。」

千重子被其氣勢所懾，只能應了一聲「好的」。

真一作為童男乘坐祇園祭的綵車已是十多年前的事，但哥哥龍助至今還會半開玩笑地叫他「童男」，不過這或許也是因為他如今還留着童男那種可愛與和善。

130　大市：京都市的一家甲魚料理店，具有三百多年歷史。

千重子告訴母親：

「下午龍助和真一要來家裏，剛才來電話說的。」

「噢？」母親阿繁似乎有點意外。

千重子午後上後屋二樓細心地化了妝，儘量化得不太醒目。還認真地梳理長髮，卻總是理不成滿意的髮型，準備穿出去的衣服也是選來選去定不下來。

總算下得樓來，父親不在，不知去哪裏了。

千重子在後屋的客廳裏備好炭火，環顧四周，然後看向小庭院。大楓樹上的苔蘚依然碧綠，而寄生於樹幹的兩株紫花地丁的葉兒已經泛黃。

基督燈籠的下方，一株小山茶樹開着紅花，顏色豔紅豔紅的，比紅玫瑰更能沁入千重子的心脾。

龍助和真一一到，便謙恭地與千重子母親寒暄，然後龍助一人端坐在賬房掌櫃的面前。

掌櫃植村慌忙出了賬房的格子門，殷勤地與龍助打招呼，久久地說着寒暄話。龍助雖也應答，卻始終綳着臉，植村自然也能看出他的冷淡。

植村對這毛頭學生雖一肚子的不服氣，卻又在龍助的高壓下無可奈何。

龍助等植村的寒暄告一段落後，便態度沉穩地說：

「貴號生意興隆，蠻好。」

「是，謝謝，託您的福。」

「父親他們說佐田先生虧得有您在，有多年的經驗，了不起……」

「您謬獎了，咱店不能和水木先生家那樣的大店相比，不值一提的。」

「哪裏哪裏，我家的店也就是手伸得長一點罷了，綢緞批發和其他甚麼生意都做，成雜貨舖了。我是不大喜歡這樣的。如今像植村先生這樣踏踏實實、認認真真做事的店可是越來越少囉。」

沒等植村回答，龍助便起身朝千重子和真一所在的後屋客廳走去。望着他的背影，植村一副苦相，他清楚地知道要看賬簿的千重子與眼前這龍助之間有着內在的聯繫。

龍助來到後屋客廳，千重子帶着疑問抬頭看他臉。

「千重子，掌櫃那裏我稍微敲打了一下。我是有責任給你提建議的吧？」

「……」

千重子低着頭為龍助沏茶。

「哥，你看楓樹樹幹上的紫花地丁。」真一指給龍助看，「有兩株，千重子幾年前就開始把那兩株紫花地丁看作一對可愛的戀人……相距咫尺卻又永遠無法相聚……」

「嗯。」

「女孩子的想法總是可愛的。」

「別，別……羞死了。真一……」

千重子把沏好的茶遞到龍助面前，手在微微顫抖。

三人乘龍助店裏的車去北野六番町的「大市」甲魚料理店。大市是一家老店，門面頗有古風，廣為遊客所知，房間也較古樸，天花板低矮。

他們點了甲魚砂鍋，外加繪什錦。

千重子通身發熱，好似有了醉意。

粉色一直延至千重子的脖頸，令肌膚本就白晰細嫩、富有光澤的頸項愈加美豔。她眼含秋水，不時地撫弄自己的臉頰。

她滴酒未沾，但砂鍋底料中一半是酒。

車子等在門口，千重子還是擔心自己腳下打晃，但她十分興奮，話也多了。

「真一……」千重子找較好説話的弟弟搭話，「時代祭那天，你在御所庭院見到的那一對不是我。你認錯人了，眼神不好了吧？」

「別再瞞我了吧。」真一笑了。

「沒啥要瞞你的。」千重子猶豫了一下，「其實那姑娘是我姐妹。」

「咦？」真一一副詫異狀。千重子在賞花時節的清水寺裏，曾對真一説過自己是棄兒的事，這話自然應該已被其兄龍助所知，即便真一沒對哥哥説過，因為兩家靠得很近，也許應該想到這事是會傳到龍助耳中的。

「真一在御所庭院見到的……」千重子躊躇片刻又説，「我是孿生兒，那姑娘是雙胞胎中的另一位。」

這話真一也是初次聽說。

「……」

三人沉默少頃。

「我是被丟棄的。」

「……」

「這事若是真的，扔在咱家店門口該有多好呀……真的，扔在咱家店門口該有多好呀。」

龍助誠心實意地重複道。

「哥哥。」真一笑了，「那是剛生下來的嬰兒，跟現在的千重子可不是一回事喲。」

「嬰兒不也挺好？」龍助說。

「那是你看到如今的千重子才這麼說的。」

「不對。」

「你看到的是如今的千重子，是佐田家百般呵護疼愛養大的千重子。」真一說，「那時你也就是個小毛孩子，能撫養嬰兒嗎？」

「能。」龍助語氣堅定。

「哼，哥哥總是那麼自信，那麼要強。」

「也許是的，但我還是希望撫養嬰兒時的千重子，咱媽一定會幫忙的。」

千重子的酒勁退去，額頭漸漸變白。

秋天的北野舞蹈節持續了半個月，結束的前一天，佐田太吉郎獨自去看了。茶屋給的入場券當然不會只有一張，但他無意邀人同去。看完舞蹈回來的路上，成群結夥地去茶屋狎遊，這對他來説已成一件麻煩事。

舞蹈開始前，太吉郎無精打采地走上茶席，今日當班坐着負責點茶的藝伎，也沒有他所熟悉的。

他旁邊並排站着七八個少女，像是幫忙遞茶端水的，穿着同樣的粉色長袖和服。只有正中央的一位穿着綠色長袖和服。

太吉郎差點叫出聲來。她雖經濃妝豔抹，但不正是那位花柳街老闆娘帶着，跟太吉郎一起乘坐「叮叮電車」的少女嗎？獨自身穿綠衣，也許是甚麼領班之類。

這位綠衣少女把茶端到太吉郎面前，自然是依着規矩，一臉嚴肅，不苟言笑。

但是太吉郎的心情卻似乎輕鬆起來。

表演的舞蹈是八場舞劇《虞美人草圖繪》，講述人們耳熟能詳的中國的項羽和虞姬的悲劇故事。不過，虞姬以劍刺胸，在項羽懷中聽着思鄉的楚歌死去，項羽也戰死之後，下一場的背景移至日本，變成了熊谷直實[131]、平敦盛[132]和玉織姬的故事。熊谷殺了敦盛之後，感於世事的無常而出家。他在憑弔舊戰場時，敦盛的墓旁開滿了虞美人草，耳邊傳來笛聲。此時敦盛顯靈，拜託熊谷把青葉之笛收入寺中；玉織姬則顯靈要求將其塚側虞美人草的紅花供於佛前。

這齣舞劇之後，還有一齣場面熱鬧的新編舞蹈《北野風流》。

上七軒的舞蹈屬於花柳流，不同於祇園的井上流。

太吉郎出了北野會館後，順路進了那家老茶屋。老闆娘見他獨自呆坐，便過來問：

「要招哪位姑娘嗎？」

「嗯，那位咬人舌頭的藝伎——還有，那個穿綠衣的端茶姑娘呢？」

「叮叮電車那位……如果只是聊聊天，應該沒問題。」

在等那姑娘時，太吉郎先喝了幾杯，待姑娘出來後，他故意起身往外走，姑娘便跟在身後。他問道：

「現在還咬嗎？」

「您可記得真清楚。沒事，您伸出來試試。」

「我怕。」

---

131 熊谷直實（一一四一—一二〇八）：鎌倉初期武將，後出家，自稱蓮生和尚。

132 平敦盛（一一六九—一一八四）：平安末期武將。

「真的沒事。」

太吉郎試着伸出舌頭，被吸進了一片溫香軟玉之中。

太吉郎輕拍女孩後背說：

「你墮落了。」

「這是墮落嗎？」

太吉郎想要漱口清嘴，卻又無奈於藝伎站在身旁。

藝伎的惡作劇未免出格，但於她來說，應屬臨時起意，並無特別的意思。太吉郎對這年輕的藝伎並不討厭，也不覺得她不乾淨。

太吉郎欲回客廳，藝伎抓住他說：

「等一下。」

說着就拿出手絹去擦太吉郎的嘴唇，手絹上便有了口紅印。藝伎湊近太吉郎看他的臉，一邊說道：

「好了，這下沒問題了。」

「多謝。」太吉郎輕輕把手擱上她的雙肩。

藝伎留在衛生間的鏡前為自己的嘴唇補妝。

太吉郎回到客廳，沒有人在。酒已有點冷了，他飲了三兩杯，權作漱口。

儘管如此，總覺有哪裏沾留着她的味道、她香水的味道。太吉郎隱隱地有了一種回春的感覺。

即便對藝伎的淘氣之舉猝不及防，他還是覺得自己的態度是不是過於冷淡了。也許是因為很久沒跟女孩子嬉鬧了吧。

這二十來歲的藝伎或許是個有趣的女人。

老闆娘領着一個少女進來，女孩仍穿着那件綠色和服。

「按您的意思帶她來了，説好就打個招呼的。您也看到了，畢竟年紀還小。」老闆娘説。

太吉郎看着少女問：「剛才端茶的……」

「是的。」到底是茶屋的姑娘，毫無羞怯之狀，「我認出您就是那位大爺，於是給您端茶的。」

「哦，那就多謝了。還記得我嗎？」

「記得。」

藝伎也回屋來了，老闆娘對她説：

「佐田先生對這小姑娘特別中意。」

「哦？」藝伎看着太吉郎的臉説，「真有眼光，不過也得再等三年喲，而且她明年春天就要去先斗町了。」

「先斗町？為甚麼？」

「因為想當舞姬，說是嚮往舞姬的形象。」

「嗯？要當舞姬，祇園不也挺好嗎？」

「因為她姨媽在先斗町。」

太吉郎望着少女，覺得她無論去哪裏都能成為一流舞姬。

西陣的和服衣料織造工會斷然作出了一個前所未有的決定：在十一月十二日至十九日這八天中，停止所有織機的工作。其中十二日和十九日這兩天是週日，所以實際停工六天。

其中緣由很多，簡言之就是經濟上的原因，亦即生產過剩，庫存已達三十萬匹，需要設法解決積壓，改善營銷。而且近來銀根嚴重緊縮，這也是原因之一。

從去年秋天到今年春天，西陣經銷和服衣料的商社陸續發生倒閉。

據說八天的停機導致大致減產八九萬匹，但後果是好的，從這點來看，首先似乎可說成功了。

在西陣的織機街區，尤其是小巷中，一看便可知道，以小規模家庭操作為主的織坊都很好地響應了此次停工限令。

這些織坊是一排排匍伏在地面的小房子，瓦頂破舊，屋檐寬深，即使有兩層樓，樓層也很低矮。那些甬道似的小巷更是雜亂，連織機聲也讓人覺得發自晦暗之處，其中有些織機應非自家所有，而是租用的。

然而提出「免於停機」申請的織坊，據説只有三十餘家。

秀男家所織並非和服衣料，而是腰帶。三台高機，白天無疑也需開燈，但機房光線還算不錯，里間還有空地。不過，廚房用具簡單粗陋，甚至令人懷疑這家人到底在哪裏休息睡覺。

秀男性格倔強，天生手巧，並具有與這些秉性相應的熱情，但常年坐在高機的窄板上，屁股上或許已長出老繭。

約苗子去看時代祭時，比起展示各朝各代服裝的遊行隊伍，更為吸引秀男的是作為隊伍背景的御所的青松，這也許是由於他藉此從平日的生活中解脱出來了。但即便在狹窄的山谷間，勞作於山上的苗子對於此情此景也是沒有甚麼感覺的。

不過，自從苗子繫着秀男織的腰帶參加時代祭之後，秀男幹起活來更有勁頭了。

千重子自跟龍助、真一兄弟去過大市，雖説不上愁緒萬端，心中有時卻也空空落落，一待自己有所意識時，覺得似乎還是因為有煩惱在心吧。

京都已經結束了十二月十三日的「事始」節，這裏冬天的天氣一貫多變，出着太陽時也會下起陣雨，有時還會夾雪，時陰時晴。

十二月十三日是「事始」節，依京都的習俗，從這天開始，除了進行各種過年的準備，歲暮的各種贈答應酬也開始了。

恪守這些老規矩的，還數祇園之類的花街柳巷。

藝伎、舞姬之類為了感謝平時關照自己的茶屋、歌舞音樂師傅和同行老大姐，遣派男眾[133]拎着鏡餅[134]去各家分發。

然後舞姬們再去四處拜謝，說些恭喜之類的話，意思是今年平平安安度過，還望明年多多提攜。

這天，藝伎、舞姬都比平日更加花枝招展，她們的你來我往，把提前進入歲暮的祇園一帶點綴得花團錦簇。

千重子的店裏卻沒有這種繁花似錦。

早飯後，千重子一人上了後屋二樓，本想稍稍化個晨妝，卻在不知不覺間停下手來。龍助在北野甲魚料理店裏那番激情四射的話語在千重子心中迴蕩。他希望嬰兒千重子當年能被丢棄在他家門口，這番話語的分量還不夠重嗎？

龍助的弟弟真一與千重子青梅竹馬，一直同學到高中。他性格和善，千重子也知道他喜歡自己，但他從未像龍助那樣說出讓千重子喘不過氣來的話語，兩人只是不拘形跡的玩伴。

千重子仔細梳好長髮，讓它披在身後，然後下樓。

快要吃完早飯時，北山杉村（町）的苗子來了電話。

133 男眾：為女性藝人、藝伎服務的男性侍者。
134 鏡餅：圓餅形的大年糕。

「是小姐嗎？」苗子確認了一下，「我想見你，有事情要問。」

「苗子，我也在想你呢……明天如何？」

「我哪天都行。」

「來店裏吧。」

「還是別去店裏了吧。」

「苗子的事，我已對媽媽說了，爸爸也知道了，所以……」

「給店員看到不好吧。」

「……」千重子沉吟片刻後說，「那就我去苗子的村子吧。」

「我太高興了，不過挺冷的喲……」

「我也想看杉樹了。」

「是嗎？除了冷，可能還會有陣雨，你來時可得做好準備喲，不過篝火倒是可以任意點的。我會在路邊幹活，這樣更容易看到你。」苗子快活地答道。

冬之花

千重子穿上長褲和厚毛衣，這副打扮還從來沒有過。腳上還有一雙漂亮的厚襪子。

父親太吉郎在家，千重子便坐在他面前跟他告辭。太吉郎瞪眼看着她這副異常的裝扮。

「去爬山嗎？」

「是的……北山杉村的姑娘想跟我見面，像是有話要對我說……」

「是嗎？」太吉郎毫不猶豫地說，「千重子……」

「誒。」

「那姑娘若有甚麼困苦或難處，你就把她帶來，咱們收養她。」

千重子低下了頭。

「好呀，有了兩個女兒，我和老太都不會寂寞了。」

「爸爸，謝謝。爸爸，謝謝。」千重子俯下身去，一行熱淚濡濕了大腿。

「千重子從吃奶起就由我們撫養，被我們視作掌上明珠，但我們對那姑娘也會盡力一視同仁。她像千重子，一定也是個好閨女。帶來咱家吧，二十年前人們還都厭棄雙胞胎，如今已沒任何問題了。」父親說道，接着又叫妻子，「阿繁，阿繁！」

「爸爸，千重子衷心地感謝您，但那姑娘——苗子——絕不會來咱家的。」千重子說。

「為甚麼呢？」

「大概是不願對我的幸福造成任何一丁點影響吧。」

「怎麼會影響呢？」

「……」

「怎麼會影響呢？」父親重複道，一副百思不得其解的樣子。

「今天我對她說父母親都知道了，請她來咱店裏，」千重子帶了點哭腔，「但她忌憚店員和鄰居……」

「店員算甚麼！」太吉郎不禁大聲叫道。

「爸爸的話我都明白了，不過今天還是先讓我去一趟吧。」

「也好。」父親點頭，「路上小心……然後，你可把爸爸剛才的話帶給那位苗子姑娘。」

「是。」

千重子穿上雨衣，戴上風帽，套上雨鞋。

中京早晨還是一片晴空，但不知甚麼時候就陰了下來。北山或許正在下雨，在城裏就能看出那樣的天色。若是沒有京都一群秀氣的小山阻隔，大概就能顯出雪前的模樣了。

千重子乘上國鐵公司的巴士。

有兩路巴士通往北山杉村所在的中山北山町，分別屬於國鐵和市營，市營巴士開到大京都市北郊的山口後返回，國鐵巴士則一直開到更遠的福井縣的小濱。

小濱在小濱灣的岸邊，再往前可從若峽灣伸向日本海。

也許因為是冬天，巴士上乘客不多。

一個有人跟着的年輕男子緊盯着千重子看，她有點發怵，便罩上了風帽。

「小姐，拜託，別用那東西遮起來。」那男子用年輕人少有的沙啞聲說。

「喂，不許說話！」旁邊的男人說。

那個對千重子提要求的男人戴着手銬，不知犯了甚麼罪。邊上的男人應該是刑警，大概是要越過後山把犯人押送到甚麼地方去吧。

千重子沒必要摘下風帽讓他們看到自己的面孔。

車子來到高雄。

「這是高雄的啥地方？」有乘客問。其實也不至於如此難以辨識。楓葉業已落盡，冬意已出現在樹梢細枝。

栂尾山下的停車場裏，一輛車輛也沒有。

苗子穿着工作服，來到菩提瀑布巴士站等千重子。

千重子的這身裝備讓苗子一時沒認出她，但苗子隨即就說：

「小姐，謝謝你來，真的感謝你來到這深山之中。」

「也算不得甚麼深山。」千重子沒來得及摘手套就握住苗子的雙手，「我真高興。夏天之後就沒見你了，夏天在杉林那次多謝你了。」

「那不值一提。」苗子說，「不過，當時咱倆萬一遭雷擊中，那可如何是好。但我還是很開心……」

「苗子，」千重子邊走邊說，「你該是在無可奈何的情況下才打電話給我的吧？你先得說給我聽，否則咱倆就沉不下心來聊天了。」

「……」苗子一身工作服，頭上罩着手巾。

「怎麼回事呀？」千重子叮問。

「其實就是秀男向我求婚了，於是……」苗子好像踉蹌了一下，抓住了千重子。

千重子抱住腳下打晃的苗子。

每天幹活的苗子身體非常結實，不過夏天打雷的那次，千重子因為恐懼，並沒發現這點。

苗子立刻站穩了身子，但似乎非常享受被千重子擁抱的感覺。她沒說「沒事了」，反倒是緊倚着千重子走了起來。

抱過苗子的千重子此時也與苗子挨得更緊，但兩個姑娘都沒有意識到這些。

戴着風帽的千重子說：

「苗子，那你怎麼回答秀男的？」

「回答……？我怎麼能當即就回答他呢？」

「……」

「他當初是把我錯認為千重子——現在雖已不是錯認，但秀男的心底應該還是深藏着千重子吧？」

「不會的。」

「不，我很明白，即便已不再是錯認，我仍是作為千重子的替身與他結婚，秀男該是從我身上感覺到了千重子的幻影。這是其一……」苗子說。

千重子想起，春天鬱金香盛開時從植物園回家的路上，父親曾在加茂川的河堤上，因提及秀男給千重子作女婿的事而遭母親斥責。

「其二，秀男家是織腰帶的吧？」苗子加強了語氣，「若是因此而使我與千重子的店裏產生瓜葛，給千重子帶來麻煩，招來周圍莫名其妙的目光，那我是死也無法抵過的了。我真想躲到更遠更遠的深山裏去……」

「你怎麼會這麼想呢？」千重子搖着苗子的肩，「今天我來你這裏，也是跟父親說好了的，母親也知道。」

「……」

「你知道我父親是怎麼說的嗎？」千重子更加使勁地搖晃着苗子的肩膀，「父親說：那個叫苗子的姑娘若是有甚麼困苦或難處，你就把她帶來咱家……我雖已作為父親的嫡女入籍，但咱家會盡其所能地對你一視同仁。我一個人多寂寞呀。」

「……」苗子取下頭上的手巾，「謝謝。」她用手巾掩着臉。

「我打心底謝謝你。」沉默了片刻後，苗子說，「我呀，你瞧，沒有親人，沒有真正可以依靠的人，只能拚命幹活，忘記自己的孤寂……」

為了平撫她的情緒，千重子說：

「重要的是：秀男的事情怎麼說呢……?」

「我沒法對這種事情立刻做出答覆。」苗子帶着哭腔，看着千重子。

「把那個借給我一下。」千重子拿過苗子的手巾，替她擦拭眼眶和臉頰，「就帶着這樣一張哭臉去村裏嗎……」

「沒關係的。我性格好強，幹活一個頂倆，可就是愛哭。」

千重子給苗子擦了臉，苗子把臉貼到她胸前，反倒抽泣得更厲害了。

「讓我咋辦呢?苗子，是難過了嗎?別哭了。」千重子輕拍苗子後背，「再這樣哭，我可就要回去了。」

「別，別走。」苗子一驚，從千重子手裏拿過自己的日式手巾，使勁擦自己的臉。

因為是冬天，看不出哭過的樣子，只是眼白稍有一點微紅。苗子用手巾嚴嚴實實地包住自己的頭臉。

兩人默不作聲地走了一段。

北山杉樹連樹梢也被修整過了，在千重子眼中，枝頭那一星半點的殘葉，就像冬天素樸的綠色花朵。

千重子覺得是時候了，便對苗子說：

「秀男自己能畫不錯的腰帶圖案，織工手藝好，人也踏實。」

「是的，我都知道。」苗子答道，「約我去看時代祭時，比起那展示古裝的遊行隊伍，他更關注的是隊伍背後御所的青松，以及東山色彩的變化。」

「對他來說，時代祭的遊行並不稀罕……」

「不，好像並非如此。」苗子的語氣強烈。

「……」

「遊行隊伍通過後，他一定要我去家裏。」

「家裏？秀男家嗎？」

「是的。」

千重子有點驚訝。

「他有兩個弟弟。他帶我去了後面的空地，並說如果我們倆在一起後，就在空地上蓋一間小屋，自己喜歡甚麼就織甚麼。」

「不挺好嗎？」

「挺好？秀男是把我當作千重子的幻影而要跟我結婚的。我作為一個女孩，對此一清二楚。」苗子又重複説。

千重子邊走邊思忖，不知如何回答是好。

一群清洗杉樹圓木的女人圍坐在　起休息，烤着篝火為手腳取暖。

苗子來到自己家門口。與其説是家，其實就是間草屋。年久失修的草頂業已傾頹，高低不平。但因建在山上，所以好歹有個院子，七八株高大的南天竹恣意伸展，掛着紅色的子實，軀幹相互交纏在一起。

但這寒磣的小屋，也可能曾是千重子的家。

從屋旁走過時，苗子的淚花已乾。她不知是否該對千重子説這就是她家。千重子生於母親娘家，也許根本不曾住過這屋。至於苗子，還在襁褓中時便先後失去父母，以致甚至不能清楚記起自己是否住過此屋，哪怕住過短暫時間。

所幸千重子對這樣的屋子根本沒瞧一眼，只顧仰望杉山，注視杉樹圓木，徑直而過，於是苗子便不用提及自己的小屋了。

筆直的樹幹頂上，殘留着些許圓形杉葉，千重子把它們看作「冬之花」之後，還真覺得是冬日的花朵了。

多數人家都在檐下和二樓，成排地晾曬着已經剝皮洗淨的杉樹圓木。這些白色圓木整齊地豎立着，連樹根都打理得清清爽爽，僅此已構成一道美景，也許勝過任何式樣的牆壁。

山上的杉樹也是一樣，樹根處的雜草已經枯萎，挺立的樹幹全都一般粗細，又成一道美景。樹幹稍帶斑點，由它們之間的間隙可以窺見天空。

「還是冬天美麗吧……」千重子說。

「是嗎？我見得太多，沒啥感覺了，不過冬天杉樹的樹葉帶點淡淡的芒草色，你說是嗎？」

「就像花一樣。」

「花……像花嗎？」苗子抬頭望山，有點意外的樣子。

走了一會，看到一處古雅的房子，似是此地大地主的家。矮牆的下半部貼着漆成赭色的木板，上半部是白壁，屋簷由瓦鋪就。

千重子停下腳步：

「這房子真好！」

「小姐，我就寄住在這家。進去看看好嗎？」

「……」

「沒關係的，我已在這裏住了近十年。」苗子說。

秀男之所以想跟苗子結婚，與其說是把苗子當作千重子的替身，更可能的是當成了千重子的幻影——這話千重子已聽苗子說了兩三遍。

所謂「替身」，固然可以理解，但「幻影」到底又是甚麼呢？——尤其是作為結婚的對象。

「苗子，你總說幻影、幻影的，可是幻影到底是甚麼呢？」千重子的語氣很嚴肅。

「……」

「幻影是看不見、摸不着的吧……」千重子繼續說，臉上卻不禁飛起紅暈。她想到這個苗子跟自己不僅臉像，也許所有地方都像，卻要歸男人所有了。

「也許如你所說，但無形的幻影可能是這樣的吧……」苗子答道，「幻影也許會出現在男人的心中、胸中，甚至出現在更多的地方。」

「……」

「即使苗子成了六十歲的老太，千重子的幻影大概仍如今天一樣年輕吧。」

這話出乎千重子意料。

「你連這都想到了？」

「美麗的幻影是永遠不會令人生厭的。」

「那可不一定。」千重子好不容易憋出這麼一句。

「幻影是踢不倒踩不翻的，除非它自己跌倒。」

「哦？」千重子覺得苗子有着妒意，「幻影真是那樣的嗎？」

「它就在這裏……」苗子搖晃着千重子的胸襟。

「我不是幻影。我跟苗子是孿生姐妹。」

「……」

「若照你所說，難不成你是跟我的幽靈在做姐妹？」

「不，我是跟眼前的千重子做姐妹，唯對秀男來說卻又另當別論……」

「你想多了。」說到這裏，千重子微微低下頭去，走了一段後又說，「哪天我們三人在一起好好談談，把話說透，好嗎？」

「談談——真心話有時可說，有時卻也未必……」

「苗子，你的疑心有些重吧？」

「說不上疑心，但我畢竟也有一顆姑娘的心……」

「……」

「好像有陣雨從周山朝北山來了，山上的杉樹也……」

千重子抬眼看天。

「趕緊回去吧，好像是雨夾雪。」

「我就想到了萬一會下，穿了防雨的裝束來的。」

千重子脫下一隻手套給苗子看：「這手不像小姐的手吧？」

苗子一愣，便用自己的雙手握住千重子的那隻手。

陣雨好像是在千重子不知不覺間來的，或許連平時住在這個村裏的苗子都沒察覺。既非小雨，也不像濛濛細雨。

千重子依苗子所說抬頭去看，四周的山都霧濛濛的，一片寒意，而山麓的杉樹林反倒清晰可見。

少頃間，一眾小山為煙靄籠罩，相互之間漸漸失去界線。從天色便可看出與春霧的區別，此時的霧靄似乎更具京都特色。

再看腳下，地面已經微濕。

眾山很快就被一層淺灰色包裹，像是漸入煙靄之中。

片刻之後，這煙靄朝山谷飄下來，帶着少許白色的東西，形成了雨夾雪。

「趕緊回去吧！」苗子對千重子說這話時，已經看到了這白色的東西。這不能算是雪，而是雨夾雪，但其中白色的東西時隱時現。

谷間天暗得早，而且氣溫驟然下降。

千重子也是京都姑娘，對於北山陣雨並不陌生。

「趁你還沒變成冰冷的幻影……」苗子說。

「又說幻影了……？」千重子笑了，「我帶了雨具來的……冬季的京都天氣多變，雨還會停的吧？」

苗子抬頭看天，說了一聲「今天還是回去吧」，便緊緊握住千重子脫下手套讓她看的那隻手。

「苗子，你真的考慮過結婚嗎？」千重子說。

「偶爾會……」苗子回答，然後帶着深深的愛意給千重子戴上那隻手套。

這時千重子說：

「到店裏來一次吧。」

「……」

「來吧。」

「……」

「等店員下班以後。」

「夜裏嗎？」苗子驚訝地問。

「住在咱家。爸媽都完全知道苗子的事。」

苗子的眼中露出喜悅，卻仍在猶豫。

「我想起碼要跟苗子一起睡一晚。」

苗子在路邊轉過身去，不讓千重子發現自己已經潸然淚下。千重子對此不會不知。

千重子回到室町店裏後，附近的街鎮天色已是一片陰沉。

「千重子回來得正好，馬上就要下雨了。」母親阿繁說，「父親在後屋等你呢。」

父親太吉郎沒等聽完千重子跟他招呼，便直截了當地問：

「怎麼樣？千重子，那姑娘的事怎麼說？」

「這個……」千重子不知如何回答是好，難以三言兩語地把事情交代清楚。

「怎麼樣了？」父親又問。

「嗯……」

千重子自己對苗子的話也似懂非懂——秀男其實是想跟千重子結婚，因不能如願而死心，於是表示要跟酷似千重子的苗子結婚。苗子以姑娘的敏感而對此了然於心，並向千重子搬出了一套奇怪的「幻影論」。秀男也許是以苗子來慰藉自己對千重子的傾慕之情吧。千重子覺得自己的這種想法不一定屬於自作多情。

可是，事情也許並非僅僅如此。

千重子無法與父親正面相視，害羞到脖根都要變紅了。

「那個叫苗子的姑娘僅僅是想和你見個面嗎？」父親說。

「是的。」千重子硬着頭皮抬起臉來，「大友家的秀男好像說是想跟苗子結婚。」千重子的聲音有點發顫。

「哦？」

父親看着千重子沉默了半天。他像是看穿了甚麼，卻又不願說出口，只是說：

「是嗎？和秀男……？大友家的秀男倒是不錯。緣分這東西真是不可思議，不過這大概也跟千重子有關吧。」

「爸爸，但我認為那姑娘不會跟秀男結婚。」

「咦，為甚麼？」

「……」

「為甚麼呀？我可覺得挺好的……」

「這不是好不好的事。爸爸您還記得嗎？那次在植物園時，您說過秀男是否可以做千重子的對象。這事那個姑娘也是知道的。」

「誒，怎麼會呢？」

「此外，她好像還擔心秀男家是織腰帶的，與咱家免不了會有買賣來往。」

父親內心受到震動，陷入了沉默。

「爸爸，讓苗子在咱家過夜吧，哪怕一晚也好，這是千重子的願望。」

「當然可以。這算得了啥呢……我不是說過可以收養她嗎？」

「那她是絕不答應的。只睡一晚還……」

父親憐愛地看着千重子。

傳來母親關雨窗的聲音。

「爸爸，我去幫忙。」千重子站了起來。

雨點打在瓦頂上，似是有聲又無聲。父親定坐不動。

水木龍助、真一弟兄倆的父親，請太吉郎去圓山公園的「左阿彌」吃晚飯。冬日苦短，從處於高位的房間俯視，街市已經上燈。天空是灰色的，沒有晚霞，街市若無燈火，也是這樣的顏色。這就是京都的冬色。

龍助的父親作為室町一家生意興隆的大批發店老闆，作派強勢而自信，今天卻似有難言之隱，猶猶豫豫地說着一些無聊的街談巷議消磨時間。

「事情是這樣的……」借着少許酒勁，他終於切入正題，而優柔寡斷並漸入厭世之境的太吉郎也大致能猜出水木要說的話。

「事情是這樣的……」水木又期期艾艾地重複一句，「您家小姐跟您說起過愣頭青龍助吧？」

「是的。我雖愚鈍，但還是十分理解龍助的一片心意。」

「是嗎？」水木似乎變得輕鬆了，「那小子像我年輕時，一旦說出的話，是誰也勸不住的，真拿他沒辦法。」

「我覺得很榮幸。」

「是嗎？蒙您這麼一說，我胸口的石頭就落地了。」水木說着，真用手從上到下地去按摩胸口，「請多包涵。」隨即恭謹地鞠了一躬。

太吉郎的店雖說日漸蕭條，但若讓一位基本屬於同業且又初出茅廬的年輕人來相助，怎麼說都是一種恥辱。若說是來見習，以兩家店的格別來說，則應倒過來才是。

「我雖十分感謝，可是……」太吉郎說，「貴店可能也離不開龍助吧……」

「哪裏哪裏，龍助在生意方面見識不算很多，還不太熟悉。我這個當爹的說可能不太合適，但他還算比較踏實吧……」

「是呀，來了店裏便突然往掌櫃面前一坐，擺出一副嚴肅的表情，讓人一驚。」

「他就是這樣。」水木說完又默默地喝酒。

「佐田先生。」

「誒。」

「龍助若去貴店幫忙，哪怕不是每天都去，他弟弟真一也可藉此機會漸漸成熟，成為我的助手。真一性格溫和，至今還常常被龍助拿童男的稱號來取笑，因為這好像是他最不喜歡的……他乘坐過祇園祭的山形綵車。」

「那是因為他長得漂亮。他跟千重子是小時候的夥伴……」

「說起千重子……」水木又語塞了。

「說起千重子……」水木重複了一遍，又突然忿忿地說，「您怎麼就能有一個那麼漂亮的好女兒呢？」

「那孩子不是靠着父母的力量，是天生的。」太吉郎立即應道。

「我想您已經知道，您那裏也是跟我家大致差不多的店，而龍助之所以要去幫忙，其實是想呆在千重子身邊，哪怕半小時、一小時也好。」

太吉郎點頭。水木擦了擦跟龍助長得很像的額頭，又說：

「這個兒子雖長得不好看，但好像還挺能幹，咱雖絕不敢強求，但萬一哪天千重子覺得龍助那樣的小子也還不錯，我就真正腆着臉請您考慮能否把他收作養子，取消他在我這裏的嫡子資格。」

水木說完低頭行禮。

「廢嫡……？」太吉郎大吃一驚，「一個大批發店的繼承人……？」

「人的幸福並不在於此——我看到最近的龍助，心裏就這樣想。」

「難得你們一片美意，但這種事情還是得看兩個年輕人今後的感情發展吧。」太吉郎避開水木的話鋒，「千重子是個棄兒。」

「棄兒又有甚麼關係？」水木說，「這樣吧，您把我的話放在心裏，先讓龍助去您店裏幫忙好嗎？」

「好吧。」

「謝謝，謝謝。」水木連身體都似乎變得放鬆，喝酒的動作也變樣了。

翌日早上，龍助便立即來到太吉郎店裏，召集掌櫃和店員進行盤貨，包括漆染綢緞、白綢、刺繡縐綢、小縐紋縐綢、綾子、特等縐綢、平紋粗綢、結婚長禮服、長袖和服、中袖和服、留袖和服、金線織花錦緞、普通緞子、高級印花綢、出訪禮服、腰帶、裏綢、和服配件等等……

龍助只是在旁看着，一言不發。掌櫃已經領教過他的厲害，頭也不敢抬。

雖經挽留，龍助還是在晚飯前回去了。

到了夜晚，傳來苗子敲格子門的聲音，這聲音唯有千重子能聽到。

「呀，苗子，傍晚起就轉冷了，但我還是等着你來。」

「……」

「不過星星出來了。」

「千重子，我該怎麼跟你爸媽打招呼呢？」

「我跟他們都說好了的，只要說聲『我是苗子』就行了。」千重子摟着苗子的肩往後屋去，「晚飯吃了嗎？」

「我在那邊吃了飯糰後過來的，你別操心。」

苗子儘管顯得緊張，但居然有跟千重子長得這麼像的姑娘，兩位老人驚得說不出話來。

「千重子，你們兩人上後屋二樓慢慢聊吧。」還是母親阿繁想得周到。千重子牽着苗子一隻手走過窄廊上了後樓，點起了暖爐。

「苗子，你過來一下。」千重子把苗子叫到穿衣鏡前，然後盯着兩人的臉看，「真像呀！」一股熱流傳遍她的全身。兩人左右轉換着位置看，「真像一個模子刻出來的，呵呵。」

「雙胞胎嘛。」苗子說。

「人若是全生雙胞胎，那會怎樣呢？」

「那不就整天認錯人了嗎？可麻煩了。」苗子退後一步，眼睛濕了，「人的命運難料呀。」

千重子也退到苗子的旁邊，使勁晃着她的雙肩說：

「你就一直住在家裏好嗎？爸媽也都這麼説的……千重子一個人太寂寞了……雖然杉樹村也許是個讓人舒暢的地方。」

苗子像是站不住了，一個踉蹌跪了下去。她搖着頭，搖頭時淚水滴到膝上。

「小姐，如今咱倆的生活環境不同，教養也不一樣，室町這樣的生活我是沒法適應的。你家店裏我只能來這麼一次，只能一次，讓你看看我穿你給的和服的樣子……何況小姐你到杉樹村已經去了兩次。」

「……」

「小姐，咱爸媽扔掉的孩子是你，雖然我不知道這是為甚麼。」

「這事我已完全沒放心上了。」千重子毫不在意地説，「對我來説，現在已不覺得有過那樣的爹媽了。」

「我想他們也許為此已遭報應。不過……也要請你原諒我，儘管我自己那時還是個嬰兒。」

「你對此有甚麼責任和罪過呢？」

「雖然沒有，但我以前也跟你説過的吧，我不能給你的幸福造成任何影響。」苗子的聲音低了下去，「我最好還是索性銷聲匿跡。」

「不，不能這樣……」千重子激動地説，「這樣太不公平了……苗子，你是不是覺得很不幸福？」

「不，只是覺得孤單。」

「幸福是短暫的，孤寂卻是長久的，你說是嗎？」千重子說，「咱們躺下，我還有話要跟你說。」說着便從壁櫥裏拿出臥具。

苗子一面幫着鋪床，一面說：「所謂幸福，大概也就是現在這樣吧。」說完側耳去聽屋頂的聲音。

千重子見苗子全神貫注的樣子，便也停下手，問：

「是雨，是雪珠，還是雨夾雪？」

「不知道呢，或許是薄雪？」

「雪？」

「沒有聲音，真正的薄雪，簡直算不上是雪。」

「嗯。」

「山村常有這種薄雪，我們幹活時，不知不覺間杉葉變白，像花一樣，那些冬天落葉的樹木，連樹梢細枝都一片雪白。」苗子說，「真美。」

「……」

「有時很快就停，有時變成雨夾雪，有時變成陣雨……」

「打開雨窗看看好嗎？看一下就知道了。」千重子欲起身過去，被苗子抱住，「別去，天冷，而且會感到幻滅的。」

「你總愛說幻字。」
「幻……？」
苗子那張漂亮的臉在微笑，卻有一種淡淡的哀愁。
千重子鋪好被褥後，苗子忙說：
「千重子，讓我給你鋪一次床吧。」
並排鋪好兩床被子，千重子卻不聲不響地鑽進了苗子的被子。
「啊。苗子，真暖和。」
「畢竟咱們幹的活不一樣，住的地方也……」
苗子說着抱緊了千重子。
「這樣的夜晚會越來越冷的。」雖這麼說，苗子卻毫無怕冷的樣子，「乾雪會下下停停又停停下下的……今晚……」
「……」
父親太吉郎和阿繁好像也上樓來到隔壁房間了，因為上了年紀，所以用電熱毯為床鋪加熱。
苗子湊到千重子耳邊低語：
「這被子已經捂暖，我睡到旁邊去了。」
母親把拉門挪開一條細縫窺視兩個姑娘的臥室，這已是後來的事了。

第二天早晨苗子起得很早，她搖醒了千重子說：

「小姐，這大概是我終生難忘的幸福了。我得趁別人沒看見時回去。」

正如苗子所說，真正的乾雪在夜裏時下時停，今天是一個清亮寒冷的早晨。

千重子起床說：「你沒帶雨具吧？等一等。」說着便把自己最好的天鵝絨外套、摺疊傘和高跟木屐為苗子配齊。

「這是我送你的。你下次還要來喲。」

苗子搖了搖頭。千重子手抓紅漆格子門久久地目送着她。苗子沒有回頭。有少許細雪落在千重子額前的頭髮上，又很快消融。整個街市仍在一片沉寂之中。

千羽鶴

千羽鶴

一

進了鎌倉圓覺寺寺院後，菊治還在為是否去茶會而猶豫，他已經遲到了。

圓覺寺內的茶室內每有栗本近子的茶會，菊治都會收到邀請，但自父親死後，他一次都沒來過。他認為這不過是栗本近子對於父親所盡情分而已，所以並不放在心上。

不過，這次的邀請函中特地另附了一筆，說希望他見見一位新的女弟子。

讀到這句話，菊治想起了近子的痣斑。

大概是菊治八九歲的時候，他隨父親去近子的家，看到她在起居室敞着胸用小剪刀剪痣上的毛，痣斑覆蓋了左半個乳房，並朝心窩處延展，面積如手掌般大小。紫黑色的痣斑上大概是長了毛，所以近子用剪刀在剪。

近子一驚，想要合攏衣服胸襟，似乎又覺得慌忙遮蓋反倒失態，便先略略轉過身去，然後緩緩地把衣襟收進和服腰帶間。

她似乎在意的並非菊治父親，而是因為看到了菊治。因為先有女傭到門口接應，所以近子理應知道菊治的父親過來。

父親沒進起居室，而是坐在旁邊的房間，那是一間兼作茶道教室的會客間。

父親望着壁龕上的掛軸，心不在焉地說：

「來杯茶吧。」

「好的。」

近子嘴上應着，卻沒立刻起身過來。

菊治也看到近子膝上的報紙上散落着體毛，就像男人的鬍鬚。

雖是正午時分，天花板裏卻有老鼠的騷動聲。屋檐近處開着桃花。

近子在爐旁坐下後泡茶，有點心不在焉。

又過了十來天，菊治聽母親告訴父親說，近子因為胸口有痣而不結婚。母親說這話時像是在披露一個驚人消息，應是覺得父親並不知道此事。母親好像同情着近子，顯出一副為她難受的表情。

「嗯，嗯。」父親半帶驚訝地隨聲附和，卻又說，「不過，即使被丈夫看到也沒甚麼關係吧。娶她時就應該是知道的。」

「我也是這麼對她說的。可畢竟是女人身上的事，總不能明着說自己胸口長着顆大痣吧。」

「又不是甚麼小姑娘了。」

「畢竟還是難以啟齒。其實作為男人，婚後即使知道了，或許也就一笑了之罷了。」

「那她讓你看了那痣嗎？」

「怎麼會呢？虧您說得出這話。」

「只告訴了你嗎？」

「今天來教課時聊了不少……聊着聊着就不想瞞着了。」

父親不吱聲了。

「就算是結了婚，男人又會怎樣呢？」

「心裏會不自在吧。不過呢，說不定這種秘密也會成為樂趣，成為一種魅惑呢。短處或許也有可取之處。其實那也不算甚麼大問題。」

「我也安慰她說不成大問題，可是她卻覺得痣斑長在乳房上……」

「嗯。」

「若想到有了孩子後餵奶的情景，那大概是最難堪的。即使丈夫無所謂，也得為孩子着想呀。」

「有了痣就出不來奶嗎？」

「倒也不是……她說不願讓吃奶的嬰兒看到。我雖也沒想那麼多，但她作為當事人就會把各種情況都考慮到了。孩子一生下來就要吃奶，睜眼第一天就會看到母親乳房上有個醜陋的痣斑，這個世界給他的第一印象，母親給他的第一印象就是乳房上醜陋的痣斑，這種印象會深刻地糾纏孩子一生吧。」

「嗯。不過想得過多也太累了。」

「她覺得既然如此，不如餵牛奶較好，或者雇用奶媽。」

「即使有痣斑，只要有奶可餵還是好的。」

「可還是不行。我聽了這話眼淚都出來了，覺得確是那麼回事。我也不會願意讓咱家菊治在長了痣斑的乳房上吃奶的。」

「是啊。」

菊治因父親的佯裝不知而感到義憤。他也見過近子的痣斑，父親卻無視他的存在，這讓他憎惡。

可是時隔近二十年後，菊治如今想到當時父親大概也是處於尷尬之中，便不無一種苦笑的感覺。

而且，菊治過了十歲以後常會想起當年母親的話，並為自己會有吃過痣斑奶的隔水弟妹而擔憂害怕。

他不僅是怕生出個不相干的弟妹，而且怕的就是那個孩子本身。一個在長着大痣斑的乳房上吃過奶的孩子，簡直就讓菊治覺得具有某種惡魔的可怕之處。

幸而近子好像沒生過孩子。朝壞裏想，也許是父親不讓她生，為了讓她自己也不想生，於是便把菊治母親因近子的痣斑和孩子的事而流淚的情況作為口實灌輸給近子。總之，無論父親的生前或死後，都不曾有近子的孩子出現過。

近子在菊治隨父親一起看到自己的痣斑後不久，就向菊治母親坦承痣斑的事情，為的就是搶在菊治告訴母親之前先說出來吧。

近子一直不曾結婚，難道就是那塊痣斑支配了她的一生？

然而，那痣斑留給菊治的印象也不曾消失，冥冥中與他的命運也不無牽連。

當近子以茶會為由讓菊治見一位姑娘時，那痣斑也浮現在菊治眼前。菊治突然覺得，既然是這位近子介紹，難道會是一位純淨無疵、冰清玉潔的姑娘嗎？

父親會不會時不時用手指去捏捏近子胸口的痣斑？父親或許甚至會用牙去咬它呢——菊治還曾有過這樣的妄念。

眼下走在寺廟周圍山林小鳥的啼囀聲中，這種妄念又掠過他的腦中。

可是，自菊治見過那痣斑兩三年後，近子在不知不覺間變得男性化，如今已完全成為中性人了。

她在今天的茶席上大概仍會做出一副活潑開朗的樣子，但那有痣斑的乳房也許已漸乾癟了吧。想到這，菊治正要啞然失笑，兩位小姐從後面匆匆趕了上來。

菊治站下給她們讓路，並問：

「栗本女士的茶席在這條路的那頭嗎？」

「是的。」兩位小姐同時回答。

這事不問也能知道，僅從小姐的和服就可知道這路通往茶室。菊治問這話是為了讓自己明確去茶會的念頭。

那位拿着桃色縐綢包袱的姑娘很漂亮，包袱布上印着白色的千羽鶴[1]。

二

兩位小姐進茶室前換短布襪時，菊治也到了。

從小姐背後往裏面看，茶室大概八鋪席面積，擠擠挨挨坐着的人都穿着華麗的和服。

近子一眼就看到菊治，立刻起身過來。

「啊，請。稀客。歡迎歡迎。就從那邊上來吧，沒關係的。」

説着，指了指靠近壁龕的拉門。

屋裏的女人們一起回頭來望，弄得菊治面紅耳赤。他説：

「都是女賓嗎？」

「是的。先前也有男賓來着，已經回去了，您成萬綠叢中一點紅了。」

「我可算不上『紅』喲。」

「菊治先生是有資格『紅』一下的。沒問題。」

1　千羽鶴：用綫把許多紙摺仙鶴串接起來，以祈求實現願望。也常被用作紡織品上的圖案。

菊治輕輕地擺了擺手，示意要從對面的門繞進去。

那位小姐把來時穿的短布襪收進千羽鶴圖案的包袱裏，禮貌有加地站着讓菊治先進去。

菊治進了旁邊的房間，這裏有點淩亂地放着水果箱、裝茶器的箱子以及客人隨身帶來的東西，女傭在裏面的水池洗東西。

近子一進來就跪坐在菊治面前說：

「怎麼樣，姑娘不錯吧？」

「拿千羽鶴包袱布的那位嗎？」

「包袱布？我不知道甚麼包袱布。我說的是剛才站在那裏的那位比較漂亮的姑娘，稻村家的小姐。」

菊治不置可否地點點頭。

「您居然連包袱布都注意到了，真不能小看你了。我本來以為你們是一起來的，正在奇怪您面面俱到呢。」

「你說甚麼呢。」

「能在路上遇到，這就是緣分呀。令尊也認識稻村家的。」

「是嗎？」

「她家是橫濱的生絲商。今天的安排我沒對她說，你就可以放心地好好觀察了。」

近子的聲音不小，菊治正擔心會傳到只隔着一道紙門的茶席時，近子突然湊近臉來說：

「可是有個情況不大好辦。」她壓低聲音，「太田家太太來了，女兒也一起來了。」說着一邊看着菊治的臉色，「今天不是我叫她們來的，可是這種場合，誰路過都可以參加，剛才甚至有兩撥美國人路過進來了呢。抱歉抱歉，竟讓太田夫人聽說了，我也沒辦法。不過，您的事她當然是不知道的。」

「我今天也……」

菊治本想說自己並非要來相親的，卻沒說出口，只覺得嗓子也僵住了。

「應該是太田夫人覺得不好意思，您只管泰然處之。」

近子這話讓菊治惱火。

栗本近子與菊治父親的交往不深，時間也不長。父親在世時，近子一直出入他家，不限於茶會場合，平時來客時也會來廚房幫忙，像是一個隨時可以差用的女人。

近子已經男性化，如今母親的嫉妒之類似乎也就變得滑稽，令人苦笑了。母親後來定也意識到父親見過近子的痣斑，但已時過境遷，近子站在母親身後時已是一副將那事置之腦後的輕鬆表情。

菊治不知不覺間也就輕待了近子，在任性頂撞她的過程中，幼時那種令人窒息的厭惡感反似淡薄了。

近子的男性化及其成為菊治家隨意使喚的勞力，或許也是近子式的生存方式吧。

近子靠着菊治家成了一位小有成就的茶道師匠。

近子也許僅因與菊治父親之間一段脆弱的關係，就不得不壓抑自己的女性本能——菊治在父親死後每思及此，甚至會湧起一種淡淡的同情。

母親之所以沒對近子抱有太強的敵意，完全是受了太田夫人問題的牽制。

自從茶道上的同好太田死後，菊治父親因受託處理他家的茶具而與遺孀接近。

最早把這消息通報母親的人是近了。

近子自然是作為母親的戰友在發揮作用，而且幾乎用力過猛。近子時而跟蹤父親，時而一次又一次地上門去向太田夫人提出強烈警告，讓人覺得是她自己埋在地底的醋意在往外噴火。

內向的母親反倒因忌憚於外間的非議，而被近子這種硝煙滾滾的多管閒事嚇住了。

近子會當着菊治的面對媽媽說太田夫人的壞話，母親若表現出不快，近子就說：「讓菊治聽聽也無礙」。

「上次我上門去數落她的時候，被孩子偷聽到了，隔壁房間好像傳出了啜泣聲。」

「是女孩子嗎？」母親眉間泛起了陰影。

「是的，說是十二歲了。太田夫人也有點傻，本以為她會去教訓孩子，誰知卻特地起身進去把孩子抱來放在自己膝上，在我面前坐下，大概是要和這個兒童演員一起哭給我看吧。」

「孩子不是挺可憐的嗎？」

「所以大概是把孩子當作工具用了，因為母親的事情孩子全都知道。那孩子圓圓的臉，倒是挺可愛的。」說着看了一下菊治，「咱菊治也該說說父親了。」

「你還是少傳播些毒素吧。」母親終於責備近子。

「太太就是不該把毒素都吞到肚裏去，應該橫下心把它吐出來。您變得這麼瘦，那個人卻養得珠圓玉潤，以為自己可憐兮兮地哭一場就解決問題了，儘管她這想法是缺點心眼，可是……首先，她在接待您家老爺的客廳裏堂而皇之地留着她已故丈夫的照片，您家老爺居然也能默許。」

被說成這樣的太田夫人，居然在菊治父親死後來參加近子的茶會，甚至還帶着女兒。

菊治覺得渾身冰涼。

就算像近子說的那樣，今天並未邀請太田夫人，菊治也沒想到她倆會在父親死後有了交往，甚至女兒或許也在跟近子學茶道呢。

「你若覺得不便，我讓太田先回去吧。」近子看着菊治眼睛說。

「我無所謂。她們若想回去，那也請便。」

「她要是那麼懂事，你父母也就不必煩心了。」

「但她帶着女兒吧？」

菊治沒見過太田夫人的女兒。

菊治不願在太田夫人同席的情況下與那位帶着千羽鶴包袱布的小姐見面，更不願在這裏與太田的女兒初會。

可是，耳邊近子的絮叨又讓菊治煩躁。

「反正她也知道我來了，躲也躲不掉的。」

説着他起身從靠近壁龕的那個門進了茶室，在近門處的上席坐下。

近子從後面跟來，鄭重地介紹菊治：

「這位是三谷少爺，三谷老爺家的公子。」

跟着她的話，菊治重又向大家鞠躬致意，抬起臉時便清楚地看到眾小姐。

菊治似乎有點緊張，滿目都是和服的五顏六色，一時難以分清誰是誰。

再仔細看過去，菊治發現太田夫人就在正對面處。

夫人「啊」的一聲，讓舉座都有一種既自然又親切的感覺。她接着又説：

「好久沒見了，一直沒去問候您。」

説着，輕輕地拉了一下身邊女兒的袖口，示意她快打招呼。女孩好像有點不知所措，紅着臉低頭致禮。

菊治實在意外。夫人的態度中絲毫不見敵意，反倒帶着某種親切，似乎在為這次未期的邂逅而驚喜，讓人覺得她全然忘了自己在舉座眾人眼中的處境。

小姑娘一直默默地低着頭。

夫人發現此狀，臉也變得緋紅，看着菊治，那眼神似是表示想去菊治身邊。她説：

「您還在行茶道嗎？」

「不，我從來沒有……」

「是嗎？不過您可是茶道世家出身呢。」

夫人好像動了感情，眼中帶了淚意。

菊治自父親告別式後沒再見過太田家的遺孀。

她與四年前幾乎沒有變化。

那白晰細長的脖頸以及與脖頸不相稱的圓肩，都讓她的體型顯得比實際年齡年輕。與眼睛所佔比例相比，鼻子和嘴都顯得較小，那小小的鼻子細看之下別有風味，像是帶着笑意。嘴在說話時有點「地包天」的樣子。

小姑娘也是長頸圓肩，應是隨了母親，嘴則比母親的大，而且緊緊抿着。比起女兒的嘴，母親的小嘴倒顯得有點奇妙。

姑娘的黑眼珠大而亮，含着一種哀怨。

近子看了一下爐中的炭，說道：

「稻村小姐，麻煩您給三谷少爺沏杯茶好嗎？您還沒有實際操作過茶道禮法吧？」

「是。」那位拿千羽鶴包袱布的姑娘起身過來。

菊治明知稻村小姐坐在太田夫人旁邊，卻在看過太田母女後有意不把目光朝向她。

近子讓稻村小姐沏茶，大概是要給菊治看看。

姑娘在鍋前回頭問近子：

「茶碗呢？」

「哦，對了，就用那個織部陶[2]的吧。」近子說，「那是三谷少爺父親愛用的茶碗，老爺送給我的。」

菊治也見過放在姑娘面前的那個茶碗，肯定是父親曾經用過的，但那是太田遺孀轉讓給他的。

亡夫的生前愛物由菊治父親交到了近子手中，又在這個場合以這樣的形式出現，這讓太田夫人情何以堪？

菊治驚訝於近子的沒心沒肺。

要論沒心沒肺，太田夫人也是毫不遜色的。

在中年婦女過往歲月的雜亂糾葛中，這位以清淨之心沏茶的姑娘給了菊治美感。

三

近子要讓菊治看看帶千羽鶴包袱布的姑娘，而姑娘本人也許並不知道這個打算。

她毫不怯場，沏好茶親自端到菊治面前。

2 織部陶：日本尾張、美濃地區從安土桃山時代開始燒製的陶瓷，裝飾性強，技法、形狀和圖案都多種多樣，作為茶陶而著稱。據說起源於精通茶道的古田織部的構思。

菊治喝茶時看了一眼茶碗，黑色織部陶茶碗正面的白釉處畫着嫩蕨菜，圖案的顏色也是黑色的。

「您記得這碗吧？」近子在對面問。

菊治含糊其辭地應對了一下，擱下了茶碗。

「這蕨菜芽透着一種山裏的感覺，是適合早春用的茶碗，令尊大人也用過的。現在拿出來雖晚了點，給菊治少爺用倒還正合適。」

「不，對這個茶碗來說，家父是否用過並不重要。這茶碗是傳自利休[3]的桃山時代[4]吧？幾百年間由那麼多茶人將它珍重地傳了下來，家父又算得了甚麼。」

菊治說這話是希望忘了這茶碗的因緣。

這碗由太田傳給他的夫人，又由太田夫人給了菊治父親，父親傳給近子。如今太田和菊治父親這兩個男人已死，兩個女人卻在這裏，就憑這一點，這茶碗的命運就夠奇特。

這隻舊碗今天在這裏又被太田的遺孀和女兒，還有近子、稻村小姐以及別的小姐們用唇觸碰，用手撫弄。

「我也想用這碗喝一下，剛才是用其他碗喝的。」

3　千利休（一五二二—一五九一）：日本安土桃山時代的著名茶人，千家流茶道的創始人。

4　桃山時代（一五八二—一五九八）：日本豐臣秀吉完成全國統一的時期。

太田夫人這話有點突兀。

菊治又是一驚，不知她是缺心眼還是厚臉皮。

太田小姐低頭不語，令菊治看着心中不忍。

稻村小姐再為太田夫人沏茶。雖被舉座注目，她卻只顧照着所學程式去做，或許是並不知曉這個黑織部茶碗的因緣。

她的手法樸實而無個人的習慣動作，從胸到膝姿態端正，氣質品味處處可見。

嫩葉的影子投在她身後的紙門上，讓人覺得在華麗的長袖和服的肩與袖上形成了一種柔和的反射，頭髮也增添了光澤。

作為茶室來說，這一切無疑顯得過於明亮，但也讓她顯得青春煥發，就連帶着女孩味的紅色袱紗[5]，給人的感覺也不再是嬌甜，而是一種水靈。她的手中像是開出一朵紅花，而身旁則像是有着小小的白色千羽鶴在圍着她起舞。

太田夫人把織部茶碗拿在手中說：

「綠茶在這黑碗中，像是萌生了一片春的綠意呢。」

她畢竟不好說出這碗曾經是她亡大所有。

---

5 袱紗：茶道中用作擦拭茶碗或接茶碗時托底的小方綢巾。

然後就進入欣賞茶具的程序。女孩子們對茶具之類的情況了解甚少，所以基本上就聽近子的介紹了。

茶具中的水罐和茶勺其實都是菊治父親的東西，但近子和菊治都避而不提。

菊治坐着目送女孩子們離開，太田夫人湊近來說：

「先前有所失禮，我想您大概生我氣了，但我一見到您，首先湧起的就是念舊之情。」

「哦。」

「您真的長成人才了。」夫人的眼中似有淚花泛起，「哦，對了，您母親也……我本應去參加葬儀的，結果還是沒能去。」

菊治顯出不悅的表情。

「您父母相繼……您挺寂寞吧？」

「啊。」

「您還不回去嗎？」

「嗯，再等一會兒。」

「改天有很多話想跟您談談……」

近子在鄰室叫道：

「菊治少爺！」

太田夫人戀戀不捨地站起身來，她女兒在院子裏等着。

母女倆一起向菊治點頭告別，女兒的眼神似在訴説着甚麼。

鄰室中，近子與兩三位親近的弟子以及女傭一起在收拾東西。

「太田太太説了些甚麼？」

「沒有……沒説甚麼。」

「對她您可得小心點，外表老實，從來都是一副無辜的樣子，其實常常不知她在想甚麼呢。」

「可是，她常來你的茶會吧？從甚麼時候開始的？」

菊治語帶挖苦。

他往門口走去，像是要避開這裏的怨惡之氣。

近子跟了上來。

「怎麼樣？那姑娘不錯吧？」

「姑娘是挺好，不過，若能在沒有你和太田太太，也沒有我父親亡靈糾纏的地方見到她，那就更好了。」

「您就那麼過敏嗎？太田太太跟那位小姐啥關係都沒有呀。」

「我只是覺得對那位小姐不合適。」

「有甚麼不合適的？您若因太田太太來而不高興，我可以道歉，但今天我沒叫她來。稻村小姐的事情，還請您再做考慮。」

「我今天還是就此告辭了吧。」

説着，菊治停下了腳步。他若邊走邊説，近子會一直跟着的。

剩下菊治一人時，已可看到眼前山麓間杜鵑含苞欲放。他深深地呼吸。

他因被近子的信招來而感自憎，但帶千羽鶴包袱布的那位姑娘卻給他留下鮮明印象。

在同一個場合見到父親的兩個女人，卻並未留給他特別的鬱悶，這也許是拜那位小姐所賜。

不過，想到兩個活着的女人談論自己的父親，而自己的母親卻已不在人世，菊治湧起一種莫名之憤，眼前浮現近子胸口醜陋的痣斑。

雖有晚風透過嫩葉傳來，菊治還是脱下帽子款款而行。

他遠遠地看見太田夫人站在山門的背陰處。

一時間菊治想繞道而行，便打量了一下周圍。若取道左右兩邊的小山，好像可以不用經過山門處。

可是，菊治卻朝着山門方向走去。他的面部肌肉似乎有點僵硬。

太田夫人發現菊治，迎面向他走近，紅着臉説：

「還想見您一次，便等在這裏了。您也許覺得我厚顏，但我實在不願就那樣跟您告別……而且這次分手，不知何時才能再見了。」

「你女兒呢？」

「文子先回去了，有同伴和她一起。」

「那她知道你是在等我嗎？」

菊治問道。

「嗯。」

夫人回答，看着菊治的臉。

「那麼，她不會不高興嗎？先前在茶席上，她好像就不想見我，挺難為她的。」

菊治的話既露骨又婉曲，夫人倒是挺直截：

「那孩子想必是不願見您的。」

「是因為我父親挺折磨她的吧？」

菊治的言外之意是自己受着太田大人的折磨。

「不是那麼回事，文子挺受您父親疼愛的。這些事等有機會我會慢慢跟您說。開始時那孩子雖受您父親善待，她卻一點也不跟您父親親近，可是臨到戰爭結束時，空襲嚴重之後，不知她有了甚麼感覺，態度完全變了，對您父親也會以她的方式盡一份心意。說是盡心意，畢竟是個孩子，也就是出去買點雞和下酒菜回來給您父親吃吧，不過也有很危險的時候，她是拚了命的，空襲中從老遠的地方背米回來……見她突然變好，您父親也挺驚訝。看到女兒的變化，我既難過又心疼，更加有了一種自責感。」

菊治此時才想到母親和自己是不是都受過太田女兒的恩惠呢。那時，父親偶爾會帶回一些令人意外的土產，難道那也是太田女兒出去買的？

「我也不太清楚女兒為甚麼會突然變了，也許是因為每天都想到自己可能會死吧。她一定覺得我怪可憐的，也就顧不得自己的生死來孝敬您父親了。」

在那場戰爭的敗局中，女兒大概是眼見母親把自己對菊治父親的愛作為最後的依靠，現實中的每一天都如此嚴酷，所以捨棄了自己亡父的過去而面對母親的現實了吧。

「剛才您留意到文子的戒指了嗎？」

「沒有。」

「是您父親給她的。您父親在這裏時，只要一拉警報，他就要回家去的，這時文子就會堅持要送您父親，說擔心路上也許會有甚麼事。有一次她送您父親之後就沒回來，要是被您府上留宿倒也不錯，但我又擔心兩人會不會死在路上了。第二天早晨等到文子回來一問，才知道她一直送到您家門口，回來路上在哪裏的防空洞裏呆了個通宵。事後您父親來時謝了文子，並把戒指給了她。她大概也是不好意思讓您見到那戒指吧。」

這番話催生了菊治的反感，奇怪的是太田夫人似乎認為理所當然地會引起他的同情。

可是，菊治倒也不至對夫人產生明顯的憎惡或警戒心理，夫人無形中具有某種讓人鬆懈戒備的溫情。

女兒的無所畏懼，大概也是出於對母親的不忍。

夫人在談女兒，菊治聽來卻像在訴說自己的愛情。

夫人大概是要傾吐胸臆，但極端點說，她又似分不清對象該是菊治的父親還是菊治本人，倒像是帶着滿滿的懷念之情，把菊治當作他父親來傾吐。

之前菊治與母親一起對太田遺孀所持的那種敵意，雖說不上已經消失，但也鬆懈了大半，稍不留意，甚至會感到被她所愛的父親與自己融為一體，令他產生一種錯覺，似乎自己與這女人從來就很親近。

菊治知道，父親與近子很快就分手了，而與這個女人的關係則一直持續到死，但他覺得近子一定非常蔑視太田夫人。菊治也萌生了一種略帶殘忍的念頭，誘惑他覺得可以隨意地教訓一下夫人，便說：

「你常去參加栗本的茶會吧？從前不是挺受她欺負的嗎？」

「是的。您父親去世後，她來信給我。我想念您父親，自己也覺得孤獨，所以就……」

夫人説着垂下了頭。

「女兒也一起去嗎？」

「文子大概是很不情願地跟來的。」

他倆跨過鐵軌，經過北鎌倉車站，朝着與圓覺寺相反方向的山走去。

四

太田夫人至少應該是四十五歲左右，比菊治年長近二十歲，卻讓菊治忘了年齡的差距，覺得似在抱着比他年輕的女人。

菊治定是在與夫人一起享受着因她的經驗帶來的歡愉，卻又絲毫沒有欠缺經驗的獨身者的那種畏葸感。

菊治覺得自己初次了解了女人，同時也了解了男人。他驚奇於自己的性覺醒：女人是如此溫柔的接受者，在被動跟隨的同時又主動誘導，那種溫馨簡直令人窒息。這些都是菊治此前不知道的。

獨身的菊治事後常常會有一種說不出的厭惡感，但在最應厭惡的現在，他卻只有一種依戀、安適的感覺。

這種時候菊治總是忍不住想冷漠地離開，而陶醉於女人的溫馨依人，這好像還是第一次。他不知道女人的浪潮會如此緊隨而來，現在讓自己的肌膚休憩於這浪潮之中，菊治甚至有一種滿足感，像是征服者一邊打盹一邊讓奴隸洗腳。

對她還有一種母親的感覺。菊治縮着脖頸說：

「栗本的這兒有一大塊痣斑，你知道嗎？」

菊治突然意識到自己說了不該說的話，但也許是因為精神還處於一種鬆弛的狀態，也不覺得對近子有甚麼傷害。他伸出手說：

「長在乳房上，在這兒，就像這樣……」

有一種東西在菊治的心中抬頭，讓他說出這話。那是一種按捺不住的心情，令他想要對抗自己，傷害對方，或許只是為了掩飾自己想看那個地方而生的一種撒嬌式的羞怯吧。

「討厭。真噁心。」夫人說着，悄悄合上了衣襟，卻仍像一時難以理解，悠悠地說：「我是第一次聽說這種事，可是衣服裏面的東西應該看不見吧？」

「不見得看不見。」

「啊，為甚麼呢？」

「要是在這裏不就看見了嗎？」

「啊呀，您真討厭。您是以為我也有痣斑，所以在找吧？」

「不是。不過假如有的話，你在這種時候會有怎樣的感覺呢？」

「是在這裏吧？」夫人說着也看看自己的胸，「您為甚麼要問這種話？這不是無所謂的事情嗎？」

夫人答非所問。菊治發泄的邪毒好像對她毫無作用，卻反侵他自身了。

「並非無所謂。我僅在八九歲時見過一次那痣，至今還歷歷在目。」

「怎麼會呢？」

「連你也中過那痣的邪呢。栗本曾經擺出代表母親和我的嘴臉，到你家裏去狠狠數落過一番吧？」

夫人點點頭，輕輕地抽回身子，菊治卻在手上加了力，説：

「我想，那時她一定是時時意識到自己胸口的痣斑，因此越發使壞了。」

「哇！您的話真可怕。」

「或許多少還有點報復我父親的意思。」

「報復甚麼？」

「可能她有一種怨恨，覺得是因為那痣斑而始終低人一等，因此才被拋棄的。」

「痣斑的話題就打住吧，盡讓人心裏不舒服。」其實夫人好像並未要去想像那痣斑的樣子，

「栗本師傅如今也可不必再在生活中拘泥於痣斑之類的事情了吧，那已是過去的煩惱了。」

「煩惱過去了，就不會留下痕跡嗎？」

「過去之後，有可能還會留戀呢。」

夫人説這話時，神態還有點恍惚。

菊治終於説了自己最不願意説出的話：

「先前在茶席上坐在你旁邊的那姑娘……」

「誒，雪子，稻村家的小姐。」

「栗本叫我去，是想讓我見見那位姑娘。」

「哇！」夫人瞪大眼睛直盯着菊治，「是相親？我一點也沒發現。」

「不是相親。」

「原來如此，您這是剛相過親呀……」一串淚線從她眼中流向枕頭，肩膀在顫抖，「真不應該，真不應該！你為甚麼不告訴我呢？」

夫人埋首哭泣。

菊治倒沒想到會這樣。

「不管是不是剛相過親，你若覺得不好，那就大概確實不好，可是那事跟這事沒關係呀。」

菊治這麼說，也完全是這麼想的。

可是，菊治腦海中還是浮現出稻村小姐點茶的姿態，那桃色的千羽鶴包袱布也似在眼前。

如此一來，正在哭哭啼啼的夫人的身體就讓他覺得醜惡了。

「啊，真不應該。我真是個罪孽深重的壞女人呀。」

夫人顫動着渾圓的肩膀。

對菊治來說，若有悔感，那定是因為覺得醜惡。相親的事權且不論，太田夫人畢竟是父親的女人。

可是，事到如今，菊治既不後悔，也不覺得醜惡。

菊治並不清楚自己為何會與夫人成了現在這樣，一切都那麼自然。以夫人剛才的話，似乎是在後悔自己誘惑了他，但或許夫人並無意誘惑菊治，菊治也沒覺得受到誘惑，而且菊治在心理上並無任何抵抗，夫人也同樣如此，兩人之間可說並不存在道德的陰影。

他倆進了一家位於圓覺寺相反方向的山丘上的旅館，一起吃了晚飯，因為菊治父親的話題還沒談完。菊治並非一定要聽，而且洗耳恭聽也有點滑稽，但夫人似乎並不這樣考慮，只顧傾訴衷情，菊治聽着聽着就有了一種安適的好感，覺得被帶進了一種溫馨的愛情之中。

菊治覺得父親似乎曾是幸福的。

要說不該，也許確實不該，他放過了擺脱夫人的機會，委身於一種甘美的精神鬆弛狀態。

但是另一方面，也許因為心底潛藏着陰影，菊治説出了近子和稻村小姐的事，像是要把心中的怨毒一吐為快。

這樣做的效應過了頭，他一後悔便感到了醜惡。因為自己還想要對夫人説出更加殘酷的話，一種自憎感在菊治心頭油然而生。

「讓我們都忘了吧，沒甚麼事的。」夫人説，「這種事算不得甚麼。」

「你只是因為想起了我父親而已？」

「啊呀……」

夫人驚訝地抬起頭來，因為伏在枕上哭過，她的眼圈發紅，眼白也有點渾濁。菊治從她張開的瞳眸中看到女人殘存的倦意。

「您要這麼説，我也沒辦法。我就是個可悲的女人。」

「騙人！」菊治粗暴地扯開了她的衣襟，「你要是有痣，我大概就不會忘記了，印象深刻……」

菊治為自己的話吃驚。

「不想讓您這樣看着，我已經不年輕了。」

菊治露出牙齒湊近她。

夫人的餘韻又回潮了。

菊治安穩地睡了。

在似夢非夢中聽到了小鳥的啁啾。菊治覺得自己還是第一次在鳥鳴聲中醒來。

就像晨靄濡濕了綠樹，菊治的頭腦深處也似乎被一洗而淨，沒了任何雜念。

夫人昨晚睡時是背朝菊治的，不知甚麼時候又轉過來了，菊治有點納悶，支起一支臂肘，出神地看着微光中夫人的臉。

五

茶會後的半個月左右，菊治接受了太田女兒的拜訪。

讓傭人把她迎進客廳後，菊治為了平息心中的忐忑，親自打開茶櫃，把點心放在盤子裏，卻又無法判斷她是獨自來的，還是夫人因不好意思進菊治家門而等在門口。

菊治打開客廳的門，姑娘立刻從椅子上站起，只見她臉朝下，下唇包着上唇，嘴緊緊地閉着。

「讓你久等了。」

菊治走過姑娘身後，打開了面朝庭院的玻璃門。

走過姑娘身後時，菊治聞到花瓶中白牡丹的淡香。姑娘將渾圓的肩膀稍稍往前彎了彎。

「請坐。」

菊治説着，自己先在椅子上坐下，沒想到反而鎮定了下來，因為他在女兒那裏看到了母親的面影。

「貿然造訪，實在是失禮了。」

姑娘低着頭説。

「哪兒的話。幸好你認識這裏。」

「嗯。」

菊治想起，這位姑娘在空襲時曾經把他父親一直送到家門口。這是在圓覺寺時聽夫人説的。

菊治想提這事，卻終於沒説出口，但他看着姑娘。

看着看着，當時太田夫人的溫情又像溫泉一樣回湧。菊治想起夫人對他所做一切所給予的柔順和寬容，於是便安心了。

由於此時的安然，菊治覺得自己對姑娘的戒備似乎也鬆懈了，但仍無法與她正面相視。

「我……」姑娘欲言又止，然後抬起了頭，「想為媽媽的事提一個要求。」

菊治屏住呼吸。

「希望您能原諒媽媽。」

「啊？原諒？」菊治反問，同時覺得是夫人把自己的事對女兒明說了，「要說原諒，該是我請求原諒才對。」

「您父親的事情，也要請您原諒。」

「說起父親，不是他才該請求原諒嗎？我母親如今已經不在，又有誰去原諒他呢？」

「我總覺得，您父親那麼早去世，是不是也跟我媽媽有關係，而且您母親也……這話我對媽媽也說過。」

「你想多了，這對你母親不公平。」

「我母親應該先死的。」

姑娘似乎因羞恥而無地自容。

菊治覺察到姑娘是在說他與她母親的事。那種事情對姑娘會造成何等的羞辱和傷害呀。

「希望您原諒我母親。」

姑娘的態度仍然堅決而懇切。

「不管原諒還是不原諒，我都該感謝你母親。」

菊治語氣乾脆。

「我媽媽不好。她是個很糟糕的人，請您別再理她了，不能再理她了。」姑娘語速急促，聲音顫抖，「求求您了。」

菊治理解姑娘所說「原諒」，也包含着不要再和她母親來往的意思。

「也別再打電話了。」

說着說着，姑娘漲紅了臉。也許是為了戰勝這種羞恥，她反而抬頭看着菊治，眼中蓄着淚水，那對黑眼珠特別大的眼睛張得大大的，沒有絲毫惡意，而是充滿了哀訴之情。

「我懂了。對不起了。」

菊治說道。

「拜託您了。」姑娘羞色更濃，連白晰、細長的脖頸都被染紅。她衣襟上有個白色的裝飾，像是用來將她細長的脖頸襯得更美。

「您來電話約我母親，她卻沒有出來，那是被我阻止的。她堅決要出來，被我死死抱住動彈不得。」

姑娘此時情緒稍稍放鬆，聲音也和緩了。

菊治用電話約太田夫人出來，是在上次見面三天之後。電話裏的夫人聲音顯得挺開心，卻終於沒來相約的那家吃茶店。

只有那麼一次電話，之後菊治沒再見過夫人。

「事後我也覺得母親挺可憐的，可是當時已經硬下心來拚命阻止她，於是母親讓我替她拒絕您，我也走到電話跟前了，卻又說不出話來。母親盯着電話機撲簌撲簌地掉淚。她會覺得您就在電話那頭的。母親就是這樣一個人。」

兩人沉默一會，菊治說：

「那次茶會後，你母親在等我的時候，你為甚麼先回去了？」

「因為我想讓您知道母親不是那麼壞的人。」

「她太不壞了。」

姑娘垂下眼簾，她的鼻型小巧，鼻子下方的上唇被下唇反包着，和善的圓臉像她母親。

「我以前就聽你母親說起過你，並曾假想跟那位姑娘一起聊聊我的父親呢。」

姑娘點點頭說：

「我也曾這樣想過呢。」

菊治想：要是自己與太田夫人之間甚麼都沒有，可以跟這位姑娘無拘無束地談談自己的父親，那該有多好呀。

可是，自己真心原諒了太田夫人，原諒了父親與她之間的關係，卻也是因為自己與她之間改變了「甚麼都沒有」的狀態，這真是咄咄怪事。

姑娘像是意識到自己在這裏耽擱太久，匆匆站了起來。

菊治送她出來。

「希望能有機會再跟你聊聊我父親，再聊聊你母親美好的人品。」

菊治一方面覺得自己這話說得有點隨意，另一方面卻又真是這麼想的。

「好呢。不過，最近要結婚了吧？」

「是說我嗎？」

「是的。我聽母親說的，她說您跟稻村雪子小姐相親了……」

「沒這回事。」

出門便是下坡路，坡道的中段有個小彎道，在這裏回首只能看到菊治家院子裏的樹梢。

姑娘的話讓菊治的腦海中驀地浮現那千羽鶴小姐的身姿。文子在這裏止步告辭。

菊治背轉身上坡而行。

林中夕陽

一

近子把電話打到公司找菊治。

「今天下班直接回家嗎？」

菊治是要回家的，但他卻有了不悅之色：

「是的。」

「今天您可得為了您父親回家喲，這是他每年一次的茶會日吧。一想到這個日子，我就沒法平靜了。」

菊治默然。

「打掃茶室……喂，喂，我在打掃茶室，突然想起要做點菜。」

「你在哪裏？」

「您家。我到您家了。抱歉，事先沒打招呼。」

菊治一驚。

「一想到這個日子，我就定不下心來，因此覺得若能讓我打掃一下茶室，也許就能平靜下來。本應事先給您電話，又想定會被您拒絕。」

父親死後，茶室就沒用了。

母親在世期間，好像還會常常進去，獨自坐在那裏，但沒生過爐子，只是用鐵壺裝了熱水拎過去。菊治不喜歡母親進茶室，擔心她在那裏獨自胡思亂想。

母親一人在茶室時，菊治也曾想要去窺視一下，卻又始終不曾去看。

但在父親生前，茶室是由近子打理，母親極少進去。

母親死後，茶室就關了起來，父親在世時就雇傭的老女傭每年會去通幾次風。

「有多久沒打掃了？榻榻米怎麼抹總還有霉味，實在是沒辦法了。」近子的語氣放肆起來，「打掃的時候想到了做菜，因為是臨時起意，材料都不齊整，稍微準備了一點，所以希望您能早點回來。」

「呵呵，真沒想到。」

「您一個人挺沒勁的，帶三四個公司同事來吧。」

「不行，沒人懂茶道。」

「不懂更好，因為我也沒正經準備，大家可以輕鬆一些。」

「不行。」

菊治脱口而出。

「是嗎？真叫人失望。那怎麼辦？有沒有您父親的茶道朋友……應該也是請不來的了。那就叫稻村家小姐來吧。」

「開甚麼玩笑？算了吧。」

「為甚麼？不是挺好的嗎？對方對這門親事也挺積極的，您再仔細觀察一下姑娘，兩人好好談談，不是挺好的嗎？今天我們請請看，她若是來了，就代表她那方首肯了呀。」

「這樣不行。」菊治憋得難受，「算了，我不回去了。」

「啊呀，這種事電話裏說不清，以後再說吧。反正就這麼回事了，您早點回來。」

「甚麼叫『反正就這麼回事了』？我不懂這話。」

「好了好了，都是我自作主張。」

話雖這麼說，近子那種強加於人的毒氣還是傳了過來。

菊治想起了近子那塊佔了半個乳房位置的大痣斑。

於是，菊治覺得近子打掃茶室的掃帚聲聽來像是在觸掃自己的頭腦，擦拭榻榻米的抹布也像是在撫弄自己的腦袋。

有了這樣的厭惡感，近子趁他不在的時候進入他家甚至自作主張地做起飯來，這就成了咄咄怪事。

若是為了供奉他父親而去清掃茶室插個花之類，然後就離開，這還情有可原。

不過，在菊治這油然而生的厭惡感中，稻村小姐的身影一閃而過。

自從父親死後，菊治與近子自然就疏遠了，難道她是想以稻村小姐為誘餌而與菊治重結舊緣並糾纏不休嗎？

近子在電話中雖依舊體現出那種可笑的性格，讓人苦笑而不以為意，但也聽得出一種強加於人的味道。

菊治覺得，之所以聽出了強加於人的味道，是因為自己有軟肋並且害怕這種軟肋，所以不能對近子任性的電話發火。

近子是因為抓住了菊治的軟肋而得寸進尺了吧？

菊治一下班就去了銀座，進了一家小酒吧。

正如近子所說，他是不可能不回家的，但背負着自己的軟肋，讓他覺得尤為難受。

他在圓覺寺茶會後的歸途中意外地與太田夫人在北鎌倉旅館過夜，此事近子固然不會知道，但她此後見過太田夫人了吧？

菊治疑心近子電話中那咄咄逼人的語調並非僅僅出於她的厚顏。

不過，僅就他與稻村小姐的那事而言，近子或許只是想以自己的方式去促成。

菊治在酒吧也無法安心，便乘電車回家。

在經過有樂町朝東京站行進的途中，菊治透過車窗俯視種着成排高大街樹的大街。

那是一條東西走向的大街，與電車線路大致形成直角，正好受着夕陽西照，像金屬板一樣反射晃眼的亮光，可是街樹能被看到的卻是沒受西曬的那一面，所以綠色顯得發黑而沉鬱，樹蔭處給人涼爽之感。街樹的樹枝舒展，闊葉成蔭。大街的兩側都是堅實的洋房。

這條大街令人意外地沒有行人，直到皇居護城河的盡頭都冷冷清清、一覽無遺，晃眼的車道也很安靜。

從非常擁擠的電車中往下看，唯有那條大街似乎漂浮在傍晚奇妙的時間之中，給人一種異國情調。

菊治彷彿看到稻村小姐抱着帶有白色千羽鶴圖案的桃色縐綢包袱，走在街樹的樹蔭之中，那千羽鶴的包袱似乎歷歷在目。

菊治頓生一種清新之感。

想到她現在可能已到他家，菊治心中有了騷動。

儘管如此，菊治還是不明白：近子在電話中讓他帶同事回家，一見他猶豫，便又說要叫稻村小姐，究竟是有何打算，是不是一開始就想好要叫她的？

一回到家，近子便匆匆來到玄關問：

「就您一人？」

菊治點頭。

「一個人好。她來了。」近子湊了過來，做出要接過菊治帽子和皮包的姿勢，「您去過甚麼地方了吧？」

菊治覺得大概是因為自己面留酒容。

「您去甚麼地方了？後來我給您公司打了電話，說您已經走了，所以算得出您應該甚麼時候到家。」

「真沒想到。」

近子並未對擅自進這個家門以及在這裏自作主張表示歉意。

她跟到起居室，像是要幫菊治換上女傭準備好的和服。

「不勞你了。對不起，我要換衣服了。」

菊治脫了外衣後徑直往藏衣室走去，像是要甩掉近子似的。

他在藏衣室換好衣服出來。

近子坐着說：

「真服了你們這些單身漢。」

「啊？」

「也應該適當改變一下這種不自在的生活方式了吧。」

「我是因為接受了老爺子的教訓。」

近子看了菊治一下。

她穿着從女傭那裏借來的烹飪服，袖子翻捲着，那原來也是菊治母親的東西。

她手腕以上部分胖嘟嘟的，白得讓人不舒服，肘內側青筋凸起。菊治突然感到意外，覺得那就是一堆僵硬、厚實的肉。

「小姐在客廳坐着呢，還是去茶室合適吧。」

近子開始進入正題了。

「茶室有燈嗎？我可沒見過那裏用過燈哟。」

「要是沒燈就用蠟燭，別有情趣。」

「那可不好。」

近子突然想起似的說：

「對了，先前給稻村小姐一打電話，她就問能不能跟她母親一起來，我說最好能一起來。結果她母親有事，還是說定讓小姐獨自來了。」

「甚麼『說定』，還不都是你在自作主張，突然讓人家馬上就來，被人覺得失禮了吧。」

「這我也知道，但小姐已經在這裏了。她既能來，我的失禮自然也就不存在了吧？」

「為甚麼？」

「是不是應該這麼理解：今天既然來了，說明她對這次的事情還算積極吧。我的方式有點劍走偏鋒也無所謂，事成之後你倆儘管在一起笑話栗本是個劍走偏鋒的女人好了。該成的事怎麼做都能成，這是我的經驗。」

近子的語氣十分自負，像是看透了菊治的心思。

「已經跟對方說過了嗎？」

「是的，說過了。」

近子的口氣像是要菊治乾脆一些。

菊治起身，經過走廊向茶室走去，為了不讓稻村小姐看到自己不悅的臉色，他要在一棵大石榴樹下調整一下表情。

看到石榴樹的陰影，近子的痣斑又浮現在他的腦中，他搖了搖頭。客廳前面的庭石上留着些許夕照餘輝。

客廳的紙門敞開着，小姐坐在近門處。

姑娘的亮色彷彿射向了寬敞客廳那微暗的深處。

地上的水盤裏插着花菖蒲。

姑娘繫的和服腰帶上也有水菖蒲圖案，大概是偶然，但也許不是偶然，而是屬於常見的應合季節的表現形式。

地上的花不是水菖蒲而是花菖蒲，所以葉和花都長得很高，僅從花的感覺就可知道那是近子今天剛插的。

二

第二天是下雨的週日。

午後，菊治進了茶室，要去收拾昨日用過的茶具。

同時也是留戀稻村小姐的餘香。

他讓女傭送傘過來，正要從客廳走到庭院的踏腳石時，發現檐下的落水管有了破洞，雨水嘩嘩地落在石榴樹跟前。

「那兒非修不可了。」菊治對女傭説。

「是的。」

菊治想起，很久以前他在雨夜上床後就已注意到這水聲了。

「可是一旦動修，這裏那裏的就沒完沒了了，還是趁沒太嚴重的時候賣了為好。」

「近來有大宅子的人家都這麼説。昨天小姐也驚歎這房子這麼大，她是打算住進來了吧？」

女傭似乎是想説別賣這房子。

「是栗本師傅説的嗎？」

「是的。小姐一來，師傅就領着她在家裏到處看。」

「呵呵。真沒想到。」

昨天小姐沒對菊治説這事。

菊治以為小姐只是從客廳直接去了茶室，今天他自己也下意識地要從客廳直接去茶室。

菊治昨晚沒睡着。

他覺得茶室還飄着小姐的香氣，想要半夜起來去茶室看看。

他覺得稻村小姐永遠都是另一個世界的人，於是強使自己去睡。

那位姑娘被近子領着在家中看了一圈，這讓菊治頗感意外。
菊治吩咐女傭把炭火送來茶室，然後踩着踏腳石走過去。
昨晚，近子要回北鎌倉，所以和稻村小姐一起離開，收拾的活兒都交給了女傭。
菊治只須把排放在茶室角落的茶具收起來就行，但他不太清楚原先是放在哪裏的。
「還是栗本熟悉這些。」
菊治嘴裏咕噥道，望着掛在壁龕上的歌仙繪[6]。
那是法橋宗達[7]的小品，薄墨線描，略施淡彩。
昨日稻村問起畫的是誰，菊治答不上來。
「嗯……是誰呢？畫上沒題寫和歌，所以我不知道。這種畫上的歌人全都差不多模樣吧。」
「是宗于[8]吧？」近子插嘴說，「那和歌應該是：『松樹四季青，春來色尤翠』[9]，於季節來說稍晚了些，但您父親喜歡，常在春天掛出來。」

6 歌仙繪：柿本人麿等三十六位有「歌仙」之稱的和歌歌人的肖像畫，常配有各位歌人一首代表作。
7 法橋宗達：江戶初期的畫家。
8 源宗于（？—九三九）：三十六歌仙之一。
9 本書中的和歌部分均由葉宗敏先生賜譯。

「不知是宗于還是貫之[10]，反正憑畫是很難區別的。」

菊治又說。

今天看仍是完全無法區別，都是一副器宇軒昂的樣子。

但是，線條雖簡單，畫面也不大，卻讓人感到一種大形象。這樣看了一會，就隱隱覺得一股晴朗之氣迎面而來。

無論是這歌仙繪還是昨日客廳中的菖蒲插花，都讓菊治思念稻村小姐。

「剛才在燒水，所以來遲了，想多燒一會兒再帶過來的。」

女傭拿着炭盆和水壺過來。

茶室潮濕，所以菊治希望生火，但沒打算燒水。

然而他說了要火，善解人意的女傭就準備了熱水。

菊治隨意添上了炭，燉上了水壺。

由於跟着父親，菊治自小就熟悉茶室的一切，但自己並無興趣點茶，父親也沒勸他學。

現在水已燒開，壺蓋稍稍掀開，菊治茫然而坐。

有點霉味，鋪席好像也有潮氣。

---

10 紀貫之（？—九四五）：三十六歌仙之一。

牆壁顏色素淡，昨天反將稻村小姐的身姿襯得醒目，今天則覺得暗淡了。

他有一種住洋房穿和服的感覺。

昨天他對姑娘說：

「栗本這樣突然把您叫來，給您添麻煩了吧？在茶室招待您，也是她的自作主張。」

「師傅讓我來，說是您父親的茶會日。」

「她是這麼說的，我卻完全忘了這事，也從沒想過。」

「這樣的日子卻叫了我這樣沒有心得的人，怕是師傅在挖苦我吧。最近我連茶道課都懶得上了。」

「栗本這個人呀，今早想起，就急忙趕來打掃茶室，所以還有霉味吧？」菊治的話有點打頓，「可是，同樣是與您認識，如果不是栗本介紹就好了。我覺得有點對不起您。」

姑娘驚奇地看着他問：

「為甚麼？要是沒有師傅，不就沒人引見了嗎？」

這是直接的抗議，卻也是事實。

確實，若沒有近子，他倆在這個人世大概不會相見。

菊治覺得迎面受到一記閃光的鞭撻。

小姐的這種說法在他聽來像是已經承諾了這樁婚事。

所以她那詫異的眼神讓菊治覺得似一道光亮。

可是不知她如何理解菊治稱呼近子時直呼其姓而不帶任何尊稱，她果真知道近子是菊治父親的女人？雖然那段關係的時間不長。

「因為我對栗本也有不快的記憶。」菊治的聲音像是有點發抖，「所以不願被她參與自己的人生。我好像實在無法相信您是由她介紹的。」

近子把自己的飯也端了過來，談話中斷。

「讓我也來陪陪你們。」近子坐下後，像是要平息一下剛才一直站立幹活引起的氣喘，稍稍彎下身子，又看了一下小姐的臉色，「今天只有一位客人，好像不夠熱鬧，可是您父親應該也挺高興的。」

姑娘溫順地垂下眼簾說：

「我是沒有資格進您父親茶室的。」

近子沒有理會這話，只顧按着自己的思路繼續介紹菊治父親生前如何使用這個茶室。

她似乎認準這樁婚事已經敲定。

結束時，近子站在玄關說：

「菊治少爺也該去一次稻村府上吧……下次要商量時間了。」

一聽這話姑娘便點了頭，像是要說甚麼，卻又沒出聲，一舉一動立時都顯出一種本能的羞澀。

菊治沒想到。他感受到了這一切，就似感受到了姑娘的體溫。

另一方面，他又覺得自己被一張黑暗、醜陋的幕布罩着，這種感覺特別強烈。

這幕布至今仍難取去。

不僅是介紹稻村小姐的近子不潔，菊治自身的內裏就有不潔之處。

他想像過父親用骯髒的牙齒去咬近子胸前的痣斑，父親的這種形象與他也發生了聯繫。

姑娘並不介意近子，菊治卻介意。他卑怯、優柔，這雖不能完全歸咎於近子，但近子好像也是一種原因。

菊治一面表現出對近子的厭惡，一面又讓人覺得與稻村小姐的婚事是出於近子的強制。近子就是如此一個便於利用的女人。

擔心這些已被姑娘識穿，菊治如遭迎頭一擊，此時發現自己竟是如此，不禁愕然。

剛才吃完飯，趁着近子起身去備茶，菊治又說：

「如果說我們命中注定要受近子所制，那麼我倆對這命運的看法應該大有不同。」

這話中也有一種辯解的意味。

父親死後，菊治不喜歡母親獨自呆在這茶室中。

如今想來，父親、母親和自己獨自在這茶室中時，似乎都是各有所思的。

雨點打在樹葉上。

這時，另有雨點打在傘上的聲音越來越近，女傭在拉門外說：

「太田到了。」

「太田？是小姐嗎？」

「是太太。怎麼那麼憔悴，像是病了呢。」

菊治驀地站起，卻又原地沒動。

「把她帶到哪裏？」

「就來這兒吧。」

「好的。」

太田夫人沒有撐傘，大概是放在玄關了吧。

菊治以為她臉上的是雨水，其實是淚水。

那水不住地從眼睛流到臉頰，所以明擺着是淚。

「啊！怎麼啦？」

菊治雖然一時粗疏，以至起先誤認為雨水，此時卻也幾乎叫了起來，走上前去。

夫人兩手撐着，在木板窗外的窄走廊坐下。

她面朝菊治方向，一副就要癱倒的樣子。

走廊近門檻處都被淋濕了。

淚水還在繼續流，以致菊治又以為是雨滴。

夫人眼睛不離菊治，彷彿是藉此支撐自己不至倒下，連菊治也覺得若是避開這視線，就會有甚麼危險發生。

她的眼窩深凹，魚尾紋明顯，眼圈發黑，形成病態的雙眼皮，水汪汪的眼中噙着痛苦的眼神，也含着一種無以言說的柔情。

「對不起，我想見您，實在忍不住了。」

夫人的語氣親暱。

她的樣子也讓人覺得溫柔。

若無這種溫柔，她的憔悴簡直令菊治不忍直視。

菊治的心被夫人的痛苦刺中，而且知道這痛苦因他而起，但他同時又被夫人的溫柔吸引，並產生一種錯覺，認為自己的痛苦因此而被減輕。

「會淋濕的，快進來吧。」

菊治突然從背後深深抱住夫人的胸，幾乎是將她硬拽了起來，那做法簡直有點殘酷。

夫人想要自己站起，說道：

「請放開我，放開。我輕了吧？」

「是的。」

「我變輕了，最近瘦了。」

菊治有點驚訝於自己突然會要抱起夫人。

「小姐不擔心你嗎？」

「文子？」

聽到夫人這麼一叫，菊治以為文子也到這裏了。

「小姐也一起來了？」

「我瞞着她的……」夫人哽咽着說，「那孩子眼不離我，夜裏我一有動靜，她也立刻睜眼。那孩子好像因為我，脾氣也變得有點古怪了，甚至說出這樣可怕的話來：『媽媽為甚麼只生了我一個孩子，若能給三谷先生家生個孩子不就好了嗎？』」

說話間，夫人端正了坐姿。

菊治從夫人的話中感到了女兒的悲哀。

文子的悲哀大概是因為不堪於母親的悲哀。

儘管如此，文子居然說出了為菊治父親生孩子之類的話，這刺激了菊治。

夫人還在盯着菊治看。

「今天或許也會追過來，雖然我是趁她不在家時溜出來的……因為下雨，她大概以為我不會出來。」

「因為下雨？」

「是的。她大概覺得我身體已經弱得下雨天走不出去了。」

菊治只好點頭。

「前幾天，文子來過這裏了吧。」

「來過。她說『請原諒我母親』，我無言以對。」

「我明明知道孩子的心情，可為甚麼又來了呢？啊，可怕。」

「但我是對她感謝了你的。」

「謝謝。我本來應該已經知足了，可是……後來我挺苦惱的，對不起了。」

「可是，應該沒有甚麼東西可以真的束縛你，要說有的話，那就是我父親的亡靈吧？」

聽了這話，夫人卻是不動聲色，菊治似乎不得要領。

「忘了這回事吧。」夫人說，「我為甚麼會對栗本師傅的電話那麼反感，真不好意思。」

「栗本打電話了？」

「是的。今早來電話說：跟稻村雪子小姐已經定了……為甚麼要告訴我呢？」

太田夫人眼睛雖又濕了，卻不經意露出了微笑。那不是哭中帶笑，而是一種真正自然的微笑。

「那事還沒定。」菊治否定說，「你是不是讓栗本覺察到了我的甚麼事？打那以後你見過栗本嗎？」

「沒見過。不過那人挺可怕，所以或許已經知道了。今早打電話時肯定也讓她覺得我不正常。我這人真不行，幾乎站不住了，叫了起來。她從電話那頭也能聽得出來，叫我別礙事。」

菊治緊鎖眉頭，一時說不出話來。

「居然說我礙事……在您與雪子小姐的事情上，我明明是覺得自己不好，可是……今天一大早栗本師傅就讓我怕得渾身發寒，在家也待不住了。」

夫人像中了邪似的顫動着肩膀，嘴唇歪向一邊，像是要往上翹起，顯出了年齡的醜態。

菊治起身走了過去，伸手像要按住她的肩膀。

夫人抓住他手。

「我怕。真可怕呀。」說着環顧四周，一副恐懼狀，突然又變得有氣無力，問：「這裏的茶室？」

菊治不懂這話的意思，便模棱兩可地回答：

「是的。」

「多好的茶室呀。」

她是想起了死去的丈夫也常常被招來這裏？抑或是想起了菊治的父親？

「你沒來過嗎？」

菊治問。

「嗯。」

「看到甚麼了嗎？」

「不，沒看到甚麼。」

「那是宗達的歌仙繪。」

夫人點頭，就勢低下了頭。

「以前沒來過我家嗎？」

「沒有，一次也沒來過。」
「是嗎？」
「不，只來過一次，您父親的告別式……」
說完，夫人不再出聲。
「水開了，喝杯茶吧，解乏的。我也想喝。」
「嗯。可以嗎？」
夫人要站起來，卻有點踉蹌。
菊治從排放在牆角的箱子裏取出茶碗等物。他意識到這是昨天稻村小姐用過的茶器，卻仍拿了出來。
夫人想拿掉茶釜的蓋子，卻因手抖，蓋子與釜相碰，發出了輕輕的聲音。
夫人拿着勺彎下身去，釜肩被她的淚沾濕。
「這釜也是您父親從我家買的。」
「是嗎？我不知道。」
菊治說。
夫人說這釜原是她亡夫所有，菊治卻並未反感，也沒覺得夫人這樣直說有甚麼奇怪。
夫人點完了茶，說：
「我端不起來，您過來好嗎？」

菊治走到茶釜旁飲茶。

夫人像暈厥似的倒在菊治的膝上。

菊治抱住她的肩，夫人的後背略微晃了一下，氣息漸漸變細。

她是那樣柔弱，菊治的手裏像是抱着一個孩子。

三

「夫人！」

菊治用力搖晃着她。

菊治雙手抓住她的咽喉和胸骨處，像是要卡住她的脖子。他發現胸骨比上次更加凸出。

「你能分清我和我父親嗎？」

「您真殘酷。討厭。」

夫人閉着眼睛嬌嗔道。

她似乎還不想立即從另一個世界回來。

菊治這話與其說是問夫人，莫若說是在朝着自己心底的不安發問。

菊治順從地被導向另一個世界，那只能被看作是另一個世界，在那裏好像沒有父親與菊治的區別，以致後來引起了他那樣的不安。

他覺得夫人不是這個世上的女人，又覺得她屬於前世或是這個世上最後的女人。

他懷疑，夫人進入另一個世界，是否就感覺不到她死去的丈夫與菊治的父親以及菊治之間的區別了呢？

「你是不是想起我父親時就把他和我混為一體了？」

「原諒我。啊，可怕。我真是罪孽深重呀。」淚水從夫人眼角掛成了串，「啊，我想去死，我想去死。要是馬上就死，該是多麼幸福呀。菊治少爺，您剛才不是要勒我脖子的嗎，為甚麼不勒呢？」

「別瞎說。不過，你既然這麼說，我也真想勒一下了。」

「是嗎？謝謝了。」夫人伸出了她的長頸子，「這麼瘦，勒得住。」

「不能丟下女兒去死吧？」

「不。這樣下去，反正也會累死的。文子就拜託給您了。」

「你是說讓女兒跟你一樣？」

夫人睜開了眼。

菊治被自己的話驚住了，這是一句完全沒想到的話。

夫人是怎麼理解的呢？

「看，脈這麼亂……已經活不長了。」

夫人說着把菊治的手拉到自己乳下。

那悸動或許是因菊治的話而起。

「菊治少爺多大了？」

菊治不答。

「不到三十吧？對不起，我是個可悲的女人，真不懂事。」

夫人用手撐席半欠起身子，把腿盤起。

菊治坐好。

「我不是來給菊治少爺與雪子小姐的婚事潑髒水的，但已無法挽回了。」

「婚事還沒定，可是被你這麼一說，覺得我過去的事情已經被你洗刷了。」

「是嗎？」

「就連做媒的栗本也是父親的女人，她要擴散過去的孽緣。你是我父親最後的女人，我卻認為他是幸福的。」

「還是早點和雪子小姐結婚吧。」

「這得由我決定。」

夫人望着菊治，眼神恍惚，臉上沒了血色。她按着額頭說：

「我覺得暈得厲害。」

她堅持要回去，菊治便叫了出租車，自己也上了車。

夫人閉眼靠在車子的角落，那副無助的樣子讓人覺得已命在旦夕。

菊治沒進她家門。下車時，她那冰冷的手指像是瞬間便從菊治掌中消失。

那天夜裏兩點左右，文子來了電話：

「是三谷先生嗎？媽媽剛才……」話到這裏停了一下，又清楚地說，「去世了。」

「啊？你母親怎麼啦？」

「去世了。心臟病發作。最近她吃了太多的安眠藥。」

菊治無言。

「嗯……有件事想拜託三谷先生……」

「好的。」

「您若有熟識的醫生，能否帶着過來一趟？」

「醫生？是說醫生嗎？那得抓緊吧？」

難道沒有醫生去過？菊治先是吃驚，隨即又明白過來。

夫人是自殺的。文子是請菊治幫忙隱瞞此事。

「知道了。」

「拜託了。」

文子一定是在深思之後給菊治打電話的，因此才小心翼翼地只提了要辦的事情。

菊治坐在電話旁閉上了眼。

在北鎌倉旅館與太田夫人一起過夜後回家時，從電車上看到的夕陽，此時突然浮現在菊治腦中。

那是池上本門寺林中的夕陽。

通紅的夕陽當時正好掠過林中的樹梢下沉。

樹林在晚霞的天空下顯出黑色。

掠過樹梢的夕陽滲進了菊治的眼，他遮上了自己的眼睛。

此時，他又突然覺得稻村小姐包袱布上的白色千羽鶴像是在殘留於眼中的落日餘輝中飛舞。

志野彩陶[11]

一

菊治去太田家，是在夫人「頭七」後的第二天。

等到下班已是黃昏，所以菊治準備早退，卻又一直猶猶豫豫，結果捱到下班才走。

文子來到玄關，驚叫一聲，雙手支地，抬頭看着菊治。她像是要靠兩手的支撐來防止肩膀發抖。

「謝謝您昨日送來的花。」

「不用謝。」

「以為您送了花，就不會過來了。」

「是嗎？也有花先到，人後到的吧？」

「我沒想到這一點。」

「其實我昨天也來過這附近的花店，不過……」

---

11 志野彩陶：志野陶器據傳是志野宗信從桃山時代開始在美濃地方所燒的陶器，以厚層白釉為基底，上繪樸素的花紋圖案。

文子認真地點點頭說：

「花上雖沒寫名字，但我立刻知道是誰了。」

菊治想起昨天站在花店的群花中思念太田夫人的情景。

也想起，那花香曾頓時撫平了自己的罪惡感。

而現在，文子也同樣溫順地迎接他。

文子身穿白底棉布衣，連粉都未施，僅在稍顯乾燥的嘴唇上搽了薄薄的口紅。

「昨天，我覺得還是不來打擾為好。」

菊治說。

文子把膝蓋斜移開一點，示意菊治進門。

她在玄關說那些寒暄的話，大概是為了不讓自己哭出來，現在若還保持這個姿勢說話，怕是會哭出來的。她在菊治身後站起來，說：

「收到花我就不知該有多高興了。不過，昨天您若能過來，那就更好了。」

菊治竭力做出輕鬆的樣子說：

「我是擔心你們家親戚會討厭。」

「我已經不在乎這些了。」

文子的話很乾脆。

客廳裏，骨灰罐前立着太田夫人的照片。

花只有菊治昨天送的一份。

菊治疑惑，難道是文子把其他的花都處理掉了，只留下他的花？

但他又覺得這個「頭七」有點淒冷了。

「這是茶道用的水罐吧？」

文子明白菊治指的是那個放花的器具。

「是的。我覺得挺合適的。」

「好像是不錯的志野陶呢。」

這水罐用在茶道上顯得小了。

罐子裏插的是白色的薔薇和淡色的康乃馨，那花束與筒形的水罐很相稱。

「母親也常用來插花，所以一直留着沒賣。」

菊治在骨灰盒前坐下，點了線香，合掌閉目。

他在謝罪，但也油然而生一種對夫人之愛的感謝之情，並似受到這種感情的縱容。

夫人是因罪無可赦而死還是因愛慾難抑而死，她是死於愛還是死於罪？這讓菊治迷惘了一個星期。

現在，在夫人的骨灰前閉上眼睛，她的肢體雖未出現在腦中，但那種芳香催醉的觸感卻溫馨地向菊治圍來。這雖有點奇怪，菊治卻未感到不自然，這也是因為夫人的原因。復甦的觸感，並非那種雕塑感，而是音樂感。

夫人死後，菊治因失眠而在酒中加入了安眠藥，卻仍易醒多夢。但他並不是被噩夢驚醒，而是夢中會有甘美的陶醉，醒後仍有恍惚之感。

死去的人難道還會讓人在夢中感覺得到她的擁抱？這讓菊治覺得奇怪，以他膚淺的經驗來看，簡直匪夷所思。

「我這個女人罪孽何其深重呀！」

夫人在北鎌倉旅館與菊治一起過夜以及來他家進茶室時都說了這話。正如這話反而引起了夫人帶有快感的顫慄和啜泣一樣，現在菊治坐在骨灰前思考夫人的死因時，竟然在回味夫人說到「罪孽」時的聲音，這本身就是所謂的「罪孽」。

菊治張開了眼。

文子在他身後抽噎，剛漏出一聲強抑不住的哭泣，又立刻噤聲。

菊治此時不便轉身，只問了一句：

「這是甚麼時候的照片？」

「五六年前的，小照片放大的。」

「是嗎？是不是點茶時拍的？」

「啊呀，您知道得這麼清楚？」

照片放大了臉部，衣領以下部分都裁剪了，肩膀部分也沒全留。

「您怎麼會知道是行茶道時的照片？」

文子問。

「憑感覺。眼睛朝下，似乎在做着甚麼的表情，肩膀雖看不見，卻看得出身體在用力。」

「照片有點側向，我曾猶豫是否用這張，但這是母親喜歡的照片。」

「挺嫻靜的，是張好照片。」

「不過，側面畢竟不好，別人來上香時，她都沒朝人家看。」

「哦？倒也是。」

「既側着臉，又低着頭。」

「是呀。」

菊治想起了夫人在死去的前一天點茶的情景。

夫人拿着勺子時，淚水沾濕了釜肩。菊治走過去拿了茶碗。直到喝完，釜上的淚水仍未乾去。在放下茶碗的那一瞬間，夫人向菊治的膝上倒來。

「拍這張照片時，母親還挺胖的。」文子說到這裏頓了一下，「而且，與我太像的照片，不知怎的，我也不好意思擺出來。」

菊治驀地回頭。文子低下眼睛，那雙眼睛先前一直在盯着他的後背。

菊治已經不得不從靈前轉身而與文子正面相對。

可是，他能說甚麼話向文子表達歉意呢？

菊治因志野陶的水罐被用來插花而感慶幸，他輕輕把手支在罐前，像欣賞茶具似的看着那水罐。

菊治伸手摸了一下白裏透紅、似冷又暖的豔麗釉面，說：

「給人溫柔之夢的感覺，好的志野陶連我都喜歡。」

他本想說「溫柔的女人之夢」，話到嘴邊時省略了「女人」兩字。

「您要是喜歡，就送給您作為母親的留念吧。」

「不行。」

菊治趕緊抬起臉說。

「要是不嫌棄，您就收下吧，母親也會高興的。這東西好像也不是太差勁。」

「當然是好東西。」

「我也是聽母親這麼說，所以用來插您送的花。」

菊治突然間熱淚盈眶，說：

「那我就收下了。」

「媽媽也會開心的。」

「可是我大概也不會用在茶道上，會作花瓶用的。」

「媽媽也用來插花的，沒問題。」

「花也不是茶道用的花，茶具如果離開茶道，會覺得寂寞的。」

「我也不想再學茶道了。」

菊治趁轉身之際站了起來。

他把壁龕旁的坐墊挪近廊道邊坐下。

文子先前一直在菊治身後保持着一點距離坐着，她沒用坐墊。

菊治挪了位子，就把文子一人留在了客廳中央。

她的手指原先稍稍彎曲放在膝上，這時握成了拳頭，像是為了抑止手指發抖。

「三谷少爺，請您原諒我母親。」

文子說着，深深地低下了頭。

菊治一驚，怕文子的身體也就勢倒下。

「你說甚麼呢。請求原諒的應該是我。可我覺得自己已經沒資格請求原諒了。因為無法表達歉疚之情，所以不好意思來見你。」

「是我們母女不好意思。」文子面露羞色，「沒臉活着了。」

她那未施脂粉的臉頰到白晰的細長脖頸頓時變得通紅，不難看出因心累而致的憔悴。

這淡淡的血色，反讓人感覺到文子的貧血。

菊治心痛地說道：

「我以為你會恨我。」

「恨您？怎麼會？媽媽恨過三谷少爺嗎？」

「不，可難道不是我害死了你母親嗎？」

「媽媽是自己死的。我是這麼認為的。她死後的一個星期內，我獨自想過這個問題了。」

「這些日子家裏就你一人嗎？」

「是的。以前我和媽媽就是那樣牛活的。」

「是我害死了你母親。」

「她是自己死的。要是說您害死了她，其實就等於是我害死了她。要是說因為她的死而必須恨誰，那就是要恨我自己。然而，如果歸咎於別人或讓人後悔，媽媽的死就變得黑暗而不純了，給後人造成的反省和後悔反而會成為死者的重負。」

「也許確實如此，但若不是我見了你母親……」

菊治說不下去了。

「我想只要死者原諒就沒事了。母親或許也是為了求得原諒而死的，您能原諒她嗎？」

文子說着起身離去。

文子的話讓菊治覺得腦海中落下了一層帷幕。

他不知死者的重負是否也能減輕。

若因死者而煩惱，則近似於責難死者，很可能屬於一種淺薄的錯誤。死者是不與生者計較道德的。

菊治的目光又移向夫人的照片。

二

文子端着茶盤進來。

盤裏放着兩個樂燒[12]筒狀茶碗，一個紅色，一個黑色。

她把黑色的遞給菊治。

沏的是粗茶。

菊治端起茶碗，看着碗底的印記無所顧忌地問道：

「誰的？」

「我想是了入[13]的吧。」

「紅的那個也是？」

「是的。」

「是成對的。」

菊治看着紅色的茶碗。

文子把紅茶碗放在自己膝前沒動。

12　樂燒：樂家所製陶器的總稱。據傳始於日本樂家始祖長次郎燒製的碗和磚，受到茶道家千利休的喜愛，其碗成為品茗茶碗。

13　了入（一七五六—一八三四）：樂燒的正宗樂家的第九代陶匠，尤以赤釉和黑釉見長。

這種筒狀茶碗用來喝茶很合適，但菊治突然冒出一個不好的想像。

文子父親死後，菊治父親還在世時，來文子母親這裏，是不是也用這對樂燒茶碗喝茶呢？是不是他用黑的，文子母親用紅的，當作夫妻茶碗在用？

既然是了入陶，也就不用那麼珍惜，或許還被他們旅行時帶出去用呢。

如果是這樣，心知肚明的文子現在卻把這茶碗拿給菊治，照理說是挺大的玩笑了。

可是菊治並不認為這是故意挖苦或有甚麼企圖。

他把這當作女孩子單純的感傷。

毋寧說這種哀傷也在感染着菊治。

也許文子和菊治都因文子母親之死而不能自拔，無以抗拒這異樣的感傷，而一對樂燒茶碗更是加深了菊治與文子共通的悲傷。

菊治父親與文子母親之間以及文子母親與菊治之間的關係，還有母親的死因，所有這一切文子也全都知道。

隱瞞文子母親的自殺也是他倆同謀而為。

文子的眼睛有點發紅，大概沏粗茶時也在哭泣。

「今天幸好來這裏。」菊治說，「剛才你的話雖可理解為生者與死者之間已無所謂原諒或不原諒了，但我還是希望重新理解為自己已經得到了你母親的原諒。」

文子點頭說：

「否則媽媽也就不能取得您的諒解了，儘管她也許是不會原諒自己的。」

「可是我來這裏與你這樣對坐，或許是件可怕的事呢。」

「為甚麼？」文子看着菊治，「是因為母親不該去死嗎？她死的時候我也很不甘，覺得母親不管受到甚麼樣的誤解，也不該去死。死是對於任何理解的拒絕，誰都無法諒解它。」

菊治默然，但他覺得文子好像也已探求過關於死亡的秘密。

死是對於任何理解的拒絕——這話由文子說出，讓他感到意外。

眼下，菊治理解的夫人與文子理解的母親，似乎仍有很大的差距。

文子無法理解作為女人的母親。

不管是原諒或是被原諒，都是菊治沉溺在女人身體的溫柔鄉中的感覺。

那一對紅黑樂陶茶碗，也勾起菊治夢境般的飄逸感。

文子卻不了解這樣的母親。

孩子由母親身體產出，卻不了解母親的身體，這固然似乎有點微妙，但母親身體的形象卻又微妙地傳給了女兒。

文子在玄關出迎時，給了菊治一種溫柔的感覺，那也是因為從她和善的圓臉上看到了她母親的面影。

如果說夫人因為從菊治身上看到他父親的影子，從而犯下錯誤，那麼菊治認為文子像其母親的念頭則似一種令人顫慄的咒語束縛，菊治卻順從地被其引誘。

即便只是看到文子那張小嘴上「地包天」的嘴唇糙裂的樣子，菊治也覺得無法與她抗爭。

應該如何用行動表示對這位姑娘的抵抗呢？

菊治帶着這種想法說：

「你母親也是因為太善良，所以活不下去了。但我對她也太殘酷，像是把自己道德上的不安原封不動地扔給了她。那是因為我的懦弱和卑怯……」

「是媽媽不好，她這個人不行，儘管我認為她與您父親以及與您的事情都非出於她的性格……」

文子說得吞吞吐吐，臉色緋紅，血色也比先前好了。

像是要避開菊治的目光，她略微側過臉去，低下頭說：

「可是，從母親死後的第二天開始，我漸漸覺出她的美好。也許並非出於我的感覺，而是她自己變得美好了。」

「對於死人來說，這些都無所謂了。」

「母親也許是因為難以忍受自己的醜陋而去死的。」

「我不這樣認為。」

「而且她不堪痛苦。」

文子噙着淚說。她想說的也許是母親不堪忍受自己對於菊治的愛情。

「死者已在我們心中，讓我們珍惜吧。」

「可惜他們都死得太早了。」

文子似乎也知道菊治所說的「死者」是指他倆的雙親。

「你和我都沒有兄弟姐妹。」菊治接着她的話說。

說出這話他才意識到，太田夫人若無文子這個女兒，他也許會因與夫人的關係而被封閉在更加陰暗扭曲的情緒之中。

「我聽你母親說過，你對我父親也很親切的。」

菊治終於說出這話，並認為說得很得體。

父親作為太田夫人的情人而出入於這個家的事情，菊治覺得跟文子說說也無妨。

誰知文子頓時以手支地說：

「請您原諒。媽媽實在太可憐了……從那時開始，媽媽就做了赴死的準備。」

她低伏身子一動不動，驀地哭了出來，雙肩鬆弛癱軟。

菊治來得突然，文子沒穿襪子。這時她蜷縮着身子，像是要把兩腿藏向腰際。

拖在榻榻米上的頭髮幾乎就要擦到那隻紅色筒形茶碗。

文子以手掩面走了出去。

等了一會兒仍沒回來，於是菊治道了聲「告辭」，便往玄關走去。

文子抱着一個包袱進來。

「請您把這帶着。」

「啊？」

「志野陶罐。」

她已拿出了花，倒掉了水，擦乾了罐，放進盒子裏包了起來。菊治為文子動作之快而驚訝。

「剛才還插着花，幹嗎急着今天就要給我？」

「請您拿着吧。」

菊治覺得文子的快速是緣於過度的悲傷，便說：

「那我就收下帶走了。」

「本該我送過去的，可是我又不能。」

「為甚麼？」

文子不答。

「那就請多保重了。」

菊治說完正準備走，文子又說：

「謝謝您了。那個……請您別再在意我媽媽的事，早點結婚吧。」

「你說甚麼呢……」

菊治回過頭，文子卻沒有抬起臉來。

三

在帶回來的志野陶水罐裏，菊治還是插上了白色的薔薇和淡色的康乃馨。

好像在太田夫人死後，自己開始愛上了她——菊治被這種情緒困擾着。

而且，他覺得自己這種愛是因她的女兒文子而被確認的。

週日，菊治試着打電話邀文子：

「還是一個人在家嗎？」

「是的，已經覺得有點寂寞了。」

「別一個人呆着了。」

「嗯。」

「你家好冷清，我在電話裏都聽得出來。」

文子輕聲笑了。

「找點朋友來陪陪你吧。」

「總覺得一來人，母親的事情就會被人知道，所以……」

菊治找不出話來，便說：

「家裏沒人，出去也不方便吧？」

「不礙事的，鎖了門就能出去。」

「那就來我這裏吧。」

「謝謝，改日去。」

「身體如何？」

「瘦了些。」

「睡得好嗎？」

「夜裏幾乎不能入睡。」

「那可不行。」

「最近可能要把這裏整理一下，去朋友家租間屋住。」

「最近？甚麼時候？」

「想等這裏房子賣掉後。」

「你家房子？」

「是的。」

「打算賣房子？」

「是的。您不覺得還是賣了好嗎？」

「這個……是呀。我也考慮要賣這裏的房子呢。」

文子沉默。

「喂，喂，電話裏也沒法談這種事情，今天週日，我在家，你過來吧。」

「好的。」

「你給的那個志野陶罐，我插了洋花，但你若過來，可以用來點茶……」

「茶道？」

「也並非正兒八經的茶道，但志野陶罐若不用來沏一次茶，未免有點可惜了。何況茶具若不與其他茶具配合使用，互相陪襯，就顯不出真正的美來。」

「可是，我今天比您上次來的時候更難看了，所以還是算了吧。」

「沒有其他客人會來。」

「可是……」

「好吧。」

「再見吧。」

「保重。好像有人來了，再聯繫吧。」

來客是栗本近子。

不知她是否聽到了剛才的電話，菊治板起了面孔。

「在家挺悶的，難得有個好天氣，出來走走。」近子一邊打着招呼，眼睛已盯上了志野陶罐，「馬上就要入夏了，茶道課也歇了，於是想來您家茶室坐坐……」說着，拿出帶來的點心和扇子，「茶室又要生霉了吧？」

「大概是吧。」

「是太田家的志野陶罐吧？讓我看看。」

近子若無其事地説着，便膝行靠近了花罐。

她用手支席低下頭去，骨骼粗大的雙肩便聳了起來，顯出一副兇相。

「是賣給您的嗎？」

「不，送的。」

「這是送的？這份禮物可了不得！算是留念吧？」近子把臉抬起，轉向菊治，「這麼貴重的東西，還是買下來好吧？如果是她家女兒送的，好像就有點可怕了。」

「我再考慮一下吧。」

「買下吧。太田家的東西有好多已經在這裏了，全是您父親買的，自從他照應太田夫人以後，也是……」

「不想聽你説這些事情。」

「好的，好的。」

沒想到近子並不在意地走開了。

剛聽到她與女傭的説話聲，她便穿着烹調服出現了，出其不意地來了一句：

「太田夫人是自殺的吧？」

「不是。」

「是嗎？我突然想到，那位太太好像總有股妖氣。」近子看着菊治，「您父親也説她是個琢磨不透的女人。看女人的眼光雖然不一樣，但我也覺得她總是一副沒心眼的樣子，黏黏糊糊的，跟我們不是一個路子。」

「希望你別說死者的壞話了。」

「話雖這麼說，可是死者不是連菊治少爺的婚事都要破壞嗎？您父親也吃了那位太太不少苦頭。」

菊治覺得吃苦頭的應該是近子。

對於近子，父親只是短暫的逢場作戲，她應該也非因為太田夫人而受影響，但太田夫人與父親的關係一直維持到他死的時候，近子不知有多恨呢。

「菊治少爺這樣的年輕人，是不會了解那位太太的。幸虧她死了，這樣不是更好嗎？真的是這樣。」

菊治扭過身去。

「竟然要破壞菊治少爺的婚事，真讓人忍無可忍。一定是她也覺得太過分了，卻又控制不了自己的魔性，只好去死了。像她那樣的人，一定是覺得死後就能去見您父親了。」

菊治不寒而慄。

近子向庭院走去，說：

「我也要去茶室靜靜心了。」

菊治坐着看了一會花。

花的潔白和淡紅，與志野彩陶的釉色渾然一體。
菊治的腦中浮現出文子獨自在家哭倒的樣子。

母親的口紅

一

菊治刷完牙回到臥室時，女傭已在牆上掛着的葫蘆形花瓶裏插上了牽牛花。

「今天不能再睡了。」

菊治說着，卻又鑽進了被窩。

他仰躺着，在枕頭上扭過頭去看插在壁龕一角的花。

「開了一朵。」女傭說着去了隔壁房間，「今天也不上班嗎？」

「啊，再歇一天。不過我要起床了。」菊治頭疼感冒，向公司請了四五天假，「哪裏來的牽牛花？」

「纏着院子邊上的蘘荷開了一朵。」

大概是野生的吧，常見的那種藍色花朵，蔓細、花小、葉瘦。

可是，綠葉藍花垂在紅漆已經陳舊得泛黑的葫蘆邊上，顯得分外水靈。

女傭是父親在世時就用的，所以會做這樣的事。

掛牆花瓶上可以看到已經掉漆的花押[14]，陳舊的盒子上也留着「宗旦[15]」的字樣，如果是真貨，該是三百年前的葫蘆了。

菊治不懂茶道的用花，女傭也不見得有甚麼心得，但若在早晨點茶，牽牛花似乎也不錯。

三百年前傳下來的葫蘆，卻插着只有一朝生命的牽牛花——想到這，菊治久久地望着那花。

這比起在同樣是三百年前傳下來的志野陶罐中插滿洋花，大概是更合適一些的搭配吧。

不過，他還是為用作插花的牽牛花能活多久而感不安。

女傭正在準備早飯，菊治對她說：

「本以為那牽牛花眼看着就會枯萎，其實倒不見得。」

「是嗎？」

菊治想起自己曾打算在文子送的作為母親紀念物的志野陶罐中插一次牡丹。

他帶回那個陶罐時牡丹花期已過，但當時或許還能在哪裏找到開剩的一兩朵吧。

「我也忘了家裏還有那個葫蘆，虧你找出來了。」

「是的。」

14　花押：在署名下面添寫的將漢字圖案化的特殊符號。

15　宗旦（一五七八－一六五八）：千家流茶道第三代宗匠，千利休之孫。

「你見過我父親在葫蘆裏插牽牛花嗎？」

「沒有。我覺得牽牛花和葫蘆都是藤蔓類植物，所以想試一試……」

「哦？藤蔓類……」

菊治笑了，沒了興趣。

看報的時候覺得有點頭重，就在餐廳躺下，問道：

「床還是原樣吧？」

正在洗東西的女傭擦着手過來說：

「我稍微打掃一下。」

稍後，菊治去臥室一看，壁龕的牽牛花不在了。

葫蘆花瓶也沒掛在那裏了。

「嗯。」

大概是不想讓他看見花將枯去的樣子。

牽牛花和葫蘆都屬藤蔓類的說法雖然讓他笑了出來，但也能從女傭的這些地方看出父親生活規範的餘緒。

可是，那個志野陶罐卻被棄置於壁龕中央。

文子若來看到，一定會覺得慢待了這陶罐。

從文子那裏帶回這個水罐時，菊治立刻放入了白色薔薇和淡色康乃馨。

那是因為文子在母親的骨灰盒前就是這麼放的。那白薔薇和康乃馨是菊治為文子母親「頭七」準備的花。

抱着陶罐回家的路上，菊治去前一天委託往文子家送花的那家花店又買了同樣的花回來。

可是在那之後，哪怕僅僅觸碰那陶罐，菊治也會心中怦然，於是不再去插花。

菊治走在路上，有時竟會被中年女子的背影吸引，一旦意識到這一點，就會嘀咕一句「真是罪過」，臉色隨之陰沉下來。

回過神來，發現那背影與太田夫人也並不相似。

僅僅是腰圍與夫人一樣豐腴。

菊治瞬間便感到一陣令人顫慄的渴望，但在同一個瞬間，又有一種甘美的醉意和可怕的驚駭相疊，讓他彷彿從犯罪的瞬間覺醒。

「是甚麼讓我變成了罪人？」

菊治像是要擺脱甚麼似的試着對自己說，沒有得到任何答案，反而徒增了他對夫人的思念。

與死者的肌膚之親，時時以一種鮮明的印象重現，讓菊治覺得若不逃脱則將不可救藥。

他也想到，或許仍是道德的苛責讓自己的官能變得病態。

菊治把志野陶罐收進箱子，上床去睡。

他望着庭院時，雷聲響起。

雷聲雖遠，卻很響，而且一聲聲逼近。

閃電開始掠過庭木。

驟雨下了起來，雷聲似乎漸漸遠去。

雨勢甚大，濺起庭院中的泥土。

菊治起身給文子打電話。

「太田家搬走了。」

電話那頭說。

「啊？」

菊治一愣。

「對不起，那我就……」

菊治想，文子賣了房子，於是便問：

「知道搬去哪裏了嗎？」

「啊，請稍等。」

對方好像是女傭。

她很快便回到電話前，像是在唸紙上所記，報出了新的地址。

是一個姓「戶崎」的人家，也有電話號碼。

菊治打到那戶人家。

文子來接電話時的聲音很響亮：

「讓您久等了。我是文子。」

「是文子嗎？我是三谷，剛才給你家去了電話。」

「對不起。」

文子壓低了的聲音很像她母親。

「甚麼時候搬家的？」

「啊，那個……」

「也沒告訴我一聲。」

「前些時候就借住朋友這裏了。家裏的房子賣了。」

「啊。」

「我也不知該不該告訴您。起先是不打算告訴您的，斷定不該讓您知道，可是最近卻又為沒通知您而後悔。」

「可不是嗎。」

「哎呀，您也這麼認為？」

打電話時，菊治有一種被沖洗過似的清爽感。他難以相信，電話竟也能帶來這樣的感覺。

「那個志野陶罐，拿回來後，一看見它就想見你。」

「是嗎？我家還有一個志野陶器，是一個小號的筒茶碗，當時想跟那個水罐一起給您的，但是母親用它喝過茶，碗口滲進了她的口紅印，所以……」

「哦？」

「媽媽這麼說的。」

「你是說，母親的口紅原封不動地沾在陶器上嗎？」

「也並非原封不動。母親說，那志野陶器本身就帶着一點淺紅，口紅沾到碗口怎麼擦也擦不乾淨。母親去世後，我在茶碗口上果真看到一處顯得更紅一些。」

這是文子的無心之言嗎？

菊治似乎聽不下去了，便轉換了話題：

「這場驟雨下得挺大，你那裏如何？」

「傾盆大雨，雷聲怕人，現在變小了。」

「雨停後會爽快一些。我歇了四五天，今天在家。你如果方便就過來吧。」

「謝謝。我是想找到工作後去看您的。我想出去工作了。」沒等菊治答話，文子又說，「很高興接到您電話，我過去看您。儘管我們不該見面了……」

菊治盼着雨停，並讓女傭收拾了床鋪。

菊治沒想到自己會把文子叫來。

他更沒想到的是，聽到那姑娘的聲音，自己與太田夫人之間的罪惡感反而消失了。

難道是因為女兒的聲音聽來與她母親生前一樣？

菊治刮鬍子時，把沾肥皂用的毛刷朝庭木的葉間甩了甩，讓雨水濡濕它。

過了中午有人來了，菊治只想着會是文子，走到玄關一看，卻是栗本近子。

「啊，是你？」

「天熱了。好久沒過來看您了。」

「我身體有點不舒服。」

「糟糕。您臉色不好。」

近子皺起眉頭看菊治。

文子應該會穿西式服裝過來，怎麼會把木屐聲誤當作文子來了呢——菊治一面覺得自己荒唐，一面說：

「你整了牙？變年輕了。」

「趁梅雨天閒着……有點太白了，不過馬上就會變色的，沒關係。」

近子走進菊治睡覺的房間，看了一下壁龕。

「甚麼都沒有，乾乾淨淨的也不錯吧？」

菊治說道。

「嗯，梅雨季節嘛，不過，也該有點花甚麼的……」近子回過頭來，「太田家的志野陶罐呢？」

菊治沒吱聲。

「那東西還是還回去為好吧？」

「那得由着我。」

「話不能這麼說。」

「至少由不得你來指揮。」

「不對。」近子露出潔白的假牙笑着，「我今天是來給您提意見的。」說着，突然伸出兩手一擺，像是要驅散甚麼似的，「非得把鬼氣從這個家裏趕走不可……」

「你別嚇我。」

「但我今天要以媒人的身份提個要求。」

「如果是稻村小姐的事情，對不起，請你免談。」

「如果因為媒人不中您意而放棄自己中意的婚事，未免太沒度量了吧。媒人是一座橋，您踏上去就行。您父親就是這樣輕鬆地利用我的。」

菊治顯出不悅的表情。

近子有個習慣，一旦說得興起，肩膀就越發聳起。

「就是這麼回事，我與太田太太不一樣，我無足輕重。這種事還是不要遮遮掩掩，一次說清楚為好。遺憾的是，我都沒能給您父親的外遇湊個數，露水鴛鴦而已……」近子說着低下了頭，「但我並不怨恨，後來在我方便的時候仍一直被他想用就用……對於男人來說，還是有過關係的女人好使。我也託您父親的福，學會不少健全的處世常識。」

「嗯。」

「所以您得好好利用一下我這健全的常識喲。」

菊治也被她這種不容分說的無拘無束吸引了。

近子從腰帶間抽出扇子說：

「一個人不管是男子漢氣太盛還是女人味太足，都培養不了健全的常識。」

「是嗎？照這麼說，常識是屬於中性的囉？」

「您挖苦我？不過，若以中性的立場，就能看透男人和女人的心理。太田太太母女倆相依為命，真的就能丟下女兒去死？依我想，她說不定就是有目的的，是不是想自己死後讓菊治少爺照顧她女兒呀……」

「你這是甚麼話？」

「我左思右想間，忽然就停在了這個疑團上：太田太太實在是用自己的死來阻礙菊治少爺的這樁婚事。她死得絕不平常，是有名堂的。」

「這是你的胡思亂想。」

菊治雖這麼說，近子的胡思亂想卻給他心中一擊。

好像略過一道閃電。

「菊治少爺，稻村小姐的事是您告訴太田太太的吧？」

菊治雖想起這麼回事，卻故作不知地說：

「不是你打電話給太田夫人，說我的婚事已定了嗎？」

「是我告訴她的，叫她別再礙事了。她就是當晚死的。」

一陣沉默。

「可是您怎麼會知道我打電話的事？是她來哭訴的吧？」

菊治對此猝不及防。

「我猜對了吧？她在電話裏還『啊』地叫了呢。」

「那就等於是你殺了她。」

「您這麼想，自己就輕鬆了吧，我習慣做反面角色了。對於您父親來說，我就是一個可以根據需要而作為冷酷的反面角色利用的女人。今天雖算不上是為了報答他的這個恩情，我還是要主動做一次反面角色。」

這話在菊治聽來，像是近子在傾吐深藏的嫉妒和憎恨。近子此時的目光像是看着自己的鼻尖，又說：

「這些內幕就當不知道吧……您只管把我當作一個討厭的女人在多管閒事，給我看臉色好了……我很快就會驅散那女人的妖氣，幫您結成良緣。」

「能不能別再提那良緣了？」

「好的，好的。我也不想與太田太太扯在一起呢。」近子隨即又放軟了語調，「太田太太也不是個壞人……自己死了，默默地祈願女兒嫁給菊治少爺……」

「你又在胡說八道。」

「但這是事實。您真的認為她生前從沒想過把女兒嫁給您？要是這樣，您就太糊塗了。這個人從早到晚只想着您父親，就跟着了魔似的，要說純情也真是純情，迷迷盹盹地把女兒也捲了進來，最後送了命……可是在旁人看來，就像遭了可怕的報應，難逃魔網呀。」

菊治與近子對視。

近子睜大着那雙小眼。

菊治無法避開她的目光，便把頭扭轉過去。

菊治屈服於近子那張嘴，既是因為自己從開始就有心虛之處，更是因為驚訝於她的奇談怪論。

死去的太田夫人真的希望女兒文子與菊治結合嗎？菊治既沒想過，也不相信。

這應該是近子在發泄自己的嫉妒。

這是她的惡意揣測，就像緊貼在她胸口的那塊醜陋痣斑。

但這奇談怪論卻讓菊治覺得似一道閃電。

菊治怕了。

自己就沒這麼想過嗎？

繼母親之後移情於女兒，世上並非沒有這種事情，可是明明還沉醉於母親的擁抱之中，卻同時就移情於女兒了，而且自己還沒覺察——如果真是這樣，那就真的走火入魔了。

菊治現在開始自省，自與太田夫人幽會以後，自己的性格似乎也完全變了，變得有點麻木。

女傭來報：

「太田家小姐來了。既然有客，讓她改日吧……」

「不。她回去了嗎？」

菊治起身往外走。

二

「剛才……」

文子伸着白晰的長頸抬頭看菊治。

喉嚨與胸部之間的凹處有一片淺黃色的陰影。

不管是光線使然還是消瘦使然，這片淺淺的陰影讓菊治有一種釋然感。

「栗本來了。」

菊治乾脆地說。出來時還有點緊張，見到文子，反倒輕鬆了。

文子點頭說：

「看到師傅的傘了。」

「啊，是這把洋傘嗎？」

一把灰色的長柄傘靠在玄關。

「你若覺得不方便，先在側屋的茶室等着好嗎？栗本老太婆馬上就要走了。」

菊治這麼說道，卻又不解自己明明知道文子來了，為何不把近子趕走。

「我沒關係的……」

「是嗎？那就請進。」

文子進了客廳後便與近子打招呼，像是並不知道近子的敵意。

她還謝了近子對母親的弔慰。

近子像看着弟子練習茶道時那樣，稍稍聳起左肩，擺出一副架子，說：

「你母親也是一個好人。在這好人沒好命的世上，她的去世讓我覺得最後一朵花也謝了。」

「她也沒那麼好。」

「剩下你文子一個人，母親也會掛念的。」

文子低垂眼簾。

下唇包着上唇，抿得緊緊的。

「挺寂寞的吧？來學茶道吧。」

「啊。我已經……」

「解解悶吧。」

「我已經沒資格學茶道了。」

「說甚麼呀。」近子鬆開了疊放在膝上的手，「今天其實也是因為出梅了，我想到要給這裏的茶室通通風，就過來了。」說着瞥了菊治一眼，「文子小姐也來了，就一起吧。」

「噢？」

「想借用一下你母親留下的志野陶罐。」

文子抬頭看近子。

「一起聊聊你母親的往事。」

「可是，如果在茶室哭起來就不好了。」

「嗯，會哭的吧，那也沒關係。馬上等菊治少爺娶了太太，我也就不能隨便來這茶室了，哪怕我在這茶室留下了很多記憶……」近子笑了一下，又正顏說，「聽說跟稻村小姐的婚事已經敲定了。」

文子點點頭，臉色沒有任何改變。

然而，那張與母親相像的圓臉，已看得出憔悴來。

菊治說：

「說一些還沒確定的事情，會給人家添麻煩的。」

「我說的是如果確定的話……」近子反駁道，「好事多磨，所以在敲定之前，文子小姐也只當沒聽說過這事吧。」

「是。」

文子再次點頭。

近子叫了女傭一起去茶室打掃。

「這兒的樹蔭下，樹葉還帶着水，小心點。」

庭院裏傳來近子的聲音。

三

「早晨的電話裏能聽到這兒的雨聲吧？」

菊治說。

「電話裏也能聽到雨聲？我沒留意。您家庭院的雨聲能傳到電話裏嗎？」

文子把目光朝向庭院。

樹叢的對面，傳來近子打掃茶室的聲音。

菊治也望着庭院說：

「我也沒想到在電話裏能聽到文子那邊的雨聲，後來才意識到這陣雨真厲害。」

「是的，雷聲挺嚇人的……」

「是的，是的，你在電話裏也這麼說的。」

「連這些小地方也像我母親。小時候一打雷，媽媽就用袖子包着我的頭。夏天要出去時，媽媽也會望望天空，看看會不會打雷。直到現在，雷聲一響，我有時都會要用袖子去遮臉。」文子渾身上下都透着一種羞怯，「我把那個志野陶茶碗帶來了。」

説着便起身出去。

文子一回到客廳，便把包裹着的茶碗放在菊治膝前。

可是菊治猶豫不決，文子便把包裹拖到跟前，從盒子裏取出茶碗。

「樂燒筒形茶碗，也是你母親用來飲茶的吧。是了入的嗎？」

菊治問道。

「是的，但她説無論黑樂還是赤樂，用來喝粗茶或煎茶時襯出的茶色都不好看，所以還是常用這志野陶的。」

「是呀，用黑樂就看不出粗茶的色了，所以……」

菊治並沒把放在面前的志野陶筒茶碗拿起來看，於是文子又説：

「雖算不上好的志野陶……」

「不。」

然而菊治還是難以伸手。

正如文子早上在電話中所説，這志野陶的白釉隱隱帶紅，盯着看一會兒，那白色當中便越發泛出紅色來了。

而且碗口讓人感覺有點淡淡的茶色，其中有一處好像更濃一些。

這就是喝茶時貼嘴的地方？

繼續端詳這淡茶色，又能看出紅來。

難道就像文子今早在電話裏所說，這是她母親的口紅滲進後留下的痕跡？

如此想時再一看，釉面的紋路裏也夾雜着茶色和紅色。

那是口紅褪去後的顏色、紅玫瑰枯萎後的顏色，又像是陳舊血跡的顏色——想到這，菊治心中有種怪異的感覺。

他同時感到令人作嘔的不潔和讓他難以自持的誘惑。

碗體上用藍得發黑的顏色畫着一種只見肥葉的草，葉子上面有些地方顯出鏽色。

畫上的草單純而健康，像是要喚醒菊治病態的官能。

茶碗的形象也落落大方。

「真好！」

菊治說着，把碗拿在手裏。

「我不懂好壞，但這是媽媽喜歡並常用來喝茶的。」

「用作女性的茶碗挺好。」

菊治從自己的話中又真切地感受到文子母親的女人味。

即便如此，文子為何要把這滲有母親口紅的志野陶拿來給他看呢？

是因為文子天真無邪，還是因為她缺心眼？菊治不得其解。

只是，文子身上某種不善拒絕的性格似乎感染了菊治。

菊治把茶碗放在膝上轉着看，儘量避免手指碰到那貼嘴處。

「你還是收起來吧，免得栗本老太婆又說三道四討人厭。」

「是。」

文子把茶碗塞進盒子包好。

她拿來好像是要送給菊治的，卻又似乎怯於開口，也許是覺得東西不入菊治眼吧。

文子把這包裹又放回玄關處。

近子彎着腰從庭院進來，說：

「把太田家的水罐拿出來吧。」

「還是用我們家的吧。太田小姐在這裏呢……」

「說甚麼呢？不就是因為文子小姐在才用的嗎？我們要借文子母親留下的志野陶，一起聊聊她的往事呢。」

「但你是憎恨太田太太的吧？」

菊治說。

「談不上憎恨吧？也就是性格不合罷了。我不會去恨死人的。不過，因為性格不合，所以我不了解她，而另一方面，反倒也能看穿她的某些方面。」

「你好像就是喜歡看穿別人……」

「那您最好別被我看穿。」

文子出現在走廊，在門檻上坐下。

近子聳着左肩，回過頭去說：

「文子小姐，能讓我用一下你母親的志野陶嗎？」

「好的，請用。」

文子回答。

菊治取出了剛收進壁櫥裏的志野陶罐。

近子麻利地把扇子插進和服腰帶間，抱着陶罐去了茶室。

菊治也走到門檻邊說：

「今早在電話中聽說你搬家了，我吃了一驚。家裏的事都是你自己處理的嗎？」

「是的。不過，買方是我的熟人，所以就簡單了。這位朋友暫住大磯，房子不大，願與我交換，可是再小的房子我也不能獨住。如果以後要上班，還是在人家家裏租一間住更輕鬆，所以暫時在朋友家住下了。」

「找到工作了嗎？」

「還沒有。一旦要找工作，便發現自己一無所長，所以……」文子微笑着說，「我準備等工作定下後再來拜訪您的。居無定所，又無職業，漂泊不定的時候來見您，實在有點慘兮兮的。」

菊治想說，就是應該這個時候來見，但又覺得孑然一身的文子並非孤寂無助的樣子。

「我也想賣了這房子，卻又一直磨磨蹭蹭的。不過，正因想賣，所以排水管也沒再修理，榻榻米成了這樣也沒換鋪席。」

文子直率地說。

「您是要在這裏結婚的吧？到那時……」

菊治看着她問：

「是聽栗本說的吧？你覺得我現在能結婚嗎？」

「因為我母親的事……？如果她那麼讓人難過，還是別再去想為好……」

四

近子駕輕就熟，很快就收拾好了茶室。

「和這水罐相襯嗎？」

近子問菊治，菊治卻不懂。

菊治不答，文子便也不做聲，他倆都看着志野陶罐。

這罐子，曾在太田夫人的骨灰盒前當作花瓶用，今天恢復了水罐的本分。

曾是太田夫人手中之物，現在已任栗本近子之手擺弄。太田夫人死後，它被交到女兒文子手上，又由文子交到菊治手上。

這是一個具有神奇命運的水罐，但也許茶具都是這樣。

在太田夫人成為其主人之前，這個水罐製成之後的三四百年間，不知它曾經過甚麼樣命運的人之手流傳。

「在鐵製的茶爐、茶釜旁一擱，這志野陶更顯出美人本色。」菊治對文子說，「不過，它看上去不比鐵質脆弱呢。」

志野陶的白釉面發出一種來自深處的光澤。

菊治在電話中對文子說，見到這個志野陶就想見她，難道她母親那白晰的肌膚也深藏着女人的堅強？

因為熱，菊治打開了茶室的拉門。

文子坐處背後的窗外楓葉正綠，楓葉相疊而成的濃鬱陰影落在文子的頭髮上。

文子那頎長脖頸以上的部分，處於窗外照進的光亮之中，她像是剛開始穿短袖衫，胳膊白晰而略微發青，人雖不太胖，肩卻給人渾圓的感覺，胳膊也是圓圓的。

近子也望着水罐，說：

「水罐若不用來沏茶，畢竟沒有活氣，如果用來放洋花，那就糟蹋了。」

「我母親媽媽也放了花的。」

文子說道。

「你母親留下的水罐能到這裏來，真像做夢一樣。不過，你母親一定挺開心的。」

近子也許是語帶譏諷。

文子卻並不介意地說：

「母親用來放花，況且我也已經不做茶道了。」

「可別這麼説。」近子環視了一下茶室，「我只要有機會來這裏坐坐，心裏就覺得最踏實，雖然我也去過許多地方。」説着又看看菊治，「來年是您父親去世五週年，忌日辦個茶會吧。」

「是呀，擺出一攤贋品茶具，把客人叫來，或許是件挺愉快的事呢。」

「您説甚麼呢。您父親的茶具，沒有一件是贋品。」

「是嗎？但還是全部贋品的茶會好玩吧。」菊治又對文子説，「我總覺得這個茶室裏充滿了霉味毒氣，若能有個全是贋品的茶會，或許能驅驅毒氣呢。以此為父親祈求冥福，從此與茶道斷緣。其實我早就與茶道斷緣了，只是……」

「只是這個老太婆討厭，老是要來這裏歇口氣。您是這個意思吧？」

近子説着，飛快地用茶帚攪合抹茶。

「就算是吧。」菊治説。

「可不能這麼説。不過，若是結了新緣，舊緣也就可以斷了。」

近子把茶端到菊治面前。

「文子小姐，聽了菊治少爺這種玩笑話，你大概覺得母親留下的東西找錯了去處吧？我一見到這志野陶罐，就覺得你母親的面容映照在這上面。」

菊治喝完碗裏的茶，把碗放下，忽然看着水罐。

那黑漆罐蓋上也許就映着近子的身影。

文子卻一副木然。

菊治不知文子是不想對抗近子還是打算無視近子。

文子毫無不快的表情，與近子一起進了茶室坐着，這也是挺奇怪的事。

近子談到菊治的婚事，文子也不見局促。

近子一直憎惡着文子母女，言語中時時地侮辱文子，文子卻未顯反感。

難道是因為她深陷悲痛，以至將這一切都視若流水？

難道是受母親之死的打擊，從而對這些都採取了超然的態度？

抑或是繼承了母親的性格，對自己和他人都無抵抗，幾近一位不可思議的無垢少女。

可是，對於近子的憎惡和侮辱，菊治並未表現出對文子的保護。

意識到這一點，菊治覺得自己才是個怪人。

近子最後自斟自飲起來，菊治覺得這副樣子也是怪怪的。

近子從腰帶間掏出了手錶説：

「這錶實在太小，讓我這老眼看着吃力……把您父親的懷錶之類的送我一個吧。」

「沒有懷錶。」

被菊治這麼一頂，近子立刻說：

「有的，經常用的。去文子家時還帶着懷錶的吧？」

說着，近子故意作出一副茫然不解的樣子。

文子低垂眼簾。

「兩點十分了吧？模模糊糊地看到長短針疊在一起。」近子作出忙碌狀，「稻村小姐給我找了一幫人，今天三點開始學茶道。我想在去她那裏之前先順道來這裏一下，聽聽菊治少爺的回話。」

「請你明確地拒絕稻村家。」

菊治雖這麼說，近子卻笑着打岔道：

「好的，好的，明確地說。我倒希望能儘早在這間茶室給那夥人上茶道課呢。」

「那就讓稻村家買下這房子吧，反正我馬上就要賣的。」

「文子小姐也一起去吧。」

近子不再理會菊治，轉向文子說。

「好的。」

「我趕緊收拾一下。」

「我來幫忙。」

「是嗎？」

近子說着，卻並不等文子，匆匆往水池走去。

傳來了水聲。

「文子，能行嗎？還是別跟她一起回去吧。」

菊治小聲說。

文子搖頭說：

「我怕。」

「不用害怕。」

「我就是怕。」

「那你先一起過去，然後再甩了她。」

文子還是搖頭，站起身整了整夏裝後面的褶皺。

菊治從下面伸出手去。

他是擔心文子站不穩，文子卻紅了臉。

近子說到懷錶的時候，文子的眼圈周圍有點發紅，當時那種難為情現在像是驀地爆發了。

文子抱着志野陶水罐去了水池邊。

「哎呀，還是把你媽媽的東西拿來了？」

水房裏傳來近子沙啞的聲音。

雙星

一

栗本近子來菊治家說，文子和稻村家小姐都結婚了。

夏天時節，八點半左右天還亮着。菊治吃過晚飯，躺在走廊上欣賞女傭買來的裝在籠子裏的螢火蟲。微白的螢火不知不覺間便帶了黃色，這時天也黑了，但菊治並未起身開燈。

菊治向公司請了四五天夏休假，去了位於野尻湖的朋友別墅，今天剛回來。朋友已婚，有了孩子。菊治沒有經驗，看不出孩子有多大，也不知孩子長得比實際年齡大一些還是小一些，因此不知如何寒暄是好，只好說：

「孩子長得不錯。」

女主人卻說：

「長得不算好。剛生下時小得可憐，這段時間才追上來不少。」

菊治在孩子面前揮了揮手，說：

「沒眨眼嘛。」

「看是能看到了，但眨眼還得等些時間。」

菊治以為孩子已經好幾個月了，其實才百日左右。年輕的女主人頭髮稀疏，臉上也缺少血色，不難看出產後的憔悴。

朋友夫婦的生活完全以孩子為中心，注意力全都集中在孩子身上，這讓菊治覺得自己是個外人，可是乘上回程的火車，腦中始終浮現着那位模樣老實的女主人毫無生氣的憔悴形象，以及她木然地抱着孩子時的身影。朋友原來跟父母兄弟住在一起，生下第一個孩子後不久，就到湖畔別墅過上了一段小兩口獨處的日子，女主人或許是因安然而致木然了吧？

菊治回到家裏，現在躺在走廊上，回想起那位女主人，難忘中甚至帶着一種神聖的哀感。

正在這時，近子來了。

她大大咧咧地朝房間走來，說道：

「哎呀呀，在這麼暗的地方……」說着便在菊治的腳邊坐了下來，「單身漢就是可憐，躺下來連個開燈的人都沒有。」

菊治把腿蜷縮起來，有一會沒動，終於還是不悦地坐了起來。

「請，請您睡下來吧。」近子用右手做了一個請菊治躺下的手勢，然後一本正經地跟他說了一些寒暄的話，告訴他自己去了京都，回來路上順便去了一趟箱根，還說在京都的茶道師傅家見了舊貨商大泉，「跟他久別重逢，我們暢談了您父親的往事，他覺得應該向我介紹一下三谷老先生隱居過的旅館，領我去了木屋町一家小旅館，您父親和太田太太大概在那裏住過的。大泉居然還勸我在那裏住下，真是沒心沒肺的。想到您父親和太田太太都已不在了，我膽子再大，半夜說不定也會有點發怵的吧。」

菊治沒吱聲，心想近子說出這種話來，才是沒心沒肺的呢。

「菊治少爺也去了野尻湖吧？」

近子一副明知故問的口氣。她剛進門就向女傭打聽好了，不經通報便徑直而入，這就是她的一貫作派。

「我剛回來。」

菊治不悅地回答。

「我三四天前就回來了。」近子也鄭重其事地說，聳起了左肩，「可是一回來就發生了令人遺憾的事，讓我大吃一驚。都怪我太大意，真是沒臉來見您了。」

近子說稻村小姐結婚了。

菊治難掩驚訝之色，幸而走廊光線黑暗。他故作淡定地問：

「是嗎？幾時的事？」

「您真沉得住氣，就像沒事人似的。」

近子語帶譏諷。

「當然。我可是多次對你回絕了與雪子小姐的婚事。」

「嘴上是這麼說的，是因為想對我作出這種樣子吧：自己從來沒有這種想法，都是那個討厭的老太婆自作主張地死纏爛打，叫人反感。不過，那位小姐實在是不錯的。」

「說甚麼呢？」

菊治忍不住笑了出來。

「姑娘挺中您意吧？」

「是個好姑娘。」

「我就是一眼認準了的。」

「不能說因為是好姑娘就一定要跟她結婚。」

可是，聽到稻村小姐結婚，菊治的心頭被撞了一下，隨後又如飢似渴地竭力在腦海中描繪她的面影。

菊治與雪子只見過兩次。

在圓覺寺的茶會，近子為了讓菊治注意雪子，特地讓她點茶。她的手法質樸而具品位，長袖和服的肩、袖，乃至她的頭髮，都被投有嫩葉陰影的紙門襯得分外明亮，這些印象都留在菊治心中，唯有她的面容已難以憶起。當時所用的小紅綢巾，還有她往寺院深處的茶室走去時，所帶的繪有白色千羽鶴圖案的桃色縐綢包袱等等，至今仍歷歷在目。

之後，雪子來過菊治家裏一趟，那天近子也點了茶。菊治至今仍記得她那菖蒲圖案的腰帶等等，就如同他在雪子來過的第二天，仍覺茶室裏有着她的餘香，可是她的模樣卻已難以捕捉。

菊治甚至已經難以清楚地回想起三四年前去世的父母的面容，每當看到照片，他才會若有所悟地點點頭。也許越是親者和所愛之人，越是難以憶起模樣，而越是醜陋者，反倒越是容易留下明確的記憶。

雪子的眼睛和面孔都只留下一閃而過的抽象記憶，而近子乳房至心窩處的那塊痣斑，卻像蛤蟆似的留下了具象的記憶。

走廊現在雖然很暗，菊治卻知道近子多半會穿着小千谷縐綢和服長襯衣，即便在亮處，也不會透現她胸口的痣斑，但菊治卻能在自己的記憶中看到那痣斑。因暗而不見，反又因暗而顯見。

「你既然覺得她好，就不應放過。這個世上只有一個雪子小姐，您一輩子也找不到這樣的人了。這麼簡單的事，您難道還不明白？」近子一副責難的語氣，「還是沒經驗，可惜了呀。您與雪子小姐的人生都因此而變，她對與您的婚事態度積極，所以如果因為嫁了別人而遭不幸，您不能說沒有責任。」

菊治不答。

「您是認真看過她的吧？如果她想起您時就會後悔沒能早點與您結婚，難道您就忍心？」

近子已語帶怨毒。

就算雪子已經結婚，近子又何必再說這些多餘的話？

「是螢籠嗎？現在還有？」近子探出脖子，「馬上不是要到掛秋季蟲籠的時候了嗎，還有螢火蟲？真像幽靈呢。」

「是女傭買來的。」

「女傭也就只能這樣了吧。您要是學過茶道，就不會這樣做了，日本是講究季節的。」

被近子這麼一說，那螢火倒也確實有點幽靈兮兮的。菊治想起了野尻湖邊的蟲鳴，那肯定是螢火蟲，至今還有，確實不可思議。

「家裏要是有位太太，就不會讓您感到季節的淒清了。」近子突然體貼地說，「給您介紹稻村小姐，也是我對您父親的一份效勞。」

「效勞？」

「是呀。再說，像您這樣躺在暗處瞅着螢火蟲，可不連太田家的文子小姐都結婚了嗎？」

「甚麼時候？」

比起聽說雪子結婚的時候，菊治此時的驚訝如同腳下被人使了絆子，而且又沒準備好掩飾這種驚訝。他難以置信會有這種事情，近子也看出了這一點，便說：

「我從京都回來一看也愣了，這兩人就像約好似的先後嫁了。年輕人真沒勁。本來覺得文子小姐嫁人就不會干擾菊治少爺了，誰知稻村小姐卻嫁在了她的前面。連我的面子也被稻村家丟了，這都是因為您的優柔寡斷。」

可是，菊治仍然難以相信文子已經結婚。

「太田太太臨死都在壞您的事，不過，文子結了婚，她母親的妖氣也該從這個家裏散去了。」近子把目光朝向庭院，「現在爽快了，院子裏的花木也該修整一下了。這麼暗，都能感覺到枝葉長得亂七八糟，讓人糟心鬱悶。」

父親死後四年，菊治不曾請花匠來過。此時仍能感覺到白天暑氣的餘熱，由此便可知道庭院草木的四下蔓生。

「女傭也沒澆水吧？這點事情應該吩咐她做的。」

「你真是多管閒事。」

儘管近子說的每句話都讓他皺眉相對，菊治卻又任她繼續往下說。每次見到近子都是這樣。

近子一面說着不中聽的話，一面是在討好菊治，同時又在窺測菊治的反應。菊治已習慣了她的這一套，並且明裏反對、暗裏提防；近子對此則心知肚明，通常都佯作不知，偶爾也示以明白狀。

而且，近子的話儘管讓菊治不快，但很少有出乎菊治意料之外的。她說出的話總能讓菊治從自憎的角度去理解。

今晚近子告訴菊治雪子和文子都已結婚的事，似乎是在探測菊治的反應，菊治對她的用意不敢大意。近子曾撮合雪子與菊治，又讓文子遠離菊治，如今兩位姑娘都已結婚，菊治此後有何打算本應與近子無關，可她好像仍是菊治心中的一片陰影。

菊治想起身去打開客廳和走廊的電燈。一旦意識到自己與近子在黑暗中這樣講話，心中總覺不妥帖，畢竟與她沒有如此親密的關係。雖然甚至已經說到了打理庭木之類的事，菊治仍只當作近子的老生常談而不予理會。可是，為了開燈而起身，菊治又總嫌麻煩。

近子進屋時就說到開燈的事，卻也不曾自己起身去做。在這些事情上眼快手勤本是近子的習性，也是她職業的一部分，如此看來，她對菊治的服務熱情已大大消失，抑或因為她上了年紀，或者有了一些茶道師傅的架子？

「我還要替京都的大泉帶一句話，說是如果這裏有茶具要出手，希望能讓他來處理。」近子以平靜的語調說，「既然已經錯過了稻村小姐，菊治少爺如果振作起來，重新開始新的生活，茶具或許就派不上用場了，我也派不上從您父親那代開始的用場，只能是來您家時順便給茶室通個風了，雖說有點不捨呀……」

菊治此時才明白了她的用意。

近子的目的很露骨。看準菊治與雪子的婚事無望後，便想到與舊貨商合夥把他家的茶器弄出去。她是在京都與大泉商量好了才來的。

菊治與其說生氣，好像更有一種如釋重負的感覺。

「我連房子都想賣了，最近可能少不了還要拜託你呢。」

「畢竟從您父親那一輩起就打交道的，怎麼說也讓人放心一些。」

近子又湊了這麼一句。

菊治想，家裏所有的茶具，近子應該比自己更知底細，她或許已經做過估算了。

菊治朝茶室方向看去，茶室門前有一株大的夾竹桃，開滿了白花。夜晚一片漆黑，甚至分不清天空與庭木之間的界線，那一片白也只是朦朦朧朧的。

二

下班時，菊治正要走出辦公室，又被電話叫回。

「我是文子。」電話裏的聲音很小。

「我是三谷。」

「我是文子。」

「嗯，知道了。」

「在電話裏說實在是失禮，但有件事情若不在電話裏道歉，可能就來不及了。」

「啊？」

「是這麼回事：昨天給您寄了封信，可我好像忘了貼郵票。」

「噢？我還沒看到。」

「我在郵局買了十張郵票，可是把信寄出後回家一看，還有整整十張郵票。我這人真糊塗，只好考慮如何能在信寄到前先給您賠不是……」

「這點事情不用放在心上嘛……」菊治一邊回答，一邊在想是不是結婚的通知，「是報喜的信嗎？」

「啊……？從來都是打電話，還是第一次寫信，猶豫該不該寄，就忘了貼郵票的事。」

「你現在在哪裏？」

「公用電話，東京站的……外面還有人在等着要打。」

「公用電話啊。」菊治總覺得有點不可理解，「恭喜你了。」

「哎呀……託您的福，總算……可是，您怎麼會知道的？」

「栗本。是她告訴我的。」

「栗本師傅？她怎麼會知道的？真是個可怕的人。」

「反正你也不會再見她了吧。上次在電話裏聽到下大雨的聲音呢。」

「您說過的。當時我也說過自己在猶豫要不要告訴您搬去朋友家住的事情，這次又是這樣。」

「還是告訴我為好。我聽栗本說了後，也正在猶豫要不要向你道賀呢。」

「要是銷聲匿跡，那就太寂寞了。」

她的聲音飄忽，像她母親。

菊治突然沉默。

「本以為就要銷聲匿跡了，可是……」稍作停頓後，文子又說，「找到工作的同時找到了住處，雖是一間六鋪席大小、髒兮兮的屋子……」

「啊？」

「天最熱的時候開始上班，很累。」
「是呀，何況還剛結婚……」
「哎呀，結婚？您是說結婚？」
「恭喜你了。」
「啊？我？……說甚麼呢。」
「你不是結婚了嗎？」
「啊？我嗎？」
「你沒結婚嗎？」
「沒有啊。我現在能有心情結婚嗎？都這個樣了，母親還剛去世……」
「啊。」
「是栗本師傅這樣說的？」
「是的。」
「為甚麼？我真不明白。您聽到也信以為真了？」
文子這話似乎也是在問自己。
菊治連忙用清晰的語調說：
「電話裏不方便說，你能出來嗎？」
「好的。」

「我去東京站，你在那裏等我。」

「可是……」

「或者你說個見面地點。」

「我不喜歡在外面見面，還是去您家吧。」

「那就一起去我家吧。」

「一起去，也還得先碰頭呀。」

「先來我公司吧。」

「不用。我自己去您家。」

「是嗎？我馬上就回去，如果你先到，那就直接進屋去。」

文子如果從東京站乘電車，應該比菊治先到，可是菊治仍覺得會與她乘同一班車，於是便在車站的人群中邊走邊找。

還是文子先到菊治家。

聽女傭說文子在庭院，菊治也穿過玄關旁去了庭院。文子坐在白夾竹桃樹蔭下的石頭上。

近子來後的四五天中，女傭總在菊治回家前給庭院澆水，庭院裏的舊水龍頭也還能用。

文子坐着的那塊石頭，下方還看得出濕濕的。盛花期的夾竹桃，肥厚的綠葉若配上紅花，便會給人暑天的感覺，但若是白花，就顯得分外清涼。花簇悠悠地搖晃，掩着文子的身影。文子也穿着白棉布衣，翻領和衣袋口都鑲着細細的深藍色布滾邊。

夕陽從文子身後夾竹桃的上方照到菊治面前。

「歡迎。」

菊治親切地朝她走近。

文子本已先於菊治開口，這時便接着菊治的話說：

「剛才在電話裏……」說着縮起肩膀，像是轉過身似的站了起來。她想，坐着不動的話，菊治或許會過來拉住她的手。

「在電話裏您說了那樣的話，所以我要來澄清一下……」

「關於結婚的事？我也吃了一驚。」

「是為哪種說法吃驚？」

文子說着垂下了視線。

「要問為哪種說法吃驚，這麼說吧，聽說你結婚的時候以及聽說你沒結婚的時候，我都吃了一驚。」

「兩次都吃驚了？」

「可不是嗎。」菊治踩着踏腳石走，「從這裏進屋吧。你本來就應該進屋等我的。」說着便在走廊坐下，「前幾天我旅行回來，在這裏休息時，栗本來了，是晚上。」

女傭從屋裏叫菊治。他離開公司時打電話做了吩咐，現在大概是晚飯做好了。菊治起身進屋，順便換了件白色細麻紗衣出來。

文子好像也補了妝，坐着在等菊治。

「栗本師傅是怎麼說的？」

「我只聽她說文子小姐也結婚了……」

「您就真信了？」

「這謊話也實在不像謊話，所以……」

「您沒懷疑？」只見文子那對大大的黑眸立時就濕了，「我現在能結婚嗎？您覺得我能做這事嗎？媽媽和我都又苦又悲，這種心情還沒消失……」

這話讓菊治覺得她母親還活着。

「媽媽和我都太依賴別人，會相信人家都理解自己，其實這都是夢吧，只是用心中的水鏡來照自己罷了……」

文子泣不成聲。

菊治沉默少頃，說：

「我最近問過你覺得我現在能結婚嗎——就在下大雨的那天……」

「打雷的那天？」

「是的。今天反過來被你問這句話了。」

「那不一樣……」

「你是多次說過我會結婚的。」

「三谷少爺跟我完全不同的。」文子噙着淚花盯着菊治，「三谷少爺跟我不同。」

「哪裏不同？」

「身份不一樣，而且……」

「身份……」

「是的，身份也不一樣。如果不能說身份，那就說身世的陰暗程度吧。」

「也就是說罪孽的輕重程度？那就是在說我吧。」

「不。」文子拚命搖頭，淚水脫眶而出，成滴地離開左邊外眼角，流到耳邊，「要說罪孽，媽媽已經帶着它死去了。可我想的不是罪孽，而只是媽媽的悲苦。」

菊治低下了頭。

「罪孽也許沒有消失之時，而悲苦是會過去的。」文子說。

「但你若說到身世的陰暗，那就會讓你母親的死變得陰暗吧？」

「還是說成悲苦的程度比較合適。」

「悲苦的程度……」

菊治本想說，悲苦的程度大概等同於愛的程度，卻又沒說出口。

「更重要的是，三谷少爺有着與雪子小姐的這門親事，這跟我就不一樣了。」文子似乎要讓話題回到現實中來，「栗本師傅像是懷疑我媽媽在破壞這門親事，她之所以說我已結婚，只能被我認為是她覺得我也礙事了。」

「不過，據説那位稻村小姐也結婚了。」

文子的表情像是鬆了口氣，隨即又拚命搖頭説：

「假的……應該是假的。這肯定也是騙人。甚麼時候的事？」

「稻村小姐結婚？是最近的事吧。」

「肯定是騙人。」

「聽説文子小姐和雪子小姐兩人都結婚了，我反倒覺得文子小姐可能是真結婚了。」菊治低聲説，「可是，雪子小姐或許是真的了。」

「假的。這麼熱的時候不會有人結婚的，只穿一層衣服就汗流浹背了。」

「是呀，好像是沒有夏天辦婚禮的。」

「是的，幾乎……雖也並非絕對沒有……但婚禮會推遲到秋季的……」不知何故，文子濕潤的眼裏又滿噙新的淚水，淚水滴落到膝上，她自己看着膝上的淚痕，「可是，栗本師傅為何要説這樣的假話呢？」

「難不成我上了一個大當？」

菊治也説道。

可是，這何以會引出了文子的眼淚呢？

至少，文子結婚之説確實是假的了。

菊治懷疑，説不定正因為雪子真的結婚了，為了讓文子也遠離菊治，於是近子就説文子也結婚了。

但這樣的猜測仍有難以解釋之處，菊治開始覺得雪子結婚之說也是假的了。

「總之，在還沒弄清雪子小姐的結婚是真是假的時候，也無法理解栗本的惡作劇是甚麼意思。」

「惡作劇……」

「權且把這當作惡作劇吧。」

「但今天如果沒打電話，我就會被當作已經結過婚了。這惡作劇也太過分了。」

女傭又叫菊治。

菊治進屋拿了信回來，說：

「你的信到了，沒貼郵票……」

說着便隨手要拆信。

「別，別，別看……」

「為甚麼？」

「不願讓您看。還給我吧。」文子說着膝行過來，要從菊治手中拿信，「請還給我。」

菊治迅速地把手藏到身後。

文子的左手因慣性而撐在了菊治膝上，又用右手去奪信，左右手動作相反，致使身體失去平衡，眼看就要倒向菊治時，她把左手移向後面作支撐，伸長右手去抓菊治背後的東西。文子的身體歪向右邊，側臉眼看就要碰到菊治的腹部，但她用柔韌的動作保持了平衡，連撐在菊治膝上的左手也只是輕柔的一觸，這輕柔的一觸是如何支撐住她朝右前方歪倒的上半身的呢？

看到文子搖搖晃晃地壓過來時，菊治的身體頓時變得僵硬，然後又因文子那種令人意外的柔韌而幾乎叫出聲來。他強烈地感受到了女人的味道，感受到了文子母親太田夫人的味道。

文子是在哪個瞬間躲開了身子，又是在何時放鬆了下來？這是一種不可得的柔韌，像是女性的本能秘術。正當菊治以為文子的重量會壓過來的時候，文子卻只似一陣溫馨的氣味飄近了而已。

氣味漸漸變濃。那是夏天時從早到晚幹活的女人的體味。菊治感到了文子的氣味，也感到了太田夫人的氣味，那是太田夫人抱擁時的氣味。

「啊呀，還給我吧。」

菊治不再抵抗。

「我把它撕了。」

文子側過身去，把自己的信撕得粉碎。她的脖子和裸露的胳膊都被汗水濡濕。

文子在平衡自己的將傾之身時，臉色一時蒼白，待坐好後又變紅，汗水大概就是在那個過程中滲出的。

三

附近料理店外賣的晚飯總是千篇一律，沒滋沒味的。

像往常一樣，女傭放好了志野陶的筒茶碗給菊治喝茶用。

菊治突然意識到了，文子也把目光盯着這茶碗問道：

「哎呀，您在用這茶碗？」

「啊……」

「糟糕。」文子的語氣似乎沒有菊治那麼不好意思，「我後悔把這東西送給您了。我在信中稍微提了一下。」

「怎麼？」

「也沒甚麼，只是為送您這樣沒意思的東西表示道歉……」

「不是沒意思呀。」

「不算是太好的志野陶，以致母親平時用來喝茶了。」

「我是外行，這不是好的志野陶嗎？」

菊治把筒茶碗拿在手裏端詳。

「可是，更好的志野陶多着呢。您用這茶碗時難免會想起別的茶碗，覺得還是那些志野陶更好……」

「我家好像沒有志野陶的小茶碗。」

「您家即使沒有，總會在旁處見到的。您用這碗時如果想起別的茶碗，覺得還是那些志野陶好，那麼媽媽和我都會難過的。」

菊治驚奇地「哦」了一聲，又說：

「我反正已和茶道無緣，也不會看到甚麼茶碗了。」

「可是說不定會因甚麼偶然的機會看到的。您之前也已經見過更好的志野陶了。」

「這麼說來，送人就得送最好的東西了。」

「是的。」文子態度明確地抬起頭來，認真地看着菊治說，「我是這樣認為的。我在信裏寫了，請您把它砸了。」

「砸了？把這……」面對文子的步步緊逼，菊治敷衍道，「這東西產自志野的古窯，所以大概該有三四百年歷史了，最初可能是用來裝涼拌菜之類，既非茶碗也非茶杯，而從用作小茶碗以來，大概也是年代已久，全因故人珍惜，所以傳了下來。有人也許還會把它裝進旅行用的茶箱，帶着行走遠方。瞧，總不能由着你的性子把它砸了吧。」

再說，茶碗的貼嘴處還留着文子母親的痕跡。

據文子母親對文子說，茶碗口一旦沾了口紅，就不容易擦乾淨。菊治得到這個志野陶後，也沒能洗去碗口那處特別的色跡。那顏色固然不像口紅，是淡茶色中依稀地滲着一點點紅，卻也不妨看作口紅褪色後留下的舊跡，然而也有可能是志野陶本身的暗紅。再說，茶碗的貼嘴處是固定的，所以這痕跡或許是文子母親之前的茶碗主人留下的呢。不過，太田夫人既然日常把它用作茶杯，所以用的時間應該是最多的了。

菊治還考慮過，把這碗用來喝茶，是太田夫人自己的主意，還是父親想讓她用用看呢？他還猜想，那對了入製作的黑、紅筒形茶碗，好像是被太田夫人當作與父親之間的夫妻對碗，用來喝茶了。

父親讓太田夫人把志野陶水罐用作花瓶，放進薔薇和康乃馨，把志野陶筒茶碗用來喝茶，這是否意味着父親有時也會感到太田夫人的美呢？

他倆死後，這水罐和筒茶碗都來了菊治這裏，現在文子也來了。

「我並非任性，而是真心想讓您砸了它。」文子說，「把水罐給了您，我很開心，於是想到還有一個志野陶，便一起給您平時用作喝茶，可是後來又不好意思了……」

「那志野陶可不是平時用來喝茶的吧，否則真糟蹋了……」

「可是更好的東西多着呢。您如果用着它時又想到了其他好的志野陶，我又情何以堪？」

「你的意思是只有最好的東西才可以送人？」

「要視對象和場合而定吧。」

這話震撼了菊治。

文子是不是認為，凡是太田夫人留下的，能讓菊治想起她和文子，或能讓他希望與之有更親密接觸的東西，都必須是最好的？

文子的話語中一再表示，希望以最好的名品作為對母親的紀念，菊治對此也能理解。

這一定是文子最深切的感情吧，眼前的水罐就是證明。

那似冷又暖、光澤豔麗的志野彩陶釉面，讓菊治想起太田夫人，它不帶有罪孽的陰暗和醜惡，也許就是因為這水罐屬於名品吧。

看着這件屬於名品的遺物，菊治開始覺得太田夫人也屬於女人中最高的名品。名品是不帶污濁的。

下驟雨那天，菊治曾在電話裏說過，見到水罐便會想見文子。因為是打電話，所以說得出這話。聽到這話，文子便說還有一件志野陶，並把筒茶碗帶到菊治家來了。

果然，這隻筒茶碗並不是水罐那樣的名品吧。

「我父親好像有過一個旅行用的茶箱，」菊治想起來了，「裝在裏面的茶碗一定比這志野陶差。」

「怎樣的茶碗？」

「嗯……我沒見過。」

「我真想欣賞一下，肯定是您父親的東西更好。」文子說，「如果不如您父親的，這件志野陶就可以砸了吧？」

「有點擔心啊！」

文子熟練地收拾着吃完西瓜後留下的瓜子，又催促着要看那茶碗。

菊治讓女傭先打開茶室，自己走去庭院。他準備去找茶箱，誰知文子也跟來了。

「東西放在哪裏，我也不知道，還是栗本一清二楚……」

菊治回過頭說。文子站在白夾竹桃樹盛開的花蔭下，樹根處可以看到她那穿着襪子和庭院用木屐的雙腳。

茶箱在水池旁邊的架子上。

菊治進了茶室，把茶箱放在文子面前。文子以為菊治會把包裝打開，便正襟危坐地等着，過了一會才自己伸手說：

「我來欣賞一下。」

「盡是灰塵。」

菊治抓起文子解開的包袱站了起來，把手伸往庭院撣灰。

「水池的架子上有死蟬，已經生蟲了。」

「茶室挺乾淨的。」

「是的，栗本最近打掃過，就是來說你和稻村小姐都已結婚的那次……因為是晚上，大概離開時把蟬關在裏面了。」

文子從箱子裏取出了一包像是茶碗的東西，深深地彎下身子去解茶具袋的繫帶，手指微微發抖。

她向前縮起圓潤的雙肩，菊治在旁俯視，映入眼簾的又是那細長的脖頸。

她下唇一本正經地緊閉，以致有點反包上唇，再加一對耳垂溫順地隆出，實在令人愛憐。

「是唐津陶[16]。」

文子抬頭看菊治。

菊治也挨近坐下。

文子把東西放到榻榻米上說：

「好茶碗呀！」仍是茶杯似的筒形，唐津陶製的小茶碗，「結實而有氣派，比那個志野陶強多了。」

「沒有可比性吧，志野和唐津……」

「可是放在一起就知道了。」

菊治也被唐津陶的魅力吸引，放在膝上端詳說：

「那就把志野陶也拿來看看吧。」

「我去拿。」

文子起身出去。

志野和唐津兩件茶碗並排放下時，菊治與文子驀地對視了一下。

16 唐津陶：日本佐賀縣唐津市一帶生產的陶瓷的總稱。一般指在文祿、慶長年間日本出兵朝鮮後，來到日本的朝鮮陶匠在肥前地區建陶窯燒製的朝鮮式日用器皿，尤以茶具出名。

隨即又同時將視線落向茶碗。

菊治慌張地說：

「這樣並排一看，就是一對夫妻茶碗呀……」

文子點頭，像是不知說甚麼好。

菊治也被自己的話震撼了。

唐津碗上沒有花紋圖樣，十分素淨，近似黃綠色的青色中帶着一點暗紅，造型給人一種張力。

「您父親旅行時也帶着它，應該是他很喜愛的茶碗。這茶碗很像您父親。」

文子似乎沒有意識到這話中的危險。

菊治沒能說出，那志野茶碗就像文子的母親。但這兩隻茶碗並排放在這裏，就像菊治父親和文子母親的心一般。

三四百年前的茶碗形象健康，並未引起病態的聯想，但它們充滿了生命力，以至含有了官能的意味。

在一對茶碗中看到了自己的父親和文子的母親，菊治感到了一對美好靈魂的並在。

而且，正因茶碗的形象是現實的，所以現實中以茶碗為中心相對而坐的自己與文子也是純潔的。

太田夫人「頭七」的第二天，菊治甚至對文子說過，兩人對面而坐也許是件可怕的事。而現在，這種對罪孽的恐懼，難道已被茶碗的釉面拭去？

「真漂亮！」菊治喃喃道，「父親丟下身份去玩弄茶碗之類，也許是為了麻痺自己的種種罪孽心理吧。」

「啊？」

「不過，只要見到這個茶碗，也就想不起它原主的缺點了。父親的壽命那樣短，還不到這傳世茶碗壽命的幾分之一……」

「死亡其實就在我們腳下，真可怕。死亡就在身邊，我不能再一味沉湎於母親的去世了，為此我也做了種種努力。」

「是呀，如果執着於逝者，就會覺得自己也離開了這個世界。」

菊治說。

女傭拿了鐵壺等東西來。

大概是因為菊治他倆在茶室呆的時間長了，女傭想到需要燒水沏茶。

菊治向文子建議，就用眼前這唐津和志野茶碗，像在旅途中似的點一次茶。

文子溫順地點頭：

「您是要在把這志野茶碗砸碎之前用它一次，作為對母親的紀念嗎？」

說着便從茶箱裏拿出了茶筅去水池洗。

夏季日長，天還沒黑。

「就當作外出旅行吧……」文子用小的茶筅在小的茶碗裏攪着抹茶說。

「要說旅行，那麼住在哪裏？」

「不一定住旅館，也許住在河邊，也許住在山上。我想用谷間的水點茶，涼點的更好吧……」

文子從碗裏拿起茶筅時，抬起黑眼珠瞥了菊治一下，隨即又把目光收在掌中轉動着的唐津茶碗上。

接着，文子的目光伴着茶碗一起移向菊治膝前。

菊治感到文子似乎也會飄過來。

接着，文子把母親的志野茶碗放到面前，茶筅碰到碗邊不斷發出聲響，她歇手說：

「太難弄了。」

「碗小，所以難弄吧？」

菊治雖這樣說，其實是因為剛才文子的手在發抖。

她一旦歇手，就不想再繼續轉動那小茶碗裏的茶筅了。

文子盯着自己僵硬的手腕，耷拉着腦袋說：

「媽媽不讓我點茶。」

「哦？」

菊治驀地起身攥住文子的肩，就像要扶起一個因魔咒而動彈不得的人。

文子沒有抵抗。

四

菊治無法入眠，等到曙光漏進護窗板的柵間，便去茶室看。

石製水池前的石板上，果然散落着志野茶碗的碎片。

茶碗碎成四大片，拾在掌中可以拼成茶碗的形狀，只是碗口缺了一塊，如拇指般大小。

想到這碎片應該也在，剛要在石縫中尋找，卻又立刻作罷。

抬眼便可看到東邊樹間有顆很大的星星在閃閃發光。

菊治想到已有數年沒見過拂曉的明星，便站起身望過去，發現天上有雲。

大概因為是在雲中發光，所以星星就顯得更大了，星光的邊緣好像還濕漉漉的。

面對着水靈晶亮的星星去拼合茶碗的碎片，這令菊治覺得可悲。

他扔了手中的碎片。

文子昨晚沒等菊治阻攔，便把茶碗砸向了石製水池。

文子衝出茶室時，菊治並未察覺出她帶着茶碗。

「啊！」菊治當時叫出聲來。

但他還沒顧上在光線昏暗的石縫間尋找茶碗的碎片，便先撐住了文子的肩膀。文子是蹲着砸茶碗的，這時身體正向水池方向傾側。

「還有更好的志野陶呀。」

她囁嚅道。

她是為菊治會拿這與更好的志野陶作比而難過？

後來在菊治難以入眠時，更加感覺到文子這話哀切而純潔的餘韻。

待到天亮，他便來庭院尋找砸碎的茶碗。

但是看到星星，他又扔了拾起的碎片。

再一抬眼，他又「啊」了一聲。

星星已經不在。就在他去看扔了的碎片那一瞬間，晨星躲進了雲間。

菊治像失去了甚麼似的，盯着東方的天空望了一會。

雲層看上去並不厚，但已難覓星星蹤影。天腳處雲層出現縫隙，天空籠罩着街上的屋頂，淡淡的紅色愈來愈深。

「也不能丟在這裏呀。」

菊治自言自語道，重新拾起碎片，放進了睡衣的胸兜。

扔在這裏讓人心疼，何況也怕栗本近子或是誰來了盤問究竟。

東西是文子執意砸碎的，所以菊治也想不再保存碎片，就埋在水池旁算了，但他還是先用紙包了起來，收進了壁櫥，然後又鑽進了被子。

文子究竟是擔心菊治甚麼時候會拿這志野陶去跟甚麼東西比較呢？

這種擔心又是由何而來呢？菊治不得其解。

而且，從昨夜到今早，菊治實在想不到有甚麼可與文子比較的。

文子對於菊治來說，已是一種無可比較的絕對，成了他的命定。

在此之前，菊治時時把文子當作太田夫人的女兒，而現在連這也似乎已被他忘卻。

菊治曾被一種怪夢引誘，似乎母親的身體奇妙地轉移至女兒的身體，而現在這種怪夢反倒無影無蹤了。

菊治走出了長期以來籠罩着他的陰暗醜陋的幕帷。

是文子純潔的痛苦拯救了菊治嗎？

文子沒有抵抗，只有純潔自身在抵抗。

這種行為本來會被認為是落入了魔咒與麻木的深淵，但菊治反倒覺得自己擺脱了魔咒與麻木，就似中毒以後又服用極量的毒藥，反倒創造了解毒的奇跡。

菊治到了公司後，試着給文子的店裏打電話。文子在神田的一家呢絨批發店上班。

文子沒去店裏。菊治是一夜未眠後出來的，而文子也許早上還在熟睡之中吧。菊治又想，或許她因羞愧而今天不會出門了。

午後又去電話，文子還是不在，菊治便向店裏的人問到了文子的住址。

文子在昨天的信裏應該也寫了這次搬家的地址，但她連信封一起撕碎裝進了衣袋。晚飯時談到了工作的事，菊治記住了那家呢絨批發店的名字，卻忘了問地址，因為他覺得文子已經住進了他的身體。

菊治在下班回去的路上找到了文子借住的房子，在上野公園後面。

文子不在。

一位十二三歲的少女穿着水兵服，像是剛從學校回來。她來到玄關，然後又一度進去，再出來時說：

「太田小姐今天早上出去了，說是跟朋友一起旅行。」

「旅行？」菊治反問道，「出去旅行了嗎？今早甚麼時候去的？說去甚麼地方了嗎？」

少女又進去，這次出來說話時離得遠了一些：

「不太清楚。我媽媽出去了，所以……」

她眉毛很淡，好像有點害怕菊治。

菊治出門後又回頭看，無法確定文子的房間。那是一棟小小的二層樓，帶一個小小的庭院。

想到文子說過「死亡就在腳下」，菊治兩腿發麻。

他掏出手帕擦臉，擦得臉上沒了血色，卻還是使勁地擦着，乃至擦黑擦濕了手帕。他也感到了後背在出冷汗。

「不會死的。」

菊治對自己說道。

菊治因她而有了重生的感覺，這樣的文子是不該死的。

可是，昨天文子難道不是表現出了一種殊死的順從嗎？

抑或她害怕那種順從，會使自己成為與母親一樣罪孽深重的女人？

「只留栗本一人活着……」

菊治像是對着假想敵吐出了自己的怨毒，匆匆走向公園的樹蔭之中。

波千鳥——續千羽鶴

波千鳥

一

去熱海站迎客的汽車經過伊豆山，然後向大海方向盤旋而下，進了旅館庭院。旅館玄關的燈光照到了傾斜的車窗上，越來越近。

等在這裏的旅館領班打開車門説道：

「是三谷太太吧？歡迎光臨。」

「是的。」

雪子小聲答道。車子與旅館平行，她的座位靠近玄關，所以領班是在跟她説話。今天剛剛舉行了婚禮，這是她第一次被冠以三谷之姓稱呼。

少許猶豫之後，雪子還是先下了車，然後回頭看着車裏，等待着菊治。

菊治正準備脱鞋進去，領班説：

「茶室準備好了。栗本師傅來過電話了。」

「啊？」

菊治一屁股坐在門口，女侍趕緊拿着坐墊過來。

近子那塊從心窩到乳房的痣斑，像惡魔的手影一樣出現在菊治眼前，正在解鞋帶的他一抬頭似乎就能看到那隻黑手。

菊治去年賣了房子，處理了茶具，便再不與近子見面。本來應該已關係疏遠，難道與雪子的婚事近子仍有插手？連新婚旅行的旅館房間都被近子安排好了，這是菊治完全沒想到的。

菊治看向雪子的臉，雪子卻似乎並未在意領班的話。

兩人被領着，從玄關沿長長的走廊往海邊方向走去。這細長的水泥通道有如狹窄的隧道，不知通往哪裏。途中有幾處樓梯，主建築之外還另有房間，就像形成了側翼似的。走到盡頭，是茶室的後門。

進了八鋪席大小的房間，菊治正欲脱去外套，發現雪子在身後準備接過衣服，便不禁「啊」了一聲，回頭去看。這是雪子身為人妻的最初表現。

桌腿處可以看到腳爐。

「那邊是三鋪席的正席，茶釜已備好。」領班擱下兩人的行李説道，「雖然沒有甚麼好茶具……」

菊治很驚訝，問道：

「那邊也有茶席？」

「是的，連同這個大間共有四間，是照搬橫濱三溪園時期的格局。」

「是嗎？」

其實菊治並不明白是怎麼回事。

「夫人，今天安排在那邊的茶席，方便時請……」

領班對雪子說。

雪子正在整疊自己的外套，答道：

「我過會兒去欣賞。」說着站起來，「海景真漂亮，輪船都亮着燈呢。」

「那是美國軍艦。」

「美國軍艦進了熱海？」菊治說着起身過去看，「是小軍艦呀。」

「有五艘呢。」

軍艦的中間部位掛着紅燈。

熱海街市的燈光被小海岬所阻，只能看到錦浦一帶的光亮。

女侍沏上了煎茶，領班說了些寒暄的話後，便與她一起退下。

兩人隨意地看着大海夜景，回到了火盆旁。

「怪可憐的。」

雪子說着，把提包拉近，拿出一朵薔薇，撫平被壓變形的花瓣。

從東京站出發時，雪子大概是不好意思捧着花束上車，便把花遞給了送行的人，只留下了被返還給她的這一朵。

雪子把花放在桌子上，看到了桌上的貴重品存放袋，說道：

「要存甚麼嗎？」
「你是說貴重品？」
菊治說這話時把薔薇拿在手上，於是雪子看着他問：
「薔薇？」
「不。我的貴重品太大，袋子放不下，也不能交給別人。」
「為甚麼？」話剛說完，雪子立刻意識到甚麼似的，「我的也不能寄存。」
「在哪裏？」
雪子大概是不好指菊治，便看着自己的胸口說：
「這裏……」
說完仍不把眼抬起。
對面茶室傳出釜中水沸騰的聲音。
「要看茶室嗎？」
雪子點頭。菊治說：
「我並不想看。」
「可是，難得來一趟……」
從茶道口進去後，雪子照禮儀規矩拜見了壁龕，菊治卻站在茶室門口的草席上怨恨地說：
「雖說是難得來，但這裏的事情不都是照栗本的指示安排的嗎？」

雪子回轉身，來到爐前坐下。這是點茶的座位，膝蓋對着爐子。她靜默不語，擺出一副等着菊治說話的姿態。

菊治也坐了下來，膝蓋靠近爐子。

「我其實不想說這樣的話，可是在旅館門口一聽說栗本，我就一驚，因為我的罪孽和悔恨都與那個女人有關……」

雪子似在點頭。

「栗本如今還去你家嗎？」

「去年夏天惹我父親生氣了，很長時間沒再來過，可是……」

「去年夏天？那時她告訴我你結婚了。」

「哎呀！」雪子像是想起了甚麼，「一定就是那個時候了。師傅來介紹其他人家……父親大怒說：『一個媒人只能跟我介紹一樁婚事，在咱家的女兒面前免談甚麼那家不行就介紹這家的話，咱們不受糊弄。』事後我覺得多虧了父親，我才能來到您身邊，就是父親當時的話起了作用。」

菊治默然。

「師傅也不示弱，說三谷少爺中了邪，還說了太田太太的事，真叫人受不了，聽得我渾身發抖。聽了這種討厭的話，為甚麼會抖個不停，後來我才意識到因為我還是想嫁給您。不過當時在父親和師傅面前發抖，畢竟讓人難受。父親大概是看到了我的面色，便說：『生米熟飯都行，夾生飯咱們堅決不吃。女兒既然經你介紹見過三谷少爺，她應該自有判斷吧。』就用這話打發了師傅。」

燒洗澡水的人好像來了，傳來往澡盆裏放熱水的聲音。

「雖然難受，還是自己做了判斷，所以師傅的事也不必在意了。我在這裏點茶，也大可心平氣和的了。」

雪子說着抬起臉來，她的眼裏映着淺淺的燈光，泛紅的臉頰和嘴唇也映着燈光。看到這些，菊治覺得這張熠熠生輝的面孔讓他生出一種難能可貴的親愛之情，具有一種不可思議的感覺，就像看似一團美麗的火焰，一旦觸碰，卻是一種滲透身心的溫和。

「你繫過水菖蒲圖案的腰帶吧，去年五月來我家茶室的時候。那時我覺得你永遠是另一個世界的人呢。」

「那是因為您當時挺有架子的，好像有甚麼難受事。」雪子說着露出微笑，「您還記得水菖蒲的腰帶？那條腰帶也裝進行李了，我們還要去我家呢。」

雪子對自己和菊治都用了「難受」這個詞，而在她難受的時候，菊治正奔走於尋找文子的行蹤。想不到文子從九州的竹田町寄來了長信，於是菊治又去竹田尋找，花了一年半左右的時間，至今仍不知文子所在。

文子讓菊治忘了她母親和自己，與稻村雪子結婚。這些綿綿訴說的書信也成了她與菊治的訣別。文子像是跟雪子互換角色，永遠成了另一個世界的人。

世上應該沒有所謂「永遠是另一個世界的人」，菊治如今也覺得這樣的說法不可濫用。

二

回到八鋪席面積的房間，桌上放着相冊，菊治打開來看。

「哦，是這茶室的照片。本以為是來此新婚旅行的客人的照片集，有點吃驚呢。」

菊治面對雪子方向說。

相冊開頭貼着茶室由來的介紹——這個茶室名曰「寒月庵」，從前是「江戶十人眾」[1]之一的河村迂叟[2]的茶室，後來搬到了橫濱的三溪園。在那裏遭到空襲，屋頂洞穿，牆壁倒塌，門窗迸散，地板破裂。在破敗狀慘不忍睹的情況下，最近搬到這家旅館的庭院中。因為是溫泉旅館，所以設了浴室，但其他佈局都依原樣，舊的材料好像也是能用則用。也許是因為戰後燃料不足，附近的居民取荒廢茶室的木材來燒，所以房柱等處還留有劈砍的痕跡。

「說是大石內藏助[3]也來過此庵一遊呢……」

1 江戶十人眾：居住在江戶的十位富豪，被幕府選出管理幕府財產。

2 河村迂叟（一八二三—一八八五）：江戶末期至明治時代的富商。

3 大石內藏助（一六五九—一七〇三）：即大石良雄。日本江戶時代早期武士，因為其藩主淺野長矩復仇，殺死幕府的旗本吉良義央聞名於世，事跡被改編成戲劇《忠臣藏》。

雪子邊看相冊邊說。

迂叟出入於赤穗藩，他的蕎麥茶碗[4]「殘月」作為「河村蕎麥」傳了下來，淡青和淡黃的釉色交替，形成一種曉空殘月的景色，並被以此為銘。

相冊中有幾張在三溪園被炸後的茶室照片，然後便按序陳列了從遷址開工到落成慶祝茶會的照片。

大石良雄既然來過，這個寒月庵最遲應建於元祿年間。

菊治環視屋裏，這裏用的幾乎都是新的木材。

「剛才茶席的壁龕柱子好像是原來的。」

兩人在三鋪席面積的房間時，女侍來這裏關了雨窗，大概就是那時把茶室相冊放在了這裏。

雪子重又翻看相冊，說：

「您不換衣服嗎？」

「你呢？」

「我這是和服，不用換了。您去洗澡時，我把點心和別人送的其他東西拿出來放着。」

浴室裏有一股新木料的香味，從浴池到沖淋處，牆壁和天花板的顏色都很柔和，木紋筆直

4　蕎麥茶碗：朝鮮茶碗的一種，因其底色似蕎麥色而得名。

漂亮。

傳來女侍的說話聲，她是經過長長的通道過來的。

菊治從浴室回到房間時，雪子不在了。

八鋪席的房間裏已鋪好了被子，桌子也挪到了一邊。大概是女侍在做這些事情時，雪子避到了先前的三鋪席房間。

「爐火大小合適嗎？」

那邊房間在問。

「合適。」

菊治剛回答，雪子隨即就過來了。她盯着菊治，就像目光沒處放似的。

「舒服吧？」

「是說這個？」菊治看着自己身上那套旅館的寬袖棉袍和短上衣說，「你去洗吧，熱水挺好的。」

「好的。」

雪子去右邊的三鋪席房間，像是從旅行包裏取出了甚麼，又打開八鋪席房間的拉門坐下，把化妝品袋擱在身後的走廊，沒來由地紅着臉，用手支地略鞠一躬，然後拔下戒指放在梳妝檯便出去了。

那個鞠躬實在令菊治意外，讓他差點「啊」了一聲，覺得雪子令人愛憐。

菊治站起來看雪子的戒指。他沒動結婚戒指，拿起墨西哥蛋白石戒指回到火盆旁。戒指對着電燈時，寶石內部就會有極小的紅、黃、綠色火光出現，時隱時現、閃閃爍爍。透明寶石中這閃爍搖曳的火光吸引了菊治。

雪子從浴室出來，又進了右邊的三鋪席房間。

八鋪席房間的左手邊，隔着一條狹窄的走廊有兩個房間，分別是三鋪席和四鋪席半大小。右手邊則是三鋪席房間，女侍把兩人的旅行包等物放在了這間。

雪子在那裏呆了一會兒，好像是在整疊和服。

「這門能稍微打開一點點嗎？我害怕。」

她說着起身過來，把菊治所在八鋪席房間的拉門和三鋪席房間的拉門都開了一尺左右的縫。

菊治也意識到這裏離主屋挺遠，四五間偏房裏只住了他倆。他望着雪子讓燈光透出的方向問：

「你那間也是茶室？」

「是的。好像是圓爐，就是把圓形鐵爐嵌在木板之間……」

隨着這答話聲，可以從拉門下端看見雪子正在摺疊的襯衣下襬在動。

「千鳥[5]……」

「是的，千鳥是冬天的鳥，所以就試着染在衣服上了。」

「是波千鳥呀。」

「波千鳥……？的確是波浪上的千鳥。」

「有夕波千鳥之說吧？和歌裏有『夕波千鳥若長鳴……』[6]的句子。」

「夕波千鳥……？可是，千鳥在波浪上的情景是叫做波千鳥嗎？」

雪子慢條斯理地說着，印有千鳥圖案的衣擺被她飛快地疊起，不見蹤影了。

三

菊治似乎是被通過旅館上方的火車聲突然驚醒的。

跟天剛黑時聽到的相比，車輪聲近了很多，汽笛聲也很響，由此可知還在深夜。

那聲音雖不至將人吵醒，自己卻因此而睜着眼。但比起這，菊治更為自己剛才睡着了感到不可思議。

---

5 千鳥：鴴科小鳥的總稱，群居於河灘等地。

6 出自柿本人麿的和歌作品。

他居然比雪子先入睡了。

可是，聽着雪子睡夢中輕輕的鼻息，他覺得寬解了幾分。

雪子也是因為婚禮前後的疲勞而入睡的吧？菊治隨着婚禮的臨近，因不安和悔恨而夜夜難眠，雪子一定也有令她難眠之事。

他不敢相信雪子居然睡在自己身邊，但這裏確實有她素有的馨香。

雖不知是甚麼香水，但雪子這香味和她的鼻息，乃至她的戒指和那波上千鳥的圖案，菊治覺得全都屬於自己所有，這種親近感並未因半夜不安的甦醒而消失。這是他初次體驗的感情。

可是，菊治並無開燈去看雪子的勇氣，他帶着枕邊的錶去了衛生間。

「已過五點了？」

菊治自問，對太田夫人和文子做那些事時，覺得自然而無抵觸，為何面對雪子時就會覺得異常而害怕呢？是因為良心的抵抗，還是因為在雪子面前的自卑，抑或是因為自己被太田夫人和文子控制了？

用栗本的話說，太田夫人是有魔性的女人，可是近子卻決定了他倆今晚所住的房間，這也讓菊治覺得心中不快、難以釋然。

雪子穿着平時不穿的衣服出來，菊治甚至懷疑這也是近子出的主意，以致他在睡前若無其事似的問了一句：

「旅行為甚麼不穿洋服？」

「也就是今天沒穿。說是西式套裝有點煞風景，因為與您頭兩次見面都在茶室，當時是穿和服的。」

菊治沒再反問是誰說的。他又想，也許是雪子為了新婚旅行而請人在和服上印染了千鳥圖案，於是便岔開話題說：

「剛才說到的那首夕波千鳥的和歌，我其實挺喜歡的。」

「甚麼樣的和歌？」

菊治把人麿的那首和歌快快地嘟噥了一遍。

他溫柔地撫着新娘的後背，不由自主地說了一句：

「啊，謝謝。」

擔心驚着雪子，菊治只能表現得溫柔。

凌晨五點醒來，菊治在不安和焦慮之中，也還是有着一種對雪子的深深謝意，僅因她那輕輕的鼾聲和時隱時現的馨香，就讓菊治有一種寬解和溫和的赦免感。那也許是一種自我陶醉，卻又是唯有女人才能給予的恩惠，因為她們對於極惡的罪人都能寬恕；那也許是一時的感傷或麻木，卻也是來自異性的救濟。

哪怕明天就與雪子分手，菊治還是覺得自己會對她感謝一生。

不安和焦慮一旦緩解，菊治又有了冷寂之感。儘管雪子可能也會因不安和決心而陷入恐懼，菊治卻又做不到把她搖醒並重新抱住她。

濤聲也時時可聞，菊治以為自己會睜眼直至天亮，誰知又睡着了，待醒來時，陽光已經照到了拉門，雪子不在。

菊治一驚，怕她逃回家了。這時已過九點。

打開拉門一看，雪子在草坪上，抱着膝頭眺望大海。

「我睡過頭了。你甚麼時候起來的？」

「七點左右。應該是領班來燒水時被吵醒的。」

雪子紅着臉回過頭來。她今天換了一身西式套裝，並把昨晚那朵紅色薔薇插在胸前。菊治鬆了口氣，說：

「這薔薇居然沒枯萎。」

「昨晚去洗澡時，我把它插在衛生間的杯子裏了，您沒發現？」

「沒注意到。」菊治答道，「你洗過澡了？」

「是的。我先起床，也無處可去，只好輕輕開門出來，正好看到美國軍艦開回去。他們傍晚來玩，早晨回去。」

「軍艦來玩，真奇怪。」

「這裏的造園師說的。」

菊治打電話告訴前台自己已經起床，洗過澡後來到草坪。天氣暖和，不像是已十二月過半。早餐後他們坐在向陽的走廊上。

大海銀光閃閃，端詳間，那閃光處又不停移動。從伊豆山到熱海方向有不少小海岬似的突起，波濤靠近它們腳下時，閃光處便不斷變換。

「真像星光一樣，就在我們腳下這裏，」雪子用手指着，「像藍寶石星一樣……」

陽光下的海面有很多光點，像星星一樣閃閃爍爍，浮現在遠近各處。近處的波光相互分離，遠處的大海則似鏡面一樣反光，那光也許就是來自群星的匯聚。定睛眺望，遠處也有光群在舞動着。

茶室前的草坪不大，草坪的邊緣可以看到一些泛綠的夏橘枝條，它們種植在更低一點的地方。一塊平緩的坡地通向大海，岸邊長着一排松樹。

「昨晚我仔細看了你的戒指，真美……」

「這是火蛋白石，波光像藍寶石或紅寶石的星芒，也最像鑽石的光。」

雪子看了一眼自己的戒指後，又望着大海的波光。

眼前的景色適合於談論寶石，這樣的時間也適合兩人這樣度過，菊治卻並無沉浸於幸福之中的溫馨感。

賣了父親的房子，帶着雪子回到簡陋的新家，即使這些都可不去介意，但菊治尚未進入婚姻狀態，足以使他可以談論新的家庭生活。再者，如果憶及雙方的舊事，菊治又不可能不觸及太田夫人、文子、栗本的事情。既然未來和過去的話題都被封鎖，菊治只有抓住眼前的事作為話題了。

雪子在想甚麼呢？她那在陽光下神采煥然的臉上沒有不自然的表情，難道這是為了體恤菊治？或許她在初夜感受到了菊治的體貼。

菊治無法靜心，總想動一動。

在這家旅館只訂了兩頓晚飯，所以他們去熱海賓館吃午飯。餐廳窗邊的芭蕉葉已開始破敗，對面有一叢鳳尾蕉。

「小時候父親帶我來過，還在這裏度過新年，鳳尾蕉仍與那時一樣。」

雪子環視面朝大海的庭院說。

「我家老爺子應該也是常來的，那時如果也帶着我，說不定就見過小時候的雪子呢。」

「我可不願意。」

「小時候見過，不是挺好玩嗎？」

「如果小時候見過，也許咱倆就不會結婚了。」

「為甚麼？」

「因為我小時候好像挺機靈的。」

菊治笑了。

「我父親常說：你小時機靈，現在越來越笨了。」

僅憑雪子這話，菊治便可想像她在家裏四個孩子中，是如何受到父親寵愛和期望的。那對機靈的眼睛閃閃發亮，雪子小時的樣子至今猶存。

四

從熱海賓館回來，雪子給母親打電話，卻又沒多少話可說，便對菊治說：

「媽媽不放心，問我們怎麼樣了。您來跟她說兩句？」

「別。代我問個好吧。」

菊治連忙拒絕。

「是嗎？」雪子回頭對着菊治，「媽媽向三谷少爺問好，囑咐要多保重……」

電話在房間裏，所以菊治從開始就知道，雪子並未打算跟媽媽說悄悄話。

然而，是女人的直覺讓雪子母親有着甚麼擔心的事嗎？抑或是新婚旅行的次日給娘家打個電話，而這個電話反讓新娘母親不放心了呢？菊治雖然不得而知，但又覺得，新娘如若羞於自己已受制於丈夫，也許就不會打電話了。

四點過後，有三艘小的美國軍艦進港，網代一帶遠空的少許雲彩也化作霧靄，在春日黃昏般平靜的海面緩緩移動。那些軍艦即便是載着情慾的飢渴，看上去也與平和的模型船別無二致。

「軍艦還是來玩了。」

「今早我起床時，正逢昨晚的軍艦回去。」雪子說，「我無所事事，一直目送它們遠去。」

「到我起床時，你等了有兩小時？」

「應該不止吧。沒想到自己會在這裏，挺開心的，想着等您起床後有很多話要說……」

「甚麼樣的話？」

「無關緊要的話……」

天還沒黑，進港的軍艦就上燈了。

「『我為甚麼要結婚？』如果您能從自己的角度談談看法，我大概會非常高興，也很希望您能談談這樣的話題。」

「嗯，我也沒啥看法。」

「話雖這麼說，但您若能回顧一下『這姑娘為甚麼會來到我身邊』，大概也挺有趣吧？我會覺得有趣的。您為甚麼會覺得我永遠是另一個世界的人？……」

「去年你來我家茶室時，用的也是現在這款香水嗎？」

「是的。」

「那天我也覺得你永遠是另一個世界的人。」

「啊呀！您不喜歡這香水？」

「不是這樣。第二天覺得茶室裏大概還有你的香味，我甚至還過去看了，所以……」

雪子吃驚地看着菊治。

「我就覺得雪子小姐永遠都是另一個世界的人，自己必須死心。」

「現在再這樣說就讓人傷心了，我們那時畢竟還是外人……您的這種想法我已明白，現在只想聽您說說我的事情。」

「那是一種思慕。」

「思慕？」

「是的吧。大概是死心和思慕兼而有之吧。」

「您說甚麼思慕，讓我嚇了一跳。對於我來說，也許會因為想要死心，於是思慕，但卻想不起死心和思慕之類的字眼來。」

「大概因為思慕是罪人所用的話吧……」

「您又說見外的話了。」

「不，並非如此。」

「沒關係，我甚至也想過自己也許會愛上有婦之夫的。」雪子眼中閃閃發亮，「可是思慕之類的話還是怕人，您就別說了吧。」

「是的。昨晚想到你的香味好像也已經為我所有，覺得挺不可思議的……」

「……」

「然而思慕之心還是沒有消失。」

「馬上就會失望的。」

「絕對不會失望。」

菊治說得斬釘截鐵，因為他對雪子懷着深深的謝意。

雪子一時被菊治的氣勢鎮住，但隨即也堅決地回應道：

「我也絕對不會失望。我發誓。」

可是，雪子的失望會不會在五六個小時後發生呢？雪子即便沒有發現自己的失望，或者僅限於疑惑而已，菊治會不會對他自己產生一種冰冷的失望呢？

不僅是出於這方面的恐懼，菊治從昨晚開始就很晚睡，一直在陪雪子說話；雪子也從昨晚開始，以親切的態度與他相對，適時地以輕鬆的方式為他沏上粗茶。

菊治在浴室剃了鬍鬚後出來，在抹面霜時，雪子也走近了梳妝檯，用手指沾了一點他的面霜看了看，說：

「父親的面霜一直是我買的。」

「那我也用同樣的吧。」

「還是不一樣的好。」

今晚，雪子把睡衣拿來放到他的膝上，依舊還是施禮後才去洗澡。

「晚安。」

說着仍是雙手輕輕支地，然後用手按着衣擺，動作嫻熟地進了自己的被子，一舉一動中那種姑娘特有的純淨，讓菊治怦然心動。

可是，在隨後的黑暗之中，菊治閉上顫抖的眼瞼，試圖想起那時的情景：文子沒有抵抗，只有純潔自身在抵抗。他處於一種卑劣、污濁的掙扎之中，想藉回想自己踐踏文子的純潔時的情景作為力量，來剝奪雪子的純潔。無可置疑，是雪子清純的舉止，讓菊治不得不引出對文子的回憶，儘管那是一副可憎的毒藥。

而且，對文子的回憶又喚回了太田夫人那種女性的浪潮，這是菊治不可阻擋的。不管那是魔性的咒縛還是人性的本能，既然夫人已經死去，文子已經失蹤，而且她倆對菊治只有愛而沒有恨，那麼是甚麼讓菊治至今還如此惶然呢？

菊治曾懊悔自己麻木於太田夫人那女性的浪潮之中，而現在他自己的某一部分也正處在麻木之中，這令他恐慌。

突然聽到雪子的頭髮與枕頭摩擦的聲音，彷彿是她在說：「跟我說些甚麼吧。」

菊治一驚。

是罪人之手在輕輕地抱着聖處女吧——菊治不禁熱淚盈眶。

雪子溫柔地把臉靠在菊治胸前，過了一會兒抽泣起來。

菊治用顫抖的聲音輕輕問道：

「怎麼了？難受嗎？」

「不。」雪子搖頭，「雖然一直堅定地愛着您，可是從昨天開始愛得越來越深，所以哭了。」

菊治用手托着雪子的下巴，把嘴唇湊了上去。他也不再掩飾自己的眼淚，對太田夫人和文子的雜念瞬間消失。

為何不能與純潔的新娘一起過幾天清淨的日子呢？

五

第三天，大海依然是暖融融的，雪子先起床並梳妝停當。

這家旅館昨晚來了六對新婚旅行客，這是今晨雪子聽女侍說的。但茶室離海邊的主屋較遠，所以沒聽到甚麼嘈雜聲，小提琴的演奏聲也沒傳到這裏。

可能是因為陽光的變化，今天直到下午也沒看到波中的星光。昨天，離他們近處的海面波光粼粼，有七艘漁船出海，領頭船砰砰地響着蒸汽機引擎聲，拖着其他六條船。那六條船依着從大到小的順序排成一列。

「是個大家庭。」

菊治微笑着說。

旅館贈送兩雙夫妻筷作為禮物，筷子用桃色的日本紙包着，紙上印有紙鶴的圖案。

菊治想起似的說：

「那塊千羽鶴的包袱布帶來了嗎？」

「沒有。有點不好意思，這次從頭到腳都是新東西。」雪子那漂亮的雙眼皮泛紅了，一直紅到眼角處，「連髮型都改變了吧，不過，收到的賀禮中有帶仙鶴圖案的東西。」

三點前他們乘車向川奈出發。

雪子回頭看熱海方向，說：

「大海變成了粉紅的珍珠色，真像那顏色。」

「粉紅色珍珠？」

「是的，我有粉紅色的耳環和項鏈，拿出來給您看看？」

「到了賓館再看吧。」

熱海的山褶陰影重重。

迎面遇到一輛自行車拖掛的貨車，丈夫騎車，車上載着柴禾和他老婆。

「真想過他們那樣的生活。」

雪子説道。難道她也有了與自己一起甘守貧困的想法？這讓菊治思緒難平。

海岸成排的松樹間有小鳥在飛，速度只比汽車稍慢一點。

雪子發現，今早從伊豆山旅館腳下的海面出發的七艘拖船也到了這裏，仍是從大到小，像長幼有序的大家庭一樣，排着隊在近岸處的海上拖行。

「它們像是來會我們的。」

對這些船隻也能有親近感，雪子現在的歡悦令菊治感到慰藉。這就是一生的幸福吧？

去年從夏到秋，菊治一直在尋找文子的行蹤，處於一種説不清是筋疲力盡還是走火入魔的狀態。沒想到正在這時，雪子獨自來找他了。菊治如同生活在黑暗中的活物看到了陽光，既頭暈目眩又莫明所以。他待以講究分寸的態度，但雪子之後還是經常來。

菊治終於收到雪子父親的來信，信上説：女兒好像在跟菊治交往，不知菊治有沒有結婚的意願。之前也曾有栗本近子做媒，自己和妻子還是希望女兒能按照她自己最初的想法發展云云。這固然可以理解為父母對兩人交往的擔心，或是對菊治的戒心，其實就是代表女兒傳達她的意願。

自那時到今天已經整整一年，菊治的心情在等待文子和希冀雪子之間徘徊。可是，當他憶念太田夫人以及追尋文子並悔恨懊惱時，也曾描繪過千羽白鶴在清晨或夕暮時分的空中起舞的幻影，那就是雪子。

為了看拖船，雪子靠近了菊治，沒有再回原先的座位。

在川奈賓館，他們被領到三樓盡頭的房間，屋裏兩面沒有牆壁，代之以觀景極佳的玻璃窗。

「大海是圓的！」

雪子歡快地說。

水平線和緩地描出一個圓形。

草坪中的泳池對面，五六位身穿淺藍色制服的女球童肩扛高爾夫球袋走了上來。

西窗外展開着一條富士山的登山道。

他們要到大塊的草坪上看看。

「好大的風！」

菊治背對着西風。

「別在乎風不風的，走吧。」

雪子硬拽着菊治的手。

回房間後，菊治進了浴室，雪子乘這個時候重新整理了頭髮，換了襯衫，做好了去餐廳的準備。

「戴着這去吧。」

說着，雪子讓菊治看她的珍珠耳環和項鏈。

晚飯後，他們在陽光房呆了一會兒。那是一個向庭院凸出的橢圓形大房間，但因為不是休息日，所以只有菊治和雪子兩個人。房間掛着窗簾，一對山茶花盆栽朝着橢圓形的前方盛開。

然後他們去了大廳，坐在壁爐前的長椅上。壁爐裏燃着大段的木頭，壁爐上放着大朵君子蘭的花盆，還是一對。長椅後的大花瓶裏，早開的紅梅煞是好看。英國風的木結構讓高高的天花板顯得沉穩大方。

菊治倚着皮椅，久久地望着壁爐的火焰，雪子也默然不動，臉被烘得暖暖的。

回到房間，厚厚的窗簾已經拉上。

房間雖大，但不是套間，雪子便在浴室更衣。

菊治穿着旅館的浴衣坐在椅子上，雪子穿着睡衣站在他面前，不知該幹甚麼。

那睡衣給人的感覺是一件自由型的和服，衣料的圖案新穎，鐵鏽紅的底色上灑落着白色碎花，像是西式衣料，袖子則又做成元祿袖[7]的式様，着實讓人覺得青春可愛。她把一根柔軟的綠緞繫成伊達卷的樣子，像個洋娃娃似的，睡衣的紅色夾裏後露出了白色的浴衣。

「這和服真可愛，是自己想出來的嗎？元祿袖？」

「跟元祿袖有點不同，是我隨便做的。」

雪子走向梳妝檯。

睡覺時，她只留了化妝檯的燈，讓房間有一點光亮。

菊治突然醒來，聽到很大的聲響，那是風聲。庭院的盡頭是斷崖，他想，也許是大浪拍崖的聲響。

他朝雪子的方向看，她不在床上，而是站在窗邊。

「怎麼啦？」

菊治說着也起身過去。

「聲音吵人。您看，海上有桃色的火。」

「是燈塔吧。」

「被吵醒後就怕得睡不着，一直在這裏看着。」

7　元祿袖：和服的一種袖型，吸收了元祿時代圓袖的特點，袖筒大而短。

「是濤聲。」菊治把手放在雪子肩上，「應該叫醒我的。」
雪子像是被海奪了魂：
「看，那是桃色的光吧？」
「是燈塔。」
「是有燈塔，可是光亮大過燈塔，而且是猛地出來的。」
「是濤聲呢。」
「不是。」
像是波濤拍打斷崖的聲音，可是在弦月的冷光下，大海黑沉沉靜悄悄的。
菊治看了一會兒，發現桃色的閃光與燈塔的點滅不一樣，桃色的閃光間隔長而不規則。
「是大炮。我覺得是海戰。」
雪子說。
「啊，是美國軍艦在演習吧。」
「是的。」雪子也同意了，「不喜歡這聲音，怕人。」
說着，她的肩軟軟地靠了過來。菊治抱住她。
弦月之夜的海上，風在呼號，遠處跟在桃色火光之後的轟隆聲，讓菊治也毛骨悚然。
「這種三更半夜，你不能一個人在這裏看。」
菊治在手臂上使了把力氣，抱起雪子。雪子戰戰兢兢地摟着他的脖子。

菊治被一種徹骨的悲哀所襲，激動地說：

「我並非不行，不是我不行，實在是污濁和不道德的記憶還沒寬恕我呀。」

雪子沉沉地癱向菊治的懷中，像是失去了知覺。

旅中的告別

一

菊治結束新婚旅行回來，在燒毀文子去年來信之前，把它們又重讀了一遍。

十月十九日，於赴別府的「小金」號船上。

您大概正在找我吧？請原諒我的去向不明。

我已決心不再與您見面，所以覺得此信可能也不會發出，即便發出，也不知已是何年何月。我將去父親的故里竹田町，但如果此信到您手中，彼時我已不在竹田。

父親二十年前離開故鄉，我對竹田也不了解。

四方環山嶺，山岩多嶙峋
中間坐落竹田鎮，爽秋河川伴清音
洞門似城堡，控扼竹田鎮
無論進入或外出，必經巒嶂此洞門

竹田鎮洞門，遠近白茫茫
門內芒草白花花，門外芒草閃銀光

我僅是憑藉與謝野寬[8]和晶子[9]的《久住山之歌》及父親的話在想像中描述竹田。我將回到父親的故鄉，那是我完全陌生的地方。

久住町有人據說在父親孩時就與之相識，此人曾有歌曰：

悠悠故鄉情，拳拳山之心
親切溫柔注溪流，最美潺潺水之音
原野廣無涯，碧色連蒼空
自從年幼孩提時，浸染我身血肉中
煩惱襲上身，何止我一人
山巒與我亦相同，不時披戴重重雲

8 與謝野寬（一八七三—一九三五）：日本著名詩人、歌人。
9 與謝野晶子（一八七八—一九四二）：與謝野寬之妻，著名詩人、歌人。

我之叛逆心，不覺去無痕
祈願素日得安詳，一心只為那個人

這些和歌也將我引向父親的故鄉。

大師名聲遠，猶似近身旁
座座峰巒踞久住，心馳神往映山光
身為僻鄉人，稔知忒窮貧
亦想試問眾山嶺，為何秀麗多風韻
一如我身軀，不知去何處
忽地雲霧逼近來，遮蔽久住群山無

與謝野寬的這些和歌也誘我去久住山（一作「九重山」）。

我雖也寫過和歌《逆反的心》，但我並無對您的逆反之心。若說有逆反之心，也是針對着我自己以及我的命運。即使如此，與其說逆反之心，莫若說是一種悲哀之情。

何況事情已過三個月，我唯願為您的平安祈禱，而不該給您寫這樣的信。我是把要寫給自己的話以您為對象寫出，寫完後也許會棄之大海，抑或這將是一封永遠寫不完的信。

服務員正在一扇扇地給大廳的窗子拉上窗簾。大廳中除了我，只有兩對年輕的外國夫婦在我對面的牆角。

因為是一人之旅，所以我訂了一等船艙，我不喜歡與很多人在一起。一等艙是雙人房，同住的是一位別府觀海寺溫泉旅館的老闆娘，據說是照應嫁到大阪的產婦女兒後回家。

她說在大阪睡不好，想在路上好好睡睡，所以選擇乘船。剛從餐廳回來，她很快就上床了。

「小金」號從神户出港時，一艘名為「蘇伊士之星」的伊朗輪船進港。那船形狀很特別，這位老闆娘告訴我那是客貨兩用船。我想，連伊朗船都來了嗎？

隨着船的行駛，神户的城市和後山都漸漸沒入暮色之中。已是夜長日短的秋季，入夜之後，船上廣播了海上保安官的提醒：船上的賭局絕無贏家，受害者也將被罰……

今天非常可能會有賭局。

專業賭徒大概會住在三等船艙吧。

溫泉旅館的老闆娘睡了，於是我來到大廳。兩對外國夫婦中有一人是日本女子，她一看便知是結了婚的人。那幾位外國人好像不是美國人，而是歐洲人。

我突然想：如果跟外國人結婚，嫁到遙遠的外國就好了。

「想啥呢？」我吃驚地對自已說。即便是因為乘船，也沒想到會有結婚之類的念頭。

那個女子雖似出身不錯，卻在努力模仿外國人的表情舉止，即使說不上品味惡俗，在我看來也很做作。難道她是因與外國人結婚而時時有一種自矜的意識？

不過，我在這三個月中並不知道自己的心為何不能平靜，只是為自己在您家茶室前的水池摔碎志野茶碗的行為羞愧萬端，覺得無顏見人。

您因得到我母親留下的志野陶水罐而開心，我便一時生出把筒茶碗也送您的念頭，但後來想到會有更好的志野陶，我便後悔得難以自已。

「會有更好的志野陶。」當時我這樣說，也確是這樣想的。

我這麼一說，您便認為我只能把最好的東西送人。其實這個「人」僅限於菊治少爺——我對此堅信，因為我只想使母親的形象更美好。

除了使母親讓人覺得美好，那時已經沒有其他辦法可以使死去的母親和留下的我得到解救。在這種高度緊張和走火入魔的心態下，我為把並非太好的筒茶碗作為母親的紀念物給您而後悔。

三個月後的現在，我的心情也發生變化，不知是美夢幻滅還是醜夢清醒，我都覺得在摔碎那個志野陶器之時，母親和我都已與您訣別。即便摔碎志野陶器讓我羞恥，卻也許是件好事。

我那時說茶碗口滲進了母親的口紅，如今覺得那似是一種瘋狂的執念所致。

與之相關，我有過一段不快的記憶。父親在世的時候，粟本師傅來我家，父親拿出一個黑樂茶碗給她看，我不能確定那個茶碗是不是名叫「長次郎」。

「哎呀，瞧這霉斑……沒好好收拾，是不是用過沒洗就收起來了？」師傅皺着眉頭說。茶碗的一面出現斑點，顏色好似腐壞的菖蒲花。

「用熱水洗過，還是洗不掉。」

師傅把潮濕的茶碗拿在膝上盯着看，突然把手指使勁插進頭髮裏，然後用油手轉着擦拭茶碗，霉斑消失了。

「啊，好了。您瞧。」

師傅十分得意，父親卻沒伸手，說：

「弄髒了。真噁心。」

「我去洗乾淨。」

「怎麼洗都不行，不想再用它喝茶了。你要的話，就拿去吧。」

年幼的我坐在父親旁邊，有了噁心的感覺。

聽說師傅後來把這茶碗賣了。

女人的口紅滲進茶碗口，我覺得跟這一樣瘆人。

請您忘了母親和我，跟稻村雪子小姐結婚吧……

二

十月二十日，於別府觀海寺溫泉。

從別府乘火車經過大分去竹田較快，但我想近距離地看看九重群山，所以選了這樣一條路線：越過別府背面的由布岳山麓，乘火車從由布院到豐後中村，從那裏進入飯田高原，翻山往南，再從久住町去竹田。

儘管竹田是父親的故鄉，於我卻是未知之地。如今父母都已不在，不知會不會有人或以怎樣的方式迎接我。

父親說那是他心靈的老家，也許因為那裏如與謝野夫妻的和歌所說，四方都被岩壁包圍，出入都要鑽過洞門。

若是母親，也許會對我細說，但據說她只在我出生前隨父親去過一次。

我對您父親和我母親持原諒態度時，曾被認為是對我父親的背叛。既然如此，我為何會被這雖為父親的故鄉，但於我來說卻是異鄉的地方吸引？既是故鄉又是異鄉的地方是如今的我所戀的嗎？我是覺得父親的故鄉中有着母親與我的贖罪之泉吧？

《久住山之歌》中也有這樣一首：

遙遙歸鄉途，來到父親前

俯首叩拜大人後，繼而仰望故里山

我想，當我諒解母親和您父親時，就已種下了之後母親和我的錯誤。這大概宛如詛咒一樣控制和折磨過您吧？可是，無論怎樣的罪孽和詛咒都有止境，在我摔碎志野陶茶碗的那天，我想這一切都已結束。

我只愛過母親和您兩人。我說愛您，也許會使您吃驚，連我自己都會吃驚，可是我想，對此不再隱瞞，也許反倒是對「那位」安寧的一種祈願吧。我不會因您對我所做的事而責備和怨恨，只會把這當作我的愛所受的最強的報復和最嚴的懲罰。我執着於自己的兩種愛，一曰死，一曰罪，這大概就是我這種女人的命運吧？母親已經以死得到清算，我則是身負罪孽而遁走。

母親常說希望一死了之，當我阻止她見您時，她就威脅我說：「你想要我死嗎？」自從圓覺寺茶會與您見面之後，她便以自殺者的心情說這話。對此，我是從摔碎志野茶碗之日起開始明白的。與您的見面使她成為了自殺者，但她卻是靠着與您見面的希望維繫着自己的生命，我對此阻攔，結果導致她的死亡。摔碎志野茶碗之日開始，我也陷入自殺者的心境之中，所以對她越發理解。我想，若母親未死，則我將死去；我之不死，就是因為母親之死。

當時，我把志野茶碗砸在水池上後便暈了過去，正要倒在石頭上時，您撐住了我。我叫了聲「媽媽」，不知您聽到沒有，或許我並未叫出聲來。

您讓我別回去，又說要送我回去，我都只是搖頭，說了聲「別再見面了」，便逃也似的走了，路上一身冷汗，真的想死。我並非怨您，而是因為覺得已經走投無路，似乎自己的死與母親的死相連相交，是理所當然的事。如果說母親是因不堪自己的醜行而死，則我也想這樣。然而，我有時也會覺得悔恨之火中會有蓮花開放，因為自己愛您，所以您對我所做一切都無醜惡可言，我願如夏天的飛蛾一般撲向火焰。母親因為自感醜惡而死，於是我就想要感到母親的美好，也許就是因為這樣的追求而失去了自我吧。

只是我與母親不同，她與您相會一次以後，便再難抑制與您見面的願望，我卻僅因一次便夢幻破滅，愛剛開始便已結束。與其說自己控制情感、懸崖勒馬，不如說是自己被推被拒。

我覺得不能這樣。母親已死，我與您也已結束，您應該跟雪子小姐結婚了。我覺得這於自己來説也是一種解救。

您若再找我追我，我也會去自殺。這話聽來也許有點自我，但我確實想把自己從您的周圍抹去，正如我一心想要感受母親的美好，以致忘卻自我。

栗本師傅説母親與我妨礙了您的婚姻，對此我在後來有了清醒的認識。師傅説過，您自與母親會過以後，性格便完全變了。

砸碎志野茶碗的那夜，我一直哭到天亮，到了朋友家便約她一起旅行。

「怎麼啦？眼睛都哭腫了……你母親去世時都沒哭成這樣。」

朋友非常吃驚，與我一起去了箱根。

不過，無論與當時相比還是與母親死時相比，我小時候曾有更為悲傷的經歷。栗本師傅來我家訓斥我母親，要她離開您父親。我在暗處聽到這話哭了，母親便要把我抱到師傅面前，我不願意，母親説：

「媽媽不是被欺負了嗎？我受不了你躲在背後哭，我要把你抱出去。」

我不敢朝師傅那邊看，坐在母親膝上，把臉藏在母親懷裏。

「哼，連孩子也搬出來演戲了？」師傅嘲笑道，然後又問我，「你應該明白三谷伯伯為甚麼來你家吧？」

「不知道，不知道。」我搖頭説。

「不應該不知道呀。伯伯是有太太的，你母親做了不該做的事吧？伯伯的孩子比你還大，這孩子也會恨你母親的。若被學校的老師和同學知道，是很丟人的吧？」

「孩子沒罪。」我母親説。

「若想孩子沒罪，為啥不按沒罪的方式教育呢？沒罪的孩子可真會哭呀。」我那時十一二歲。

「你沒為孩子做過甚麼好事。可憐……難道是想讓孩子在見不得人的環境下長大嗎？」

當時幼小的我那種撕心裂肺的悲哀，超過了母親的死以及與您的別離帶給我的痛楚。

中午時分到達別府，於是乘巴士遊了地獄溫泉。拜船上同室之緣所賜，我得以投宿觀海寺溫泉。

今天早上的伊予灘之航非常平靜。陽光照在船艙的窗上，我脱去外衣只穿襯衫，還是汗津津的。進了別府港，從左手的高崎山向右延展，群山環抱市鎮，像是圓潤的波峰，我覺得日本裝飾畫中有過這樣的波濤。觀海寺溫泉在大山深處，從浴室可以一覽市鎮和港口，我驚訝於竟有如此開闊敞亮的溫泉場。地獄溫泉之遊，巴士車票一百日元，門票一百日元，十五六處地獄溫泉中有不少是私有的，還有名為「地獄組合」的行業協會。巴士繞一圈需要兩個半小時。

地獄溫泉中，「血池地獄」和「海地獄」的顏色用「妖豔」、「神秘」之類都難以言狀。「血池地獄」像是泉底噴出血水般的顏色融於透明的熱水中，那血色是那樣鮮活，而且化作熱氣罩着浴池。「海地獄」大概因池水色似海水而得名，我從沒見過如此澄澈、平靜的淺藍水色。深夜在僻靜的山間旅館如此回想血池地獄和海地獄的奇異顏色，深感那就好像夢幻世界之泉。設若母親與我彷徨於愛情地獄，那裏也會有那樣的美泉嗎？我因地獄的顏色而心醉神迷，請您諒解。

三

十月二十一日，於飯田高原筋湯。

在高原深處的溫泉旅館，我在毛衣外面套上了旅館的寬袖棉袍，還是被夜間的驟冷逼得將肩探向火盆上方。旅館好像是在火災後匆匆重建的，門窗做工粗糙。我所在的筋湯海拔千米，明天要翻過一千五百米高的山嶺，住到一千三百米高的溫泉旅館，所以我從東京出發時就做好了防寒的準備，但此地與我今晨離開的別府的暖和相比，差別何其大矣。

明天去九重山，後天還要去竹田。無論在明天的旅館還是到了竹田以後，我都準備繼續給您寫信，可是最想對您說的是甚麼呢？這些應該並非旅行日記，不知九重山以及父親的故鄉會讓我說些甚麼。

也許我會想與您話別，但我深知，對我來說，無言的告別才是最好的。我既覺得與您不曾說過太多的話，卻又覺得似已說了很多。

每次與您見面，我都會求您原諒我的母親。

我為求您原諒而初次去您家時，您好像早就知道母親有我這個女兒，說：

「我曾假想跟那位姑娘一起聊聊我的父親。」

您還說過：

「希望能有機會再跟你聊聊我父親，再聊聊你母親。」

不曾有過那樣的機會，而且永遠失去了那樣的機會。如果見到您時跟您談到您的父親或我的母親，我想自己現在應該已經因悔恨和屈辱而顫抖。兩個不能提及雙方父母的人，難道可以相愛嗎？寫到這裏，我的淚水已出。

十一二歲時，自從聽到栗本師傅的責罵，那句「三谷伯伯」有兒子的話就深深刻在我的心中，可是我跟「三谷伯伯」從未提過他兒子的事，覺得不應該說，一個小女學生也不好打聽那個男孩是否去了戰場。

自從空襲嚴重以後，您父親常來我家，因為擔心那個男孩也像我一樣成為沒有父親的孩子，我便總是送您父親回家。現在想來，他兒子已到可以入伍的年齡，我卻總以為他還是一個少年，這大概也是由於初次聽師傅談到他時那種痛楚沁入心扉了吧。

媽媽是個沒用的人，所以我得外出購物。在那些粗野爭先的火車乘客中，我發現了一位美女，便緊挨在她身旁，從打哪兒來、買了甚麼之類的話題轉向了自己的身世方面，美女說：

「我是人家的妾。」

也許因為她的爽快，於是我這個女學生也說：

「我也是妾的孩子。」

那美女一愣，說：

「啊？不過，長這麼大了，挺好的呀。」

她像是誤解了「妾的孩子」之意[10]。我面紅耳赤，沒有再做解釋。

那人挺疼我的，常常約我一起購物，我倆還從她老家新潟鄉下運過米回來。我不會忘了她。

長這麼大了，有甚麼好的？我連您父親和我母親的事都已經不能和您談了。

傳來了溫泉湖的瀑布聲。溫泉水形成幾條瀑布落下，被其沖打，可以治療筋骨痠痛，因此被稱為「筋湯」[11]吧。旅館房間沒有浴池，於是前往公用大池。浴池位於湧蓋山與黑岩山之間的山谷深處，夜間似有山氣降臨。今天看到山間美麗的紅葉，不同於別府血池地獄和海地獄那種夢幻般的顏色。從別府後面城島高原看到的由布岳也很美，而從豐後中村站往飯田

10　日語中的「妾」既可指小老婆，也可指外室、情人。

11　日語中的漢字「筋」也有「條」的意思。

高原攀登的路上，則可看到九醉溪的紅葉。走完了十三道彎路再回頭一看，逆光中山後和山坡褶皺處的顏色陰沉，更加突出了紅葉之美，從山肩射下的夕陽則令紅葉的世界顯得莊嚴。

明日的高原和大山也會有個好天氣吧。我在遙遠的山間旅館祝您晚安。我在旅途也已三天無夢。

從摔碎志野茶碗的那晚起，我在朋友家的三個月中多有不眠之夜。我在朋友家似已相擾太久，留在上野公園後面出租屋裏的少量行李，也是這位朋友幫我去取的。

也是聽那位朋友說，取出行李的第二天，好像就有人搬進去住了。至於我為何要逃離並隱身，我對那位朋友也不能說。

我只能告訴她：我愛上了不該愛的人。

「但他也愛你吧？所謂被不該愛的人所愛，諸如此類的話大抵都是假話，女人總想編造這種謊言，不過你要是這麼說，我權且可以相信，但是……」——朋友這話的意思大概就是，這個世界上並無絕對不該愛的人。也許確實如此，比如像我母親那樣做好了赴死的打算……

然而，對於想要美化母親這種死法的我，您應該是最了解我被帶到了怎樣的境地，即使我是主動而非被動地走到這個境地，究竟是否屬於無心之過呢？對此我尚不清楚。能用「無心之過」形容自己所做之事嗎？或者即使以旁觀者的眼光來看，能說這是無心之過嗎？神或命運在赦免人類所行之事時，能以「無心之過」為由嗎？

也許我不該寫在這裏：我所託友人以前曾與男人之間有過過失，或許我是因此而託她去幫我取東西的，她也因此而立即覺察到我的事情，但應不會了解我這種身陷漩渦般的懊悔。

也許我與母親一樣有些粗線條的性格，所以似乎漸漸變得開朗起來，於是朋友讓我獨自出來旅行了。

女人獨自住在旅館，比起跟母親在一起或母親死後自己的獨處，讓我覺得更加輕爽。可是到了夜間，還是會因不安和孤愁，而寫這種沒有投寄目標的信。自那以後，我沉默了三個月，如今卻又要說些甚麼呢？

四

十月二十二日，於法華院溫泉。

今天翻過了一千五百四十米的諏峨守越嶺，住在一千三百〇三米的法華院溫泉。據說這是九州最高的山間浴室。我去竹田町的旅程也在今天越過了最高點，明天下山前往久住町，到達竹田。

不知是因為在高原日照下步行，還是由於這裏硫磺氣味太濃，今晚覺得有點累。除了這個溫泉的硫磺，諏峨守越附近硫磺山的煙似也隨着風向而飄下來，據說銀色的手錶之類一天間就會變黑。

昨晨的溫度五度，今晨四度……旅館的人說今夜比昨晚更冷。不知在早晨幾點看了溫度計，天亮前可能已經降到了將近零度。

不過，我訂到了別棟二樓一個被樹木包圍的房間，連窗子也是防寒的雙層，睡袍的棉花很厚，火盆的火也很旺，比昨晚在筋湯更舒服，只是仍能感到山夜森森的寒氣。

法華院旅館是山中的獨棟建築，信件和報紙都送不過來。聽説這裏離村子三里[12]，離最近的人家一里半。因為離學校也有三里，所以孩子到了上學的年齡，就必須寄住山下的村莊。

旅館有兩個孩子，聽説哥哥六歲，妹妹四歲。或許因為我是單身女子，這裏的老祖母來與我聊了很久，兩個孩子也跟了來，爭着要坐在祖母膝上。先是小的那個騎上祖母膝頭抱住祖母，男孩想要推她，妹妹便吊在哥哥身上，使勁推搡，扭作一團。哥哥瞪大了眼睛，四歲的妹妹也怒目厲色，兩人都是一副劍拔弩張的姿勢。也許是因為山上強烈的陽光，兩人的目光才如此強烈吧。

「附近沒有孩子跟他們做伴吧。」我問。

「三里之內都沒有孩子了。」

據説妹妹出生時哥哥説：

「媽媽本來是跟我睡的，現在卻有了寶寶。」

12　日語中的「一里」約等於四公里。

在生下妹妹之前，哥哥說：

「寶寶出生後，我要睡在寶寶旁邊。」

不過，男孩後來還是跟祖母一起睡了。冬天期間也許旅館會停業，他們會住到山下村裏去，可是這對在山間獨户中長大的孩子那種強烈的目光還是吸引了我。那是一對長着圓臉的漂亮孩子。

我突然想到自己是獨生女。

因為出生後就一直這樣，所以已經習慣，平素沒有甚麼感覺。或許並非全無感覺，只是不去深想，似乎連小女生那種想要有個哥哥姐姐之類的感傷都消失了，甚至連母親死時，我都沒有想到如果有個兄弟姐妹就好了，而是立刻給您打了電話，讓您做了隱瞞母親那種死因的同犯。事後想起，覺得您對母親的死也負有責任似的……如果您是我哥哥，或許我就不會那樣做了。我如果有哥哥，母親也許就不會死，至少我不會陷入那樣負罪的悲傷之中。現在思及此，我有種驚醒之感，作為獨生女的我，一定是過分地依賴了您，而這種依賴本是不應當的。

作為獨生女的我，獨自寄宿山中的獨户之家，此時被一種想呼喚哥哥的情緒所襲，即使不是哥哥，姐姐也罷弟弟也罷，只要是兄弟姐妹都行。想要呼喚不曾在這世上降臨的兄弟姐妹，是不是有點荒唐呢？

說到獨生子女，我至今居然沒想過您也是一個人。您父親即使到我家來，您家的事情也是禁談的，所以沒有說過您是獨子，但有一次對我說：

「沒有兄弟姐妹挺冷清的，要是有個弟弟或者妹妹就好了。」

我頓時變得臉鐵青，渾身打顫。

「可不是嗎……太田臨死前好像也為留下孤單一個女孩而覺得可憐。」

母親老好人似的隨聲附和，但看到我的樣子，似乎也倒吸一口涼氣。

我感到憎惡和恐怖。大概是到了十四五歲吧，我已經清楚地知道了母親的事情。我想，您父親的意思是不是要生一個與我異父的孩子？今天再想，那恐怕是我的妄念吧。您父親當時可能只是想到了也是獨生子的您，或是覺得母親與我母女相依未免孤單。然而，當時我卻起了可怕的念頭，決定若母親生下孩子，我就要殺了那嬰兒。動了殺人之念，於我來說那是絕無僅有的一次，但或許真的會去實行的。說不清是憎惡、嫉妒還是憤怒，大概是少女那種單純的驚悚吧。母親似乎感到了甚麼，補了一句說：

「我讓人看過手相，說我命中只有一個孩子。這個孩子多好，一個抵十個呢。」

「這話也對，不過……獨生子女沒有玩伴，性格容易內向，陷於自我之中，不利於人際交往。」

您父親大概是見我沉默寡言，所以這樣說的。我平時儘量不看您父親，不跟他說話，一味躲着他。我像母親，並非一個性格陰鬱的孩子，但即使在歡鬧時，只要您父親一來，我頓時就不出聲了。我想：母親大概很為這種孩子式的抗議而難堪吧。您父親說的也許不是我而是您。

可是，那個我想殺掉的孩子如果生了下來，那會怎樣呢？那是我的弟弟妹妹，也是您的弟弟妹妹呀……

啊，可怕。

我走過高原越過山嶺，應該已經洗去這種病態的念頭，我理應是在「棒天氣」中走來這裏的。

「天氣真棒。」

「是呀，天氣真棒。」

今晨從筋湯走出不遠，就在路上聽到人們交換着這樣的問候。這一帶好像把「好天氣」說成「棒天氣」，語尾發音還特別清晰。我的內心也在發出晴好的問候。

真是一個很棒的天氣。路邊的芒草茅草的花穗在朝陽中銀光剔透，槲樹的紅葉也光彩照人，左手山腳的杉林間則樹蔭沉鬱。割稻的母親在田埂鋪上草蓆，讓身穿紅色和服的幼兒坐在上面。孩子身後的白口袋裏裝着吃食，玩具也放在草蓆上。這一帶冷得早，插秧也早，據說插秧時還烤着火，可是今晨連草蓆上的孩子在陽光下也是一副暖洋洋的樣子，因此我並沒做甚麼禦寒的準備，腳底還換了一雙膠底的帆布鞋。

從筋湯出發，有各種各樣的近路通向登山路和山嶺，但我還是先到飯田的郵局和學校附近，在高原中央望着九重群山從容而行。不用登山，只需沿着諏峨守越往法華院去，所以是一段腿腳輕鬆的行程。

所謂「九重」，從東數起，是黑岳、大船山、久住山、三俁山、黑岩山、星生山、獵師岳、湧蓋山、一目山、泉水山等連峰的總稱。這些群山的北側一帶，就是飯田高原。

雖說是群山北側，但湧蓋山等山脈繞向西面，崩平山等山脈又居於高原之北，所以飯田是被群山包圍，或者說是被四周的山脈支撐的，呈現一種有高原之感的圓潤，彷彿有一個美麗的夢幻之國在這裏浮現。山上既有紅葉，又有芒草的白色穗波，我卻覺得高原泛着一抹柔和的紫色。據說高原海拔大概千米左右，東西和南北各為八公里方圓。

我的路線應該是從南到北。臨近高原時，便可遠遠地看見前方的三俣山和星生山之間硫磺山的煙霧。群山清晰可辨，唯見右手湧蓋山上空有淡淡的白雲碎片在浮動。從東京出發時就衝着高原這「棒天氣」而來的我，真的是很幸運。

我對於高原的了解，儘管僅限於信濃而已，但這飯田高原卻如許多人所說，真是給人一種浪漫的懷念之感。它溫柔、明亮，又引人遐想，讓人覺得自己被它靜靜地環抱在懷。與南部相連的群山也溫和而姿態優雅。走進別府港時，曾見群山綿延，環抱市鎮，呈現一種圓潤的波狀，深深吸引着我；而在飯田高原所見的九重群山，也給人一種就其高度來說難以想像的親和感，這都是因為山形的配置保持着一種均衡吧。久住山高超過一千七百八十七米，是九州第一高山；大船山高一千七百八十七米，乃第二高山。儘管這兩座高山尚未顯身，而三俣山和星生山也高一千七百四十米到一千七百六十米，一千七百米以上的山好像有十座之多。然而，也許因為是在千米高原，而且是一些高度相差不大的山峰相連，所以看起來就顯得平和，再加地屬南國，離海不遠，高原的色彩也就顯得明快。

來到大概屬於高原中段的長者原，我在松樹蔭下歇息許久。長者原上稀稀拉拉地散生着許多松樹，我被這草原中的松樹深深吸引。再走了一小段路，仍是在松樹蔭下，吃了一頓盒飯。此時大概已是兩點時分，作為午飯算是晚了。我環視大片的紅草，從我所在的位置看，受光處與逆光處的色彩有着微妙的差異。群山的色彩也各有不同，紅葉色濃的山好似彩繪玻璃。我因此而有身處大自然天堂之感。

「啊，來這兒真好！」我幾乎把這話說出聲來。我流淚了，芒草穗浪的銀光在淚眼中變得朦朧，但這淚水並未玷污而是洗淨了我的悲哀。

我想您，並且為了與您告別而來到這高原，來到我父親的故里。若讓悔恨和負罪感纏繞對您的思念，我就無法與您告別，也無法從新的起點出發。來到遙遠的高原，還是希望您能諒解我對您的思念，這樣的思念是為了告別。漫步於草原，眺望着大山，我對您的思念綿綿不絕。

我在松樹下靜靜地想您，長時間地一動不動，心中想道：如果這裏是沒有屋頂的天堂，我願就這樣升天而去。我失神落魄，呆呆地祈願着您的幸福。

「請和雪子小姐結婚吧！」

我用這話與我心中的您告別。

我不會把您忘卻，即使以後會在醜惡污濁的心境中想起您，我還是認為自己今天可以在這高原上，在對您的思念中與您告別。今天，母親與我已經完全從您面前消失。最後再一次向您道歉：

「請原諒我母親吧！」

從飯田高原越過諏峨守越，好像要先登上三俁山腳的路，但我取道一條運送硫磺的路。隨着距離的接近，硫磺山的山貌變得可怕，在遠處也可看到硫磺煙霧的噴發。大片的山腰一帶都有硫磺噴出，一直到山頂都寸草不生，整座山都被燒盡，山岩山土一片荒蕪帶黑。那種暗啞的灰色和褐色，給人廢墟之感。左手的小山是天然的硫磺礦，噴氣孔上插有圓筒，可以刮取筒口像水柱般垂掛的硫磺。我穿過採礦場的濃煙，踏着裸岩，到達山口。

從山口下到北千里濱，回頭一看，即將降至山峰的太陽，在硫磺煙霧中如同白濛濛的月妖。路前方，大船山漂亮的紅葉如同一幅夕暮的織錦。沿着陡坡而下，就到了法華院溫泉。

今晚寫得很長，只是想把這別後清淨的高原一日說給您聽。請別對我掛念，睡個好覺。

五

十月二十三日，於竹田町……

來到了父親的老家。

今天傍晚，穿過山中隧道進入竹田町。從法華院溫泉下到久住高原，再從久住町到竹田，乘巴士花了五十分鐘。

我住在伯父家，那是父親出生的地方。初次見到父親出生之地，讓我覺得不可思議。

來時雖有既是故鄉又是異鄉的感覺，但一見到肖似父親的伯父，父親十年前的面影就歷歷在目，覺得無家可歸的自己總算又有了家。

聽說我從別府繞過九重山過來，伯父他們都很吃驚，似乎覺得能一人走山路、住溫泉旅館，真是個堅強的姑娘。我固然是想看山，但對來父親老家也有猶疑之處：父親死後，由於母親的疏遠，已經處於與父親方面的親戚難以照面的境地。

「你若從船上發電報來，我們會去別府接你的……這裏離別府很近的。」伯父這麼說。我雖寫信告訴他們要過來，卻又覺得我們之間的關係，沒到可以用電報通知到達時間的份上。

「我弟弟死的時候，你幾歲？」

「十歲。」

「十歲？」伯父看着我重複了一句，「長得真像你母親。我雖與你母親見面不多，但見到你就想起來了。不過你也有像我弟弟的地方，耳朵吧，畢竟還是太田家的耳朵。」

「我見到伯父您，也想起了父親。」

「是嗎？」

「我若上班，就沒法出來旅行了，所以想在那之前來看你們一次……」

成為孤兒的我，不想讓別人認為是要來商量自己今後的安排。我對伯父一無所求。伯父沒來弔唁母親，既是因為從九州來不及趕上葬禮，也是因為我未曾發送訃告，但是……

我想來一次父親的老家，僅僅是為了與您告別，因為您跟母親的牽連。我要逃離母親那瘋狂的愛情漩渦，回歸對父親的回憶之中，這種回憶是健康的。不過，在這岩山包圍的小鎮，每當進入夕暮時分，也會有一種落敗者隱居般的寂寞感。

今晨在法華院有點睡過了頭。

旅館的人來打招呼，說孩子一大早就在樓下鬧騰，是不是擾了我的覺。其實我啥都沒聽到。

在準備早飯時，那個目光炯炯的女孩也跟來了，貼近祖母坐着。聽說她今早從正屋與偏屋之間的橋上跌落，有十五尺[13]的高度，幸而落在三條岩石的正中，揀回一條命。聽說被救上來後，她哭着說木屐被沖走了。有人跟她打趣，讓她再下去看看，她便說沒衣服換，不幹了。

小河岸邊的岩石上晾着女孩的衣服，那是一件紅色的棉坎肩，上面粗糙地染印着藍色碎花和蝴蝶、牡丹圖案。看着朝陽照在紅色的棉坎肩上，我感受到生命的溫暖。巧巧地落在三條岩石之間，那是怎樣的幸運呀。三條岩石間的空檔窄得只能容得下一個幼兒的身體，萬一稍有偏差，便會砸在岩石上，即便不死，大概也會落個殘疾。孩子卻似不知這種危險和可怖，身上也無一處疼痛似的，一副滿不在乎的樣子，讓人覺得大難不死的是她又似乎不是她。

我沒能讓母親活着。然而，想到是甚麼讓我還活着，便更深深地在內心祈願您的幸福。我

---

13 日尺長度與中國市尺大致相同。

想，在人類所犯污行和罪孽的岩石之間，也會有救贖之地吧，就像讓這墜落的孩子得救那樣。

我希望能有這孩子的幸運。帶着這樣的心情，撫摸着她濃密的娃娃頭短髮，我離開了法華院。

大船山的紅葉實在太美，於是我走了一下坊鶴，這是三俣山、大船山、平治岳等圍成的一塊盆地。今天是在和昨天相反方向看三俣山的。我一直走到築紫山岳會的馬醉木小屋附近，在馬醉木的群落中生長着可愛的玉柏石松，有點像檜葉金蘚，兩三寸高。我還發現了越橘和岩鏡草。大船山的紅葉間那些黑花，據説都是杜鵑。樹不高，但聽説有的樹一株的枝葉鋪開，能佔六張鋪席大小的空間。坊鶴也有不少霧島杜鵑樹，這裏的芒草又細又矮，穗長只有一寸左右。

聽説山頂溫度今晨降至零度，但坊鶴處在向陽處，紅葉的顏色也給盆地帶來了溫暖。

我回到旅館附近，從白口岳和立中山之間的鉾立嶺下到佐渡窪。這是個形似佐渡島的盆地，有着許多乾枯的薊草。從佐渡窪沿鍋破坂下到朽網別，久住高原的視野便開闊起來。在下鍋破坂時，我踏着石徑在雜木叢中穿行，耳畔唯聞自己腳下踩踏的落葉聲響。

沿途見不到人，我感受着獨自踏着大自然行走的足音。到了朽網別，左側清水山的紅葉也美麗而繁茂。從這裏本應能望見阿蘇的五岳，卻因雲遮而未得，依稀可見祖母山和與之相連的傾山。可是，久住高原是方圓二十公里的草原，遠接阿蘇以北的裾野、波野原，非常開闊。從南邊回望九重（或久住）群山，也是雲遮霧障。我從高及沒背的芒草叢中穿過，經過放牧場，到達久住街鎮。

久住的南登山口有一舊寺遺跡，名字很罕見，叫做豬鹿狼寺。豬鹿狼寺也好，法華院也好，都是具有幾百年歷史的靈地。九重群山就是靈地，我覺得自己也是經過靈地而來，頗有一種幸運之感。

伯父家人都已入睡，我仍像在旅館似的獨自寫信，但總有擱筆之時。

晚安。

六

十月二十四日，於竹田町。

每當豐肥線的列車在竹田町到達或出發時，就會聽到《荒城之月》[14]的歌聲。此間傳說，滝廉太郎傾心於竹田町的岡城遺跡，為《荒城之月》譜了曲。滝廉太郎的父親於明治二十年間做過這一帶的郡長，所以他進過竹田町的舊制高等小學，少年時大概也去城樓舊址玩過吧。

滝廉太郎死於明治三十六年，時年二十五歲，是照虛歲算的，我後年就是這個歲數了。

「希望二十五歲就死。」我想起在女校時同學之間說過這話，既像是同學說的，也像是我說的。

14　荒城之月：日本家喻戶曉的歌曲，創作於明治時期，土井晚翠作詞，滝廉太郎作曲。

《荒城之月》的詞作者土井晚翠也於今年去世，所以聽說在我來此地之前稍早時，竹田町曾於岡城舊址舉辦過晚翠的追悼會。似有曲作者廉太郎與詞作者晚翠曾在倫敦一晤的佳話，那是很早以前的事了，當時我父親也還年幼，不知年輕的詩人和音樂家在異鄉的邂逅與《荒城之月》的作曲有無關係，但兩人留下了美好的歌曲，如今已無人不唱《荒城之月》。然而，我與您的一次相會留下了甚麼呢？

我突然被自己的這種念頭所驚，覺得自己怎能與滝廉太郎這樣的才俊相比。會有這樣的癡念，會給您寫這樣的信，也許都是緣於自己在父親家鄉時的一種安定感。不過，您可曾想過女人或許會因不知恐懼還是歡悦而內心戰慄？您的內心浮現過與我一樣的不安嗎？那種意想不到的戰慄使我感到自己是個女人。我甚至做過這樣的夢：不告訴您，瞞着您，我一人把孩子帶大。我做出這種虛妄的思想準備，似乎也是作為那種母親的女兒最終應受的因果報應吧。您吃驚嗎？作為女人，僅此已足以使我消瘦，但這種不安並未持續很久。

在竹田町聽到《荒城之月》，我想起的只不過是那一次的戰慄。

四方環山嶺，山岩多嶙峋

中間坐落竹田鎮，爽秋河川伴清音

今天本想逛逛街鎮，過了那座秋日河川清音潺潺不絕的橋，又傳來《荒城之月》的歌聲，將我引往車站方向。那是車站的甚麼地方在放唱片。昨天我沒乘火車，而是坐巴士從久住町過來，所以沒注意到這歌聲。

河川就在車站近前，從車站返回橋上，歌聲仍在繼續，於是我扶着欄杆駐足良久，凝望河川。河的左岸，河灘的大岩石上豎着柱子，突出於河面，河邊有一排小屋，還有女人在岩石邊洗衣服。車站後面近處也是岩壁，岩壁上有細瀑布似的水柱流下。山岩上一片紅葉，但其間隨處可見殘留的綠意。

我漫步於父親的街鎮，同時在思念着您。父親的故鄉於我已不陌生。昨天傍晚到達時並不知道，今早一看，這真是一個小鎮。無論走向哪個方向，迎面都是岩壁，我也有一種四方都置於岩山之中的感覺了。

昨晚，看到伯父所用的旅館的火柴盒上印有「山紫水明，竹田美人」的字樣，我笑道：

「真像京都啊。」

「是呀，竹田美人真是名不虛傳。古琴、茶道……這裏從前就是各種遊藝興盛之地。連水也美，鎮中屋檐下流淌的小溝，在這裏都稱作『井出』，你爸爸小時候每天早晨就是在這『井出』邊漱口，洗碗也用這水。」

人口只有一萬左右的小鎮，卻有十幾座寺院和近十座神社，憑此大概也可算是小京都了。

伯父說竹田美人已經沒有了，並跟我列舉那些已經作古和去了東京的人，但我走在街上看看，還是覺得這裏的女人都很清秀。走近鎮外的隧道時，儘管漫山紅葉遍佈，而矗立在隧道對面出口的岩石上卻長着青苔，我還看到一個身穿白色毛衣的漂亮女孩，從那苔綠前走來。

一條步行街貫穿小鎮中央，街面是柏油路，那些鈴蘭花造型的街燈顯得冷寂。從步行街轉個彎便是清靜的古鎮，那些岩壁立刻又迎面而來。這裏有石崖、白色的倉庫和黑色的木板牆，有些牆壁已搖搖欲墜，讓人覺得真是一個古鎮。其實據說這個街鎮在明治十年的西南戰爭[15]中已被燒盡，只在山腳還留着屈指可數的一點老屋。回到伯父家，談起鎮子的事，伯母說：

「文子走遍了整個鎮子呀？」

田能村竹田[16]的舊居、田伏宅邸遺址的天主教隱秘教堂、中川神社的聖地亞哥鐘、廣瀨神社、岡城遺址、魚住的瀑布、碧雲寺等名勝，我只用不到半天時間就走遍了。

如今竹田町似乎還有很多人以「竹田先生」稱呼竹田[17]。昨天我從久住過來所走的那條路，從前，大名隊伍也走過[18]，也是竹田和廣瀨淡窗[19]等許多豐後文人往來之道。賴山陽[20]

---

15 西南戰爭：一八七七年二月至九月間，幕府平定鹿兒島士族反政府叛亂的一次著名戰役，終止了明治維新以來的倒幕活動。

16 田能村竹田（一七七八—一八三五）：江戶時代後期南畫（文人畫）畫家。

17 即田能村竹田。

18 大名隊伍：江戶時代諸侯（大名）因輪流謁見主君而攜隨從往返於江戶和領地之間的長隊。

19 廣瀨淡窗（一七八二—一八五六）：明治時期著名儒學家、詩人、教育家。

20 賴山陽（一七八一—一八三二）：明治時期著名漢學家、詩人。

來拜訪竹田，走的就是這條路。竹田舊居還存有他與山陽享用煎茶的茶室，這間茶室與主屋之間的庭院裏，芭蕉的黃葉枯葉曝曬於陽光之下，桐樹葉也已發黃。主屋前有一塊菜地遺址，據説竹田就是用這裏的蔬菜招待山陽的。竹田紀念館的畫聖堂雖是新建，裏面也有茶室，據説用的是抹茶，還掛着竹田的南畫。

天主教的隱秘教堂靠近竹田莊，是在竹林深處的岩壁上鑿開的一個很大的洞窟。聖地亞哥鐘上寫有「1612 SANTIAGO HOSPITAL」字樣。

竹田的昔日城主是天主教徒。

竹田莊的庭院裏有織部燈籠[21]，一條小路稍有向上的坡度，沿小路右轉就是竹田莊的石崖，而左轉處的房子裏則據説住着古田織部的子孫。經過這裏時我心中怦然，傳説古田織部的兒子來竹田後就在這裏定居，這裏確實是昔日武家宅邸所在之地，叫做上殿町。

我不能忘記，在圓覺寺茶會初見您時，雪子小姐問起用甚麼茶碗點茶，近子説就用那個織部碗。

栗本師傅説那是您父親喜歡的茶碗，後來送給她了，其實在您父親之前，那茶碗是我故

21　織部燈籠：一種石燈籠，據傳為茶道家古田織部所喜。

去的父親的，我母親讓給了您父親。雪子小姐用那黑織部茶碗點茶，您用它喝了茶。僅此就令我抬不起頭來，但那是為甚麼呢？

母親接着也用那茶碗喝了茶，她是喝下了命運的毒藥吧？

沒想到那次茶席間的事情，在來到父親家鄉後又被我想起。如果那黑織部茶碗仍在師傅手裏，請您把它要回，並讓它不知所終，請您也權當我不知所終了吧。

父親的鎮子已被我看過一遍，我要離開竹田町了。我之所以絮絮叨叨地寫下鎮上的事情，也是因為覺得自己不會再來了，想在父親的家鄉與您話別。我沒打算寄出這信，即便寄出，也是將它作為最後一封信了。

岡城遺址除了石崖已沒留下任何東西，但在險要的高地上可以看到很好的景觀，晴好的秋日裏可以觀山。祖母山、傾山等群山，以及相反方向的九重山中的大船山，山頂都只罩着一層薄薄的白雲。我過來時走過的高原和山口就在那個方向。我在高原的松樹下和芒草的穗浪中一直想念着您，覺得此時已可與您告別。我應該已經從您面前消失了，但作為女人來説又着實太難，以致我現在還在戀戀不捨地與您説着告別的話。您原諒我，睡個好覺吧。

我在旅途的信中寫了希望您跟雪子小姐結婚，但那是您的自由，我和母親都不會給您的自由和幸福造成任何障礙。請您絕不要再尋找我了。

六天的旅途中一直在寫些無聊的事情，真是個絮叨的女人。我希望您理解我走上與您告別的路，可是語言何其空洞，我又希望您能理解一個女人唯願留在您近旁的心情，這後一種希望與我現在的行動是相悖的。我要從父親的家鄉出發，走上一條新的道路。再見。

七

菊治在近一年半前讀過文子的信，現在在與雪子新婚旅行回來後再讀，對於文子這些話的理解已大不相同。

然而他又說不清不同在哪裏。是因為語言是空洞的嗎？

菊治走到新居的庭院，把文子的一紮信件點燃。庭院裏沒有像樣的東西，只是用簡陋的板牆圍出了一塊不大的空地。

信紙已經受潮，不易燃着。

他解開成捆的信件，讓它們散開，然後匆匆擦着火柴。墨水漸漸變色，成灰後仍有字跡殘留。

「讓話語燃燒吧。」

菊治把信紙一張張地放在火上。

在這些信紙燒着的時候，文子的話語會變成甚麼樣呢？菊治為避開煙熏而側過臉去。冬日的斜陽照在板牆的一角。

「旅行得怎樣？」

走廊突然傳來栗本近子的聲音，菊治打了個寒戰，說：

「幹嗎呀？別出聲！」

「也不回個話。都說新婚夫妻會被小偷惦記呢。女傭也還沒來嗎？是不是要過一段兩人世界呀？雪子表現不錯吧？」

「你聽誰說的？」

「是說您家的地址嗎？蛇有蛇路唄。」

「真是條蛇！」

菊治憤憤地說。

父親死後，近子也曾不請自來地到過菊治家，而她又出現在這個家中，更讓菊治增添了新的厭惡。

「可是，寒天裏不能讓雪子小姐下冷水呀，我是來幫忙的。」

菊治頭也不回。

「在燒啥呢？文子小姐的信嗎？」

剩下的信在菊治的膝上，他又是蹲着的，照理說近子是看不見的。

「若把文子小姐的信燒了，也許會覺得好受些吧。這樣挺好。」

「我已落拓到住這種房子了，你就沒必要再來了，我先在這裏給你打個招呼。」

「我不會礙您事的。最初給您和雪子小姐搭橋的就是我，真不知做了多大一件好事。我這下也放心了，以後就純粹是來給您盡義務的。」

菊治把剩下的信揣進兜裏，站起身來。

近子看見了菊治後，便一直站在走廊一端，此時她後撤一步，說：

「啊呀，您臉色幹嗎那麼可怕？我是考慮到雪子小姐的行李大概還沒整理，於是想來幫忙的……」

「你也太多管閒事了。」

「甚麼叫多管閒事啊。您就不能理解我的一片奉獻之心嗎？」近子就地癱坐了下來，聳起左肩時有點氣喘，一副怯怯的樣子，「您太太回老家了吧？為甚麼把她一人留在那裏，您這麼急着回來？真讓我擔心呀。」

「我是去祝賀的。如果做得不對，我給您賠不是。」

「你連雪子家都去轉過了？」

近子說完，窺視着菊治的臉色，菊治於是壓下怒氣，說：

「哦，那個黑織部還在吧？」

「您父親給的那個？在的。」

「既然在，就讓給我吧。」

「好的。」近子充滿疑意的眼神接着又因怨懟而變得黯然，「好的。您父親的東西，我本是要珍藏一輩子的，但既然您一定要，我就今天或者明天……您又要辦茶會嗎？」

「我要你馬上就拿來。」

「知道了。燒完文子小姐的信，您就用黑織部喝上一碗吧。」

近子低着頭，出去的時候手中還做出一個撥開甚麼似的動作。

菊治又下到庭院中，手在發抖，連火柴都難擦着。

新家庭

一

雪子在生活中是個很有活力的女人，但菊治注意到，她常會對着鋼琴發呆。

在這個家中，鋼琴顯得龐然。

這台鋼琴，是由菊治新搭上關係的廠家生產的。菊治的父親曾是一家樂器公司的股東，這家樂器公司也曾一度轉產兵器。戰後，公司的一位技師立志生產自己設計的鋼琴，並因菊治父親的前緣而常來與菊治商議，菊治為此投入了賣房款等作為資金。

於是，這家小廠的試產品中的一台就來到了菊治的新居。雪子自己的鋼琴留給了老家的妹妹。因為老家也不至於不能為她妹妹再買一台鋼琴，所以菊治曾對雪子說過兩三次：

「這台鋼琴如果不好用，就把你原來的那台要來好了，我不會有意見的。」

菊治這麼說，是因為覺得雪子對着鋼琴發呆，是不是因為不滿意這台鋼琴。

「這台挺好。」雪子好像對菊治的話感到意外，「我雖然不是很懂，但調音師不也誇過這琴嗎？」

其實菊治也知道不是因為鋼琴，況且無論從熱情還是懂行的方面來說，雪子都沒達到可以挑揀鋼琴的程度。

「我見你坐在鋼琴前發呆，」菊治說，「像是這琴不合你意。」

「跟鋼琴無關。」雪子回答得很乾脆，本來應該繼續說出原因，突然又改換了話題，「您發現我發呆了？甚麼時候看到的？」

新家的玄關旁邊照例是一間西式房間，放在那裏的鋼琴，無論從起居室還是從二樓菊治的房間，都是看不見的。

「我以前在自己家，那裏鬧得要命，根本沒有發呆的機會。能夠發發呆，真是難得呀。」

雙親都在，再加兄弟姐妹聚在一起，客人來往也多——菊治想起了雪子娘家的熱鬧場面。

「可是，我以前見到你時，你給我留下的倒是一種話不多的印象。」

「是嗎？我可是個話癆，只要跟母親和妹妹在一起，幾乎就沒有不說話的時候，而且三人中總有人在說話。不過三人中也許我算是話最少的一個，有時覺得母親在客人面前話太多，我就不吭聲了。母親的那些客套話，您也聽過的，大概連您也會厭煩吧？如果一直呆在母親身邊，或許會變成一個沉默冷淡的女孩，可是妹妹卻跟母親挺合拍的……」

「你母親大概希望你能嫁到更體面的人家吧？」

「是的。」雪子坦率地點點頭，「我來這裏之後，說的話好像還不到在家時的十分之一。」

「因為你白天一人在家。」

「即使您在家，也不會那樣趕着說話吧？」

「是呀，出去散步時話就多了。」

菊治説着，想起晚間兩人去街上散步時，雪子像是忘記了這段時間的寒冷，興致勃勃地不斷説話，一靠過來就主動地牽他的手。雪子是不是一出家門就有一種解放的感覺呢？

「現在我一個人不出去散步了，可是在娘家的時候，外出一回家就會把在外遇到的事一件件説給母親聽，然後還會再對父親説一遍。」

「你父親也挺開心吧？」

雪子盯着菊治看了一下後點點頭，説：

「有時我跟父親一説，母親就等於把同樣的話聽了兩遍，於是就會偷着樂。」

離開了這樣的親情，來到菊治身邊，坐在簡陋的起居室裏——菊治至今仍對這樣的雪子懷有不解。

雪子的睫毛間有淺色的小黑痣，菊治也是在兩人一起生活後才發現的。

在菊治的眼中，雪子的牙齒美得光彩照人，這種感覺也是住在一起之後才有的，與她接吻也是因為被這牙齒的清純所打動。

抱着逐漸習慣了接吻的雪子，菊治會突然湧出淚水。兩人的親暱至接吻而止，這也讓菊治對雪子產生一種無上的珍重和憐愛感。

可是，對於止乎接吻的關係，雪子似乎不像菊治那樣懊惱和焦慮。雪子在婚姻方面應該並非無知，但似乎對她來説，僅接吻和擁抱就已十分新奇，已是愛的全部——這就是她對菊治的回應。

菊治有時也會反思這種新婚生活到底是否屬於不自然和不健康，這種反思甚至令他苦惱。雪子從菜店買來蘿蔔和水菜，甚至連這些蔬菜的綠色和白色都會讓菊治覺得新鮮。僅此就是幸福吧？在老房子裏跟老女傭一起過日子時，他從不曾看過廚房裏的蔬菜一眼。

「您一人住那麼大的房子，不寂寞嗎？」

剛搬過來不久，雪子這樣問過。菊治簡單地把這短短的問話當作對他的體恤，這種體恤甚至追溯到他的過去。

菊治早晨睜開眼時，如果雪子不在旁邊，就會突然有一種孤單的感覺。早晨需要準備早飯，雪子的早起其實是理所當然的，但菊治醒來時若能看到雪子的睡姿，就會被一種溫馨感包圍，他甚至因此而努力比雪子早醒。旁邊的被子裏若雪子不在，菊治甚至會被一種不安所襲。

有天傍晚，菊治一回家就說：

「雪子，你在用 Prince Matchabelli 牌香水吧？」

「啊，怎麼啦？」

「為鋼琴的事見了一位女客人，是她說的，居然有鼻子這麼好的人。」

「香水味怎麼會跑到您身上去了？」雪子聞了一下拿在手中的菊治的外衣，若有所悟地說，「香水瓶放在衣櫥裏忘記拿出來了。」

二

二月末的一個星期日，下了三天的雨終於在黃昏前停了，但還低垂着蓬鬆的烏雲，一層淺粉色在空中鋪開。栗本近子抱着黑織部茶碗來了。

「嘿，我把這個珍貴的紀念品茶碗拿來了。」說着從雙層盒子裏取出茶碗，雙手捧着看了一會，然後放在菊治膝前，「馬上正好是用它的時節，上面畫着嫩蕨的圖案。」

菊治沒把茶碗拿起來，只是說道：

「在我忘了時才拿來。那天我讓你當天就拿來，你卻沒來，本以為你不會拿來了。」

「這是早春時節的茶碗，我在冬季裏拿來，也沒啥用吧。何況一旦到了要放手時，畢竟還是依依不捨的……」

雪子沏了粗茶端來。

「這可不敢當呀，太太。」近子誇張地說，「太太，沒有女傭，就這麼過冬的嗎？您也真能吃苦呀。」

「我們是想過一段兩人的生活。」

雪子說得乾脆，讓菊治吃了一驚。

「佩服！」近子只顧點頭，「太太，您還記得這個織部茶碗嗎？印象很深吧。我把它作為賀禮送來，是最合適不過的了。」

雪子詢問似的看着菊治。

「太太也請坐到火盆旁來吧。」

近子說。

「好的。」

雪子靠近菊治坐了下來，與他肘挨着肘。菊治忍着沒笑出來，對近子說：

「白送可不敢當，還是賣給我吧。」

「那怎麼可以呢？您想想看，您父親給的東西，我再怎麼潦倒，又怎能賣給您呢？」近子接着又切入正題，「太太，好久沒欣賞您點茶了，沒有第二個女孩能像您點茶時那樣樸實而又高雅。此時，我的眼前又浮現出您在圓覺寺茶會上，用這個織部茶碗第一次為菊治少爺點茶的情景。」

雪子沒吱聲。

「您若再用這織部茶碗為菊治少爺點茶，我把它送來也就值得了。」

「可是家裏已經沒有任何茶具了。」

雪子低着頭回答。

「可別這麼說……點茶只需有茶筅就夠了。」

「哦。」

「您要珍惜這織部茶碗。」

「是。」

近子看着菊治的臉說：

「說是茶具都沒有了，但水罐是有的吧，那個志野陶的？」

「那個用來插花了。」

菊治忙說。

太田夫人留下的水罐，菊治最終也沒賣掉，搬家時帶過來了，收在壁櫥裏，已經快忘了，此時被近子提醒，菊治心裏一驚。

這讓菊治想到，近子對太田夫人的憎惡似乎還未消除。

雪子把近子送到玄關。

近子在門口看看天空說：

「城裏的燈光好像照亮了整個東京的天空……天已變暖，真好啊！」

說着，她聳起一邊肩膀，搖搖晃晃地離去。

雪子坐在玄關處不動，說：

「一口一個太太，故意似的，我不喜歡。」

「確實討厭。應該不會再來了。」菊治也在玄關站了一會，「不過，她有句話倒是說得不錯：城裏的燈光好像照亮了整個東京的天空。」

雪子走下台階打開玄關的門，望了一下外面的天空，正要關門，回頭看見菊治也在看着天空，便躊躇了一會，問：

「可以關門了嗎？」

「啊。」

「確實變暖了。」

回到起居室，織部茶碗還放在外面。菊治等着雪子把它收起，提議去街上看看。

他們走上高坡的住宅街。在沒有行人的地方，雪子主動來牽菊治的手。她平時雖然很注意手的保養，手掌卻還是被冬天的冷水刺得粗硬。

「那個茶碗，您不要她送，想要買下來？」

雪子突然說道。

「啊，是要賣的。」

「是吧？她就是來賣茶碗的。」

「不，我要把它拿去茶具店賣了，把賣的錢給栗本就行了。」

「哎呀，您去賣？」

「你參加圓覺寺茶會時不也聽說了嗎？剛才栗本也說了，那個茶碗是我父親給她的，在我父親之前，為太田家所藏。正因為這茶碗有過那樣的因緣際會……」

「可是我倒不介意這些。既然是好茶碗，不妨還是留着吧。」

「茶碗無疑是好的，但正因為是個好茶碗，為茶碗自身考慮，最好還是把它交給適合的舊貨店，讓它不知所終吧。」

菊治無意中用了文子信中「不知所終」這幾個字。他把茶碗從栗本近子那裏要回來，也是按着文子信中的話去做的。

「那個茶碗有着它自己的了不起的生命，所以應該讓它離開我們存活下去——我說的我們並不包括雪子你——那個茶碗自身那種堅強的美雖不與甚麼不健康的妄執糾纏，但它帶給我們的記憶卻是不好的，那是因為我們用帶着邪念的眼光去看它。我說的我們，最多不超過五六個人，而很久以來也許曾有數百人用正確的方式珍惜、愛護過它。那茶碗問世以來大概已有四百年了，所以在太田家、我父親及栗本手中的時間，以茶碗的壽命來看是很短的，如同薄雲掠影一般，只要把它交到健康的主人手中就行。我死後，那個織部茶碗仍在某個地方保持着它美好的形象，那該多好呀！」

「是嗎？既然您是這麼想的，那不賣不是更好嗎？我不介意的。」

「別捨不得。我對茶碗從來沒有甚麼執念。只是希望能以那茶碗，來洗去我們的污垢。它在栗本手上也讓我覺得糟心，就像那次在圓覺寺茶會上看到她拿出來時。茶碗不應為人間的醜惡因緣所縛。」

「聽起來茶碗好像比人了不起呀。」

「也許確實如此。我雖不是很懂茶碗，但既然是有識者幾百年傳下來的，我就不能把它砸了吧。還是讓它不知所終為好。」

「作為寄託着我們記憶的茶碗，我不介意把它留着。」雪子用清澈的聲音重複道，「即使現在我還看不懂，但今後若能漸漸看出它的好來，不也挺有意思的嗎……以前的事無所謂了。如果賣了，今後想它時不會寂寞嗎？」

「不會的。那茶碗命定是該離開我們而不知所終的。」

由茶碗說到命運之類，菊治心如針刺似的想起了文子。

他們走了一個半小時後回到家裏。

在把火盆裏的火種移向被爐時，雪子忽然用兩個手掌捂住菊治的手，似乎是讓他感受自己右手與左手的溫差。

「要吃栗本師傅帶來的點心嗎？」

「不要。」

「是嗎？除了點心，她還送了釃茶，說是從京都帶來的。」

雪子毫不介意地說。

菊治站起來，把裝着織部茶碗的包袱收進壁櫥，看見壁櫥裏的志野水罐，便想把它跟茶碗一起賣了。

雪子在臉上抹了晚霜，取下了髮夾，準備睡覺。她抖散了頭髮，邊梳邊說：

「我也把頭髮剪短吧，好嗎？總覺得不好意思讓人看到後脖頸。」

說着撩起後面的頭髮讓菊治看。

大概是口紅難以擦掉，她把臉靠近鏡子，輕啟嘴唇，用紗布擦了後又對着鏡子看。

黑暗中，兩人互相溫暖着對方。菊治墮入深思，不知這種對神聖憧憬的冒瀆將持續到何時。但是，最純潔之物是不會被任何東西玷污的，因此一切都可原宥，但這可能嗎——各種自我寬解的想法出現在他的腦海。

雪子入睡後，菊治抽出了自己的胳膊，可是離開雪子的體溫又讓他感到一種可怕的孤寂。還是不應結婚——切齒的懊悔，正在旁邊的冷被窩裏等待着他。

三

接連兩天的傍晚，天空都鋪着一層朦朧的淺桃色。

菊治在下班回家的電車裏，看到新落成的大廈窗裏的燈光都一色的白濛濛，正琢磨是怎麼一回事，就想到可能是日光燈。大廈裏所有的房間都亮着燈，透着新樓建成的喜慶。那大廈的斜上方掛着已近盈滿的月亮。

菊治快到家時，天空的桃色像是被吸引到了日落的方向，西沉成為一片晚霞。

在自家門口的拐角處，菊治略有不安，伸手到外衣的內袋去摸一張支票。

雪子從鄰居家出來，小跑着進了自己家。菊治看到了她的背影，而她沒發現菊治。

「雪子，雪子。」

雪子從門裏出來，說：

「您回來了？剛才看到我了嗎？」說着臉紅了，「妹妹把電話打到隔壁了……」

「哦？」

菊治沒想到，甚麼時候開始要別人家代傳電話了？

「今天傍晚的天色也跟昨天一樣，比昨天還要晴好，所以也更暖和。」

雪子抬頭看天。

換衣服時，菊治拿出支票放在茶櫃上。

雪子低頭在收拾菊治脱下的衣服，說道：

「妹妹來電話說，昨天週日本來準備跟父親一起來的……」

「來咱家？」

「是呀。」

「要是來就好了……」

菊治若無其事地說。

正在刷褲子的雪子停下了手。

「您雖這麼說……」她像是要反駁，「我之前寫信讓他們暫時別來的。」

菊治滿腹狐疑，正要反問為甚麼，卻又立刻回過神來：因為他們還沒有完全成為夫妻，所以雪子害怕父親過來。

然而，雪子立刻又抬頭看着菊治說：

「父親想來，你邀請他來一次吧。」

菊治怯於直視雪子的目光，答道：

「不請自來不也挺好嗎？」

「畢竟是女兒嫁出去的地方嘛……不過，好像也並非如此。」

雪子的話反倒顯得開朗。

菊治或許比雪子更加害怕她父親過來。在雪子提這事之前，菊治雖沒意識到，但自結婚以來，他還沒招待過雪子的父母和兄弟姐妹，甚至可以說幾乎忘了雪子的娘家親人。菊治就是如此糾結於自己與雪子的異常結合，或者說尚未結合，所以完全沒有想到雪子以外的一切。

只是，讓菊治無能為力的原因，也許是對太田夫人和文子的記憶一直如幻蝶般縈繞在他的腦海，讓他覺得自己頭腦的深暗處有蝴蝶在飛舞。這並非太田夫人的幽靈，倒似菊治自身悔恨的化身。

可是，雪子寫信勸阻父親過來，這足以讓菊治體察到雪子暗自的悲哀和困惑。正如栗本近子也不解的那樣，雪子在不雇女傭的情況下度過冬天，大概也是怕讓女傭嗅到夫婦間的秘密吧？

儘管如此，菊治眼中看到的，仍多為雪子明快得幾乎是光彩熠熠的一面，卻沒能想到那是她在刻意體恤菊治。

「那信是甚麼時候發出的？讓你父親別過來的信……」

菊治試着問道。

「是三號去的。」

「嗯……是元旦過了七天吧？我們元月中一起去了老家嘛。」

「在那之後的第四五天。元月二號父母親都忙於待客，所以妹妹一人來拜年的吧。」

「是的，還捎話讓我們第二天去橫濱的。」菊治也想起來了，「可是，寫信讓他們別來，這可不妥，還是請他們下個週日過來好嗎？」

「好的。父親會高興的，一定會帶着妹妹過來。他好像不大好意思一個人過來……我也幸好有個妹妹，也是天賜呀。」

有妹妹在，雪子可能也會輕鬆一些。她無疑是不願讓父親看到自己與菊治這場不成婚姻的婚姻中的某些方面的。

像是要燒洗澡水，雪子去了小浴室，隨即便傳來試水溫的聲音。

「您飯前洗澡嗎？」

「是的。」

菊治剛泡進熱水中，雪子便在玻璃門外叫他：

「茶櫃上的支票是怎麼回事？」

「啊，那是賣了織部茶碗的錢，要給栗本的。」

「茶碗價錢那麼高？」

「不，還包括了家裏水罐的錢。」

「水罐賣了多少錢？」

「大概佔了一半吧。」

「一半也是一大筆錢了。」

「是呀，派甚麼用場呢？」

織部茶碗雪子是知道的，昨晚散步時還說到了，但志野水罐的來龍去脈，雪子卻一無所知。

雪子站在浴室玻璃門外說：

「別買東西了，您去買股票好嗎？」

「股票？」

菊治感到意外。

「那個……」雪子打開玻璃門進來，「父親給我和妹妹一筆錢，大概相當於那一半的一半，讓我們去增值。那錢存在相識的股票商那裏，買了可靠的股票，跌時不賣，等漲時就賣了換別的股票，已一點點地增值了。」

「哦？」

菊治覺得見識了雪子娘家的家風。

「我和妹妹每天都看報紙的股價欄。」

「股票現在還在手上嗎？」

「在。交給股票商後也就沒過問，自己還沒見過，不過⋯⋯跌了只要不賣，就不會有損失的。」

雪子的話很單純。

「那麼就把那錢也放在你的股票商那裏吧。」

菊治笑着看雪子。雪子圍着白圍裙，穿着紅毛線短襪。

「雪子你也進來暖暖身吧。」

雪子目露羞色，美美的。

「我要做飯。」

說着輕盈地轉身而去。

四

本週的週六，已經進入了三月。

父親和妹妹說明天要來，雪子晚飯後便獨自去街上購物，抱着水果乃至鮮花回來，晚上打掃廚房到了很晚，然後坐在鏡台前久久地打理頭髮，一邊自言自語道：

「今天想着要不要把頭髮剪短，您以前説過剪了也好的吧？但又想到不能讓父親覺得意外……於是讓店裏做了個髮型，卻又不中意，總覺得怪怪的。」

上床後雪子好像還是靜不下心來。父親和妹妹的到來居然讓她如此開心，這令菊治似乎稍稍有點嫉妒，又不能不讓他覺得是緣於雪子的孤寂。他溫柔地將她抱過來，説：

「手挺涼的。」

菊治把她的手放在自己的胸口，一隻胳膊攬住她的脖子，另一隻手伸進袖口探着她的肩。

「跟我説點甚麼吧。」雪子移開了嘴唇，動了動臉。

「癢吧？」菊治説着撩開雪子的頭髮，將頭髮攏向她的耳後，「還記得嗎？你在伊豆山時也曾叫我跟你説點甚麼……」

「不記得了。」

菊治卻不能忘記，當時在沉沉的暗夜中，他閉着顫抖的眼瞼去回想文子，回想太田夫人，內心在拚命掙扎，似乎企圖用這種妄念來獲得力量，用以面對雪子的純潔。明天雪子的父親過來，因此今夜是否應該越過界線了——菊治又試圖回想太田夫人那一陣陣女人的浪潮，結果卻只是越來越感受到雪子的清純。

「雪子，還是你説點啥吧。」

「我沒啥説的呀。」

「明天見到你父親，準備説點啥呢……」

「跟父親說的話，到時候就會有的。他也就是來我們家看看罷了，看到我們過得挺幸福，那就行了。」

見菊治沒有動靜，雪子便把臉靠在他的胸口，然後也沒有動靜了。

第二天，雪子的父親和妹妹十點以後到了，雪子興沖沖地忙碌起來，和妹妹倆笑個不停。正要提前吃午飯的時候，栗本近子來了。

「有客人呀？我想見一下菊治少爺，可以嗎？」

聽到她在玄關跟雪子這麼說，菊治起身過去。

「您把那織部茶碗賣了嗎？您從我這裏要回去就是為了賣了它？再說了，還把錢寄給了我，這是怎麼回事呀？」近子連珠炮似的說道，「我是想立刻就過來，但想到若非星期天，菊治少爺又不在家，於是心急火燎的。晚上來應該也可以，但是……」說着從手提包裏拿出菊治的信，「把這還您，錢也原封不動地放在裏面，請您點一下……」

「不，錢還是希望你如數收下。」

菊治說。

「我為啥要收這錢？是分手費嗎？」

「開甚麼玩笑？我現在沒理由要給你分手費吧？」

「是呀。即便是作分手費，您把那個織部茶碗賣了給我錢，也是莫名其妙的呀。」

「那是你的茶碗，賣了的錢就該給你。」

「我已經給了您呀。您既然想要，我覺得對於結婚來說也是一個好的紀念。雖然對於我來說是您父親留下的存念，可是……」

「你就不能把它當作賣給了我，然後把錢收下嗎？」

「我不能這樣想。我再怎麼落魄，當真能把您父親送我的東西賣給您？上次我就這樣拒絕過您吧？再說，您不是賣給了舊貨店嗎？如果那錢非收下不可，我就去舊貨店把它再買回來。」

菊治想：不該照實寫信告訴她，這是把東西賣給舊貨店得到的錢。

「啊，請進來吧……是我爸爸和妹妹從橫濱過來了，所以沒關係的。」

雪子溫和地說。

「您父親？啊呀，真的嗎？能在這裏見到他，真是太好了。」

近子只顧點頭，像是突然泄了氣。

《千羽鶴》及其續篇——代譯後記

《千羽鶴》最初是以連載形式發表於刊物。首篇《千羽鶴》一九四九年五月一日發表於《讀物時事別冊》第三期，之後各篇發表的時間及刊物分別是：《林中夕陽》一九四九年八月二十日發表於《別冊文藝春秋》第十二期，《志野彩陶》一九五〇年三月發表於《小說公園》創刊號，《母親的口紅》一九五〇年發表於《小說公園》十一月號和十二月號，《雙星》一九五一年十月三十日發表於《別冊文藝春秋》第二十四期。應出版社的要求，以上五篇於一九五二年以《千羽鶴》為題名，與另一小說《山之音》的已完成部分合輯為一單行本出版。以此為標誌，《千羽鶴》應可視為一部已完成的作品，但作者續寫此作的心結似乎始終纏繞着他。

一九五二年，川端在續寫《山之音》的同時，積極開始了續寫《千羽鶴》的工作。是年十月，他在畫家高田力藏的陪同下，去九州地區的大分縣做了一次旅行。高田是大分縣人，一九二九年起就與川端在東京相識，後又曾為川端作品創作插圖，兩人算得上氣味相投的老友。在這次旅行中，川端上了九重高原，酷愛溫泉的他對遍佈大分縣的各類溫泉更是情有獨鍾。次年四月，《千羽鶴》的續篇以《波千鳥》為題開始在《小說新潮》雜誌陸續連載，其中文子書信裏記錄的旅程與川端的這次旅程完全契合，不知是川端在寫《千羽鶴》之初就已將文子的祖籍設定在大分縣，然後為了完成續篇而作此旅行，還是此次旅行的難忘感受促使作者把大分縣的風土人情寫進了這個續篇之中。一九五三年六月，川端再次來到大分縣做取材旅行，此時，《千羽鶴》續篇中文子的書信部分也已連載過半，作者再次涉足這片高原取材，也許是有着在續篇中更多地着墨於文子這個人物的打算。

遺憾的是，《千羽鶴》的續篇連載於一九五四年下半年戛然而止，從作品的情節和結構來看，都給人一種未完結的感覺，尤其是文子的命運以及菊治如何通過救贖文子而救贖自己，都給讀者留下了深深的懸念，也讓大家不解作者何以半途而止。

這個謎底直到一九七八年才算有了一個答案，當時作者已去世六年。是年八月二十八日的《朝日新聞夕刊》首次披露：川端第二次從大分縣旅行回東京後，借住在一家旅館中寫作，在一次短暫離開房間的間隙皮包被偷，裏面裝有他詳盡的取材筆記，他也因此被迫中斷了續篇的寫作。這件事之所以在二十餘年間不為人知，是因為川端不願給他交往多年的旅館帶來麻煩。

由此我們可見兩點，一是作者在創作中對於素材細節的真實性珍視到了何種程度，這種珍視可謂一種作家創作時的「寫生精神」，這種精神在許多日本文學名著中都有體現。另外一點就是，在文子的書信部分結束後，現在所見的續篇情節已轉向菊治與雪子的新婚生活，但既然作者因（作品設定的文子老家的）旅行筆記失竊而中斷續篇的寫作，不難設想續篇未完成部分的內容應該是又要回到文子身上的。的確，每一個《千羽鶴》的讀者都不能不為文子的命運投入關切，何況續篇中文子在信中似乎還隱隱地有一處關於自己已有身孕的暗示。

一九五六年十一月，日本新潮社出版的《川端康成選集》中，首次把《波千鳥》作為續篇收入《千羽鶴》，這也成為之後《千羽鶴》各種版本的定例。但是《千羽鶴》的各種中譯本中，多數未曾收入《波千鳥》，本書意在提供一個新的比較完整的譯本，供讀者比較和批評。

竺祖慈　於二〇二〇年秋

責任編輯　陳　菲
書籍設計　師　嵐
排　　版　肖　霞
印　　務　馮政光

書　　名　古都‧千羽鶴
叢 書 名　新譯川端康成作品
作　　者　川端康成
譯　　者　竺祖慈
出　　版　山頂文化
香港北角英皇道四九九號北角工業大廈十八樓
http://www.hkopenpage.com
http://www.facebook.com/hkopenpage
http://weibo.com/hkopenpage
Email: info@hkopenpage.com
香港發行　香港聯合書刊物流有限公司
香港新界荃灣德士古道二二〇—二四八號荃灣工業中心十六樓
印　　刷　中華商務彩色印刷有限公司
香港新界大埔汀麗路三十六號中華商務印刷大廈
版　　次　二〇二四年十一月香港第一版第一次印刷
規　　格　三十二開（148mm × 210mm）四四八面
國際書號　ISBN 978-988-70419-9-3
978-988-70420-3-7（毛邊本）